民國武俠小說典藏文庫

风虎云龙

民国武侠小说典藏文库·徐春羽卷

徐春羽◎著

中国文史出版社

“京味武侠”徐春羽（代序）

徐春羽，民国北派武侠作家，活跃在上个世纪三四十年代，作品常见诸京津两地的报纸杂志，尤其受到北京本地读者的喜爱。

1941年出版的第161期《立言画刊》上有一则广告，内容是：“武侠小说家徐春羽君著《铁观音》、还珠楼主著《边塞英雄谱》、白羽著《大泽龙蛇传》，三君均为第一流武侠小说家……”文中徐春羽排第一位，以次是还珠楼主和白羽。或许排名并非有意，但徐春羽的名气可见一斑。

六年后，北京有家叫《游艺报》的杂志刊登了一篇名为《本报作家介绍：徐春羽》的文章，里面有这样一段话：“提起武侠小说家来，在十几年前，有‘南有不肖生（向恺然），北有赵焕亭’之谚。曾几何时，向、赵二位的作品，我们已读不到了，而华北的武侠作家，却又分成了三派：一派是还珠楼主的‘剑侠神仙派’，一派是郑证因先生、白羽先生的‘江湖异闻派’，另一派就是徐春羽先生的‘技击评话派’。现在还珠楼主在上海，白羽在天津，北平就仅有郑、徐两位了！于是这两位的文债，也就忙得不可开交。”

此时的徐春羽，不仅名气不减，而且居然自成一派，与还珠楼主、白羽和郑证因分庭抗礼，其小说显然相当受欢迎。笔者翻查民国旧报纸时曾经粗略统计了一下，1946—1948 两年时间里，徐春羽在四家北京本地小报上先后连载过八部武侠小说，在其他如《游艺报》《艺威画报》等杂志或画报这类刊物上也连载过武侠小说，前文提到的《游艺报》上那篇文章还写着这样一句话："打开报纸，若没有他（郑证因、徐春羽）两位的小说，真有‘那个’之感。”

老北京的百姓看不到徐春羽的小说会觉得“那个”，武侠小说研究人员看到徐春羽的生平时却也有“那个”之感，因为名声如此响亮的徐春羽，竟仅在 1991 年出版的《民国通俗小说论稿》（作者张赣生）中有一点少得可怜的介绍：

“徐春羽（约 1905—?），北京人。据说是旗人。他通医术，曾开业以中医应诊；四十年代至天津，自办《天津新小报》；五十年代初，曾在北京西直门一家百货商店当售货员。其余不详。”连标点符号在内不过八十余字。

除了台湾武侠研究专家叶洪生先生曾在《武侠小说谈艺录》（1994 年出版）一书中对徐春羽略提两句外，再无关于其人其作的只言片语，更谈不上研究了。

近年，随着武侠小说逐渐为更多研究者所重视，关于民国武侠小说的研究也获得不少新进展，天津学者王振良撰写了《徐春羽家世生平初探》一文，内容系采访徐家后人与亲友，获得颇多第一手新资料。尽管因为年代久远，受访人年纪偏大，记忆减退，以及这样或那样的原因，徐春羽生平中仍留下不少空白，但较之以往已有很大改观，而张赣生先生留下的徐春羽简介也由此得到了修正和补充。

现在可以确定的是，徐春羽是江苏武进（即今江苏常州）人，并非北京人，也不在旗。他的出生时间是清光绪三十一年乙巳十月二十一日（1905 年 11 月 17 日），属蛇。

关于徐春羽的生平，青少年时期是空白，据其妹徐帼英女士说，抗战前徐春羽在天津教育局工作，按时间推算差不多三十岁。在津期间，徐春羽还应邀主持周孝怀创办的《天津新小报》，并经常撰写评论。笔者据此推测，1935 年 6 月有一位署名“春羽”的人在北京的《新北平报》副刊上开了一个评论专栏，写下了诸如《抽烟卷儿》《扯淡 · 说媒》《扯淡 · 牛皮税》等一批“豆腐块”大小的杂评，嬉笑调侃，京腔京味十足，此人或许就是徐春羽。同在 1935 年，北平《益世报》上刊登了一篇署名“春羽”的武侠小说连载，篇名是《英雄本色》，遗憾的是仅连载了几十期就不见了踪迹。目前没有发现更早的关于徐春羽写作武侠小说的资料，此“春羽”若是徐本人，或许这篇无疾而终的连载可以视为他的武侠小说处女作。

抗战开始，华北沦陷长达八年，徐春羽在这一时期应该就居住在北京或天津，是否有正当职业尚不清楚，所能够知道的就是他写了几部武侠小说在北平的落水报纸上连载，并以此知名。另在《新民半月刊》杂志上发表过一部十一幕的历史旧剧剧本《林则徐》。

抗战胜利后，徐春羽似乎显得相当活跃，频频在京津各报刊上发表武侠小说，数量远超抗战期间，但半途而废者较多，也许是文债太多之故，也许本是玩票心态，终有为德不卒之憾，这一点后面还要谈到。

1949 年后，他似乎与过去的生活做了彻底的切割，小说和文章不写了，大半时间在家行医。他也曾经短暂地打过零工，一次是在西直门一家商店做售货员，结果被一位通俗作家耿小的（本名郁溪）偶然发现，然后就没了人影；另一次是在新成立的中国科学院待过一段时间，1952 年因故离开。

徐春羽的父亲做过伪满洲国“御医”。从能够找到的信息来看，做父亲的比做儿子的要多得多，也清楚得多。

徐父名思允，字裕斋（又作豫斋、愈斋），号苕雪，又号裕家，生于 1876 年 2 月 13 日。青少年时期情况不详，1906 年（三十岁）入张之洞幕府，任两湖师范学堂文学教员。次年初，调充学部书记并在编译局任职。1911 年，徐思允被京师大学堂聘为法政科教员，主讲《大清会典》。据徐春羽之妹徐帼英所述，其父于 1912 年任北京政府铨叙局勋章科科长，后又外放任安徽省宿县县长等职。

1919 年，徐思允拜杨氏太极传人杨澄甫为师，习练太极拳，后又拜师李景林，学习武当剑法。徐思允的武功练得如何不得而知，以四十几岁的年纪学武，该是以健身、养生为目的。不过他所拜的均是当时的名家，与武术圈中人定有不少往来，其人文化水平在武术圈里大约也无人能比，杨澄甫门下陈微明曾撰《太极拳术》一书，就是请同门徐思允作的序。徐春羽小说中有不少武术功夫和江湖切口的描写与介绍，或许与其父的这段经历不无关系。

大约在二十世纪二十年代中后期，经周孝怀介绍，徐思允成为溥仪的随身医生。1931 年溥仪出逃东北，徐思允也追随前往"新京"（今长春市），任伪满宫廷"御医"，并教授皇族子弟国文。

1945 年苏军进入东北，徐思允随伪满皇后婉容等流亡至临江县大栗子沟（今吉林省临江市大栗子街道），婉容临终前，他就在其身边。他后来被苏军俘虏，送至伯力（今俄罗斯哈巴罗夫斯克），1949 年获释回到长春，同年 5 月被接回北京，次年 12 月病逝。

徐思允国学功底很好，工诗，与陈衍、陈曾寿、郑孝胥、许宝蘅等人有长期的交游，彼此间屡有唱和。陈衍眼界很高，一般瞧不上什么人，而其《石遗室诗话》中收有徐诗数首，评价是"有古意无俗艳"，可谓相当不低。徐去世后，其儿女亲家许宝蘅（前清进士，曾任袁世凯秘书处秘书，解放后任中央文史馆馆员）整理其遗稿，编有《茗雪诗》二卷。

写诗之外，徐思允还会下围棋，水平应该不低。1935 年，吴清源访问长春，与当时的日本名手木谷实在溥仪"御前"对局，连下三天，吴清源胜。对局结束的那天下午，溥仪要求吴让徐思允五子，再下一盘。他给吴的要求是使劲吃子，越多越好，结果徐思允死命求活，吴未能完成任务。徐可谓虽败犹荣，他的这段经历肯定让今天的围棋迷们羡慕得要死。

根据徐思允的经历再看他儿子徐春羽，其中隐有脉络可循。做父亲的偏重与社会上层人士——清末官宦和民国遗老往来，做儿子的则更钟情于市民阶层。从已知资料看，徐春羽确实颇为混得开，没有几把刷子肯定不行。

1947年，北京的《一四七画报》上刊登了一篇文章，报道徐春羽受聘于北洋大学北平部讲授国文，说一周要上十几个钟点的课，标题中称他为“教授”。虽然看起来像玩笑话，但徐春羽的旧学根底已可见一斑，这一点在他的武侠小说里也能看得出来。这一方面应得力于家学渊源，正应“有其父必有其子”那句俗话，另一方面则是徐春羽确有天赋。其表舅父巢章甫在《海天楼艺话》中说他“少即聪颖好弄，未尝力学，而自然通顺”。由此看来他可能上过私塾，也许进过西式学堂，但不是一个肯吃苦念书的老实学生。

徐春羽显然赋性聪慧跳脱，某消闲画刊上曾有文章介绍其人绝顶聪明，多才多艺，“刻骨治印、唱戏说书，无不能之，且尤擅‘岐黄之术’”，据说他还精通随园食谱，喜欢邀人到家里，亲自下厨。

“岐黄之术”是徐春羽世代家传的本事。前文已言及其父给溥仪当“御医”十多年，水平可想而知。他自己在这方面也肯定下过功夫，所以造诣不浅。据当时的报纸报道，徐氏经常主动为人诊病，且不取分文，还联合北京的药铺搞过义诊。

唱戏是徐春羽的一大爱好，自二十世纪三十年代在天津期间就喜欢票戏。据说他工丑角，常请艺人到家中交流，也多次粉墨登台。天津报人沙大风、北京名报人景孤血与编剧家翁偶虹等人曾在北京长安戏院合演《群英会》，分派给徐春羽的角色是扮后部的蒋干。

评书则是他的又一大爱好。1947 年 3 月 1 日，他开始在北平广播电台播讲其小说《琥珀连环》，播出时间是每天下午二时至三时。目前尚不清楚他是否拜过师正式进入评书界，但他的说书水平已见诸当时的报刊。《戏世界》杂志曾刊出专文，称其“口才便给，笔下生花，舌底翻莲，寓庄于谐，寄警于讽，当非一般低级趣味所能比拟也”。

应当说，唱戏和评书这两大爱好对于徐春羽的武侠小说创作，显然有着非常直接的影响。

张赣生先生在《民国通俗小说论稿》中，以徐春羽《铁观音》第一回中一个小兵官出场的一段描写为例，指出：“这个人物的衣着、神态，以及出场后那几句话的口气，活生生是戏曲舞台上的一个丑角，尤其是最后一段，小兵官冲红船里头喊：‘哥儿们，先别斗了，出来瞧瞧吧！’随后四个兵上场，更活像戏台上的景象。徐氏无论是直接捋自戏曲还是经评书间接捋自戏曲，总之是戏曲味很浓。”

民国武侠作家中精通戏曲、喜欢戏曲的人很多，但这样直接把戏台场面搬入小说里的，倒也少见。评书特色的化用也是如此。北派作家如赵焕亭、朱贞木等人，有时也用一下“说书口吻”或者流露出一些“说书意识”，而没有人像徐春羽那样，大部分小说的叙事风格如同演说评书一般。他在很多小说开头，都爱用说书人的口吻讲一段引子，譬如《草泽群龙》的开篇：

写刀枪架子的小说，不杀不砍，看的主儿说太瘟，大杀大砍，又说太乱。嘴损的主儿，还得说两句俏皮话儿："他写着不累，也不管打的主儿受得了受不了？"稍涉神怪，就说提倡迷信；偶写男女，就说妨碍风化。其实神仙传、述异记又何尝不是满纸荒唐，但是并没列入禁书。《红楼梦》《金瓶梅》不但粉红而且近于猩红，反被称为才子选当课本，这又应做如何解释？据在下想，小说一道先不管在学术上有无地位，最低限度总要能够帮助国家社会刑、政教法之不足，而使人人略有警惕去取。尽管文笔拙笨，立意总不应当离开本旨。不过看书同听戏一样，看马思远他就注意调情那一场，到了骑驴游街，他骂编戏的煞风景，那就是他生有劣根性，纵然每天您拿道德真经把他裹起来，他也要杀人放火抢男霸女，不挨刽子手那一刀他绝改不了。在下写的虽是武侠小说，宗旨仍在讽劝社会，敬忠教孝福善祸淫，连带着提倡一点儿尚武精神。至于有效无效，既属无法证明，更不敢乱下考语，只有抄袭药铺两句成语"修合无人见，存心有天知"，聊以解嘲吧。

再随便从《宝马神枪》中拎出一段报字号：

你这小子，也不用大话欺人，我要不告诉你名儿姓儿，你还觉乎谁怕了你。现在你把耳朵伸长着点儿，我告诉完了你，你死了也好明白，下辈子转世为人，也好找我报仇。你家小太爷姓黎，单名一个金字，江湖道儿上送你家小太爷外号叫插翅熊。至于我师父他老人家，早就嘱咐过我，不叫我在外头说出他老人家名姓，现在你既一定要问，我告诉你就告诉你，你可站稳了，省得吓破了你的苦胆。我师父他老人家住家在安徽凤阳府，双姓“闻人”，单名一个喜字，江湖人称神砂手就是他老人家。你问我的，我告诉你了，你要听着害怕，赶紧走道儿，我也不能跟你过不去，你要觉乎着非得找死不可，你也说个名儿姓儿，还是那句话，等我把你弄死之后，等你转世投生，也好找我报仇。

这样的内容，喜欢评书的读者当不陌生。类似这样的江湖声口，在徐春羽武侠小说中俯拾即是，其人物的外貌描写、语言也是演说江湖草莽类型评书中的常用套路和用语。值得一说的是，徐春羽使用的语言基本是轻快流利的京白，尤其带点老北京说话时常有那点“假招子”的劲头，这可算是他的独家特色。他虽然是江苏人，但对北京的热爱却是发自内心的，这从他的小说中经常可以体会到，其绝大部分武侠小说的开头，都要说上一段老北京的风土人情，内容也大多涉及北京，比如《屠沽英雄》的开头：

讲究吃喝，真得让北京。不怕住家在雍和宫，为吃两块臭豆腐，可以出趟顺治门，不是王致和的地道货，宁可不吃。住家在德胜门，为喝一包茶叶末，可以到趟大栅栏，不是东鸿记的好双熏，宁可不喝。再往细里一考究，什么字号鼻烟好？什么字号酱菜好？水葡萄得吃哪块地长的？旱香瓜得吃谁家园的？应时当令，年糕、月饼、粽子、花糕、腊八粥、关东糖、春饼烤肉煮饽饽，不怕从身上现往下扒，当二钱银子，也不能不应个景儿。因为“要谱儿”的爷们儿一多，做买卖的自然就得迎合主顾心理，除去将本图利之外，还得搭上一副脑子，没有特别另样的，干脆这买卖就不用打算长里做。所以，久住北京的主儿谁都知道，北京城里的买卖，没有一家没“绝活儿”的。

这是说的老北京人讲究吃喝的劲头。还有赞扬北京人性格的，比如《龙凤侠》开头说：

“无风三尺土，有雨一街泥”，凡是久住这北京的哥们儿差不离都有这么一点印象。可是事实适得其反，不怕在屋里四六句骂着狂风，在街上三七成蹚着烂泥，破口骂着天地时利，恨不得当时脱离这块黄天黑地，只要风一住，水一干，就算您给他买好了飞机票，请他到西湖去住洋楼儿，他准能跟您摇头表示不去。

其实并非出乎反乎说了不算，说真的，北京这个城圈里，除去这两样有点小包涵之外，其他好的地方太多，两下一比较，还是北京城强似他处。

第一中国是个礼教之邦，北京是建都之地，风俗淳朴，人情忠厚，虽说为了窝头有时候要切菜刀，但仍然没有离开“以直报怨”的美德。至于说到挖心思用脑子，上头说好话，底下使绊子，不能说是绝对一个没有，总在少数。

尤其讲究义气，路见不平，就能拍胸脯子加入战团，上刀山下油锅到死绝不含糊。轻财重脸，舍身任侠。“朋友谱”，“虚子论”，别瞧土地文章，那一腔子鲜血，满肚子热气，荆轲聂政不过如此。“为朋友两肋插刀”，的确可以夸一句是响当当硬绷绷好汉子！古称燕赵多慷慨悲歌之士，看来确是不假。

徐春羽概括的老北京人身上的特点，在其小说中的很多小人物如茶馆、酒肆的伙计、客人、公人、地痞、混混等身上，都能或多或少地有所发现。而市民社会中各色人等的言谈话语、举手投足，生活气息极为浓郁，非长期浸淫其间有亲身经历者不能道出。老北京逢年过节的庙会盛况与一些风俗习惯，都在徐春羽的武侠小说中有所展现。相比之下，赵焕亭、王度庐等人在小说中虽也都有对老北京风土人物的描写和追忆，但也仅限几部作品，不如徐书普遍，徐春羽的武侠小说或许可以称得上是真正的“京味武侠”。

近年来，对老北京文化感兴趣的人越来越多，徐氏武侠小说或许是座值得有心人深入挖掘的富矿亦未可知。

徐氏武侠小说的特点是非常鲜明的，缺点也是毋庸置疑的。

其一，小说评书味道浓郁是特色，但也多少是个缺点，因为评书属于口头文学，追求的是讲说加肢体动作带来的现场效果，一件小事经常会用大段的言语来铺叙、表白，有时还要穿插评论在其间，听者会觉得过瘾，可是一旦形诸文字，就难免有时显得啰唆和絮叨，如前面所举的《宝马神枪》中那段报字号。类似的段落如果看得太多，会令读者产生枯燥和乏味的感觉，影响到阅读效果。徐春羽的文字表现能力当然很强，但也无法克服这样的先天缺陷。

其二，前面已经提到，就是作品半途而废的不少，其中报纸连载最为突出。比如《红粉青莲》仅连载十余期就消失不见，《铁血千金》则连载到三十七期即告失踪，其他连载了百十期后又无影无踪的还有若干，这里面或许有报纸方面的原因，但徐春羽的创作态度也多少是有些问题的，甚至不排除存在读者提意见而告停刊的可能。无论如何，这些烂尾连载直接影响到作品的质量和读者的观感。单行本的情况略好，然而也存在类似问题。再加上解放前的兵荒马乱以及解放后的历次政治运动，尤其是五十年代初的禁止武侠小说出版与出租，都造成武侠小说的大量散佚和损毁。时至今日，包括徐春羽在内的不少武侠作家的作品，都很难证实小说的烂尾究竟是作者造成的，还是书的流散造成的，这自然也给后来的研究人员增加了很多困难。

本作品集的底本系由上海武侠小说收藏家卢军先生与著名还珠楼主专家周清霖先生提供，共计十二种，是目前能够见到的徐春羽武侠小说的全部民国版单行本了。这些作品绝大多数是解放后第一次出版，其中的《碧血鸳鸯》虽然曾由某出版社在 1989 年出版过一次，但版本问题很大。该书民国原刊本共有九集，是徐春羽武侠小说中最长的，但 1989 年版的内容仅大致相当于原刊本的第三至八集，第一、二、九集内容全部付之阙如，且原刊本第六集第三回《背城借一飞来异士，为国丧元气走豪雄》、第七集第四回《痛师占卜孙刚射雁，喜友偕行丁威打虎》也均不见踪影。另外，该版的开头始自原刊本第三集第一回的三分之二处，前三分之一的三千多字内容全部消失，代之以似由什么人写的故事简介，最后一回则多了一千多字，作为全书的结束，其回目“救老侠火孤独显能，得国宝鸳鸯双殉情”也与原刊本完全两样。这些问题都已经通过这次整理得到全部解决，也算功德圆满，只是若干部徐氏小说因为前面提到的原因，明显没有结束，令人不无遗憾，但若换个角度想，这些书能够保留下来且再次公之于众，已属难得之至了。

今蒙本作品集出版者见重，嘱为序言，以方便读者，故摭拾近年搜集的资料与新的研究成果，勉力拉杂成篇，以不负出版方之雅爱。希识者一哂之余，有以教也！

中国武侠文学学会副秘书长　顾臻

2018年4月10日写于琴雨箫风斋

目　录

第一回

佛肚山群僧掠美
神心寺一女除凶

骑马出门去，不谢主人恩。
丈夫重义气，片言可捐身。
未报主人仇，托迹主人门。
主人祖饯酒未热，案上头颅刀上血。
刀上血，男儿泪，呜咽云天星斗坠。
烽火纵横将安归，关山一递愁鞍辔。
离歌月寒排沙栖，病虫飒劲抱木睡。
戍角千营静五更，伤心一剑消半壁。
楼兰未悬北阙空，镜里英雄早焦额！
于嗟乎！
世事而今益坎坷，安得豪侠天锋慧？
豪侠如龙隐白云，如虎藏仓岭。
雪深不可梯，岭险不可冀。
我望云山长咨嗟，且向炉边谋一醉！

——《刀头血》

不怕多花钱，搜罗能工巧匠，一秉虔诚地要盖一座观音堂。伽南香雕的金身法相，海檀香刻的莲花宝座，金丝楠木外龛，上好黄云贡缎幔幛。通明透亮的琥珀海灯，供的是万年鱼油。唐朝的蜡扦，汉朝的香炉。从开光起，全家老少，斋戒沐浴，晨昏三叩首，早晚一炉香，三六九吃斋，二五八持戒，一四七捧经，每逢十天，还有一次大祭。救苦救难南海大士观世音菩萨，往少里说，一天得念三千多遍，不张嘴则已，张嘴就是阿弥陀佛，不用说自己家里人，连街坊都知道这位是善士。

忽然一天，善士家里举起哀来了，从家人哭喊的声音，听出是善士的太夫人仙逝。第二天，从大门说起，到厕所为止，没有一个地方不见白。起脊的棚，过街的牌楼，所有席子全用白油漆上一道，柱子竹竿，全拿白绉子包上一层，屋里院外，是有颜色的地方，一律见白，有条黄狗，都用大白刷了好几回。远观近看，真跟下了一场大雪相似。从一倒头，就是三拨儿经转咒，当天起经，逢七加焰口，什么和尚、老道、喇嘛、姑子、居士，应有尽有。停灵四十九天，加了七堂传灯焰口。糊的纸活儿是车船轿马、零人、零花、汽车、马车、两轮车、三轮车、自行车、跨子车、划子、帆船、大火轮、方弼、方相、开路二鬼、金山银山、尺头桌子、蹲箱、躺箱、保险箱、五节楼、七层库。三所四合房，电灯自来水、电话、风扇、恭桶、澡盆、卫生暖气、沙发、转椅、写字台、顶箱、立柜、洋式镜台、弹簧床、鸭绒被褥。箱子里头，皮棉单夹纱，外加毛衣、毛裤、毛袜子、玻璃皮包。寿木用的是茵陈，松香里子挂小绸子。灯草包、炭末包、松香、雄黄、香面子、七星金钱板。火漆夏布封口，描真金团寿字。门口儿是对鼓锣架、云板、响磬。里头是两堂清香，六十四杠，全执事，鹰狗骆驼，前呼后拥。撒孝的白布是用了有一千多锭，连倒土车、挑泔水、打刷茅厕的全给大五福的孝袍子。出殡那天，金棺没出堂，执事都快摆到了坟地。善士捧着灵牌，举着幡儿，哭丧棒插在系腰的麻绳子上，摔盆一走，送殡的车一共有两千来辆。无论是谁，不拘认识不认识，只要头天给信说，是明天愿意送殡到坟地，本家儿就给预备车。浩浩荡荡，抬着这位老太太的骨殖这么一游街，谁瞧谁夸："你瞧人家这儿子是怎么养的，这够多大造化，多大体面!"

过了些天善士家散了一位厨子，到了外头，给善士造谣言，硬说善士是宠妻爱子虐待妈。要以实在情形说，善士他们老太太，身体挺结实，绝不至于就死。这次就因为给老太太连喝了七天稀粥，生把老太太饿死了。名叫稀粥，一碗里没有十个米粒儿，老太太连喝了七天白水，不死等什么？有人说那是谣言，就凭人家，一天吃斋念佛的人，哪里能够干出这种事来？厨子把嘴一撇："什么？念佛吃斋？别让他造罪了！你们就不打听打听他为什么念的佛？他不是得的不义之财发家的吗？他也怕孤魂冤鬼跟他完不了，所为拜拜菩萨，也无非是折折罪，省得死了上刀山，下油锅，推捣磨研。你们都知道他吃斋，吃的是什么斋？一天得宰三只小鸡子，不拘什么都得来放点儿鸡汤，那叫吃斋？别让他拣好听的说了。他们家念佛吃斋的倒是有一位，就是那位死去的老太太，平常常听见说，'老佛爷，有灵有圣，你快叫我死了吧，我可真受不了这个罪!'一年三百六十天，除去豆芽儿就是豆腐，不但说鸡汤，连鸡骨头老太太都没见过。这倒真灵，老太太就这么素着上天了。他是善士？他要是善士，我就是活菩萨！这小子将来必有显报!”

当然，这路话出在一个厨子嘴里，骂的又是善士，自是不信的人多。可是世界之大，什么没有？既有这路话，就许有这路人，也不一定说没有这路事。本来，神道设教，原是帮助刑政不足的好工具，孔圣人都不敢说不对，没有反对过，最末的话，人人吃斋念佛，总比人人杀人放火强。究其实佛在什么地方，干脆说就在眼皮底下，“在家孝父母，胜似远烧香”。人人都有家堂佛，就是生身父母，父母在日，多孝顺一点儿，别拿爹妈看成眼中钉、肉中刺，把疼媳妇儿爱儿女的心，匀出百分之一来对待父母，老两口子能多活几年，比供什么佛都强，还准保灵。因为这里不是迷信，是循环礼儿。你孝顺你父母，你的儿女长大，就知道孝顺你，你不让你爹妈受罪，你儿女也必让你享福，真要是一天到晚算计，老打算把你自己父母给活埋了，你放心，你准到不了你父母那个岁数，也让你儿女把你给塞在井里。活着时候，不知孝顺，死了任你再是丰棺厚殓，也是于事无补。“殓之丰，不如养之薄。与其奢也宁俭，与其易也宁戚”，这话当然显着脑子旧一点儿，可是实在没法子往新里说。不但这个，连在下这一部信口瞎诌的小说，也都仿佛有些腐气冲天，没法子，“万恶淫为首，百善孝当先”，正是我们造早谣言的主题，焉敢胡来乱来。说完几句酸话，正书上场。

中国人迷信神佛，除去家里供佛不算之外，不拘什么名山、大庙，每到了佛道生日，善男信女多不惜万里途遥，必须朝山膜拜，以求神佛默佑。且说浙江省东边，沿途海岸，很有几座名山佛地，什么洛迦山、西佛山、东佛山，山上都有远年大庙。每逢开山的好日子，东西南北，一班善男信女，真能前三月后五月地赶到磕头礼拜，朝山还愿，做大功德大布施。所以这些大山，也就跟着古刹一块儿享起名来。在这诸山的西南，宁波府属，东海边上，还有一座小山，叫佛肚山，虽没有洛迦、普陀那么盛大，可是山上有座小庙，倒也名头不小，庙叫神心寺，供的是南海大士。要按着这座庙说，房不到十间，地不到一亩，里头也没多少出家人，只是有个看庙的老尼静修，带着一个徒弟念空。虽庙不大，香火却非常之盛，每年一进三月，直到五月，大小船只能把这股海道，填得拥挤不动，都是从山南海北赶到这里朝山拜庙的善男信女。据说这里菩萨比什么地方都灵，真是求财得财，求子得子，因此佛肚山一带居民，除去养得些船女之外，便仰仗菩萨默佑，得以衣食无缺。这神心寺，每年开庙的时期，是从四月初一直到二十八，虽说前后都有来人，那并不能算是正例。

这一年，又到了开庙时候，老尼姑静修找了几个当地人，带着徒弟念空，把庙里庙外全都收拾得干净整齐，静候善男信女前来烧香还愿。收拾齐毕，又在门外山脚下预备了五六十只带篷的大船，里头也有床榻桌椅，为的是一班善士到了这个地方，找不着客店，好做一个临时歇脚的地方。将将预备好，已然四月初一了，静修老早起来，换上新僧衣，手里拿了拂尘，才把山门一开，只听呼噜噜一声，从外面进来足有二三百口子，有男有女，有老有少，有的挂着素珠儿，有的捧着高香，还有的身上穿着罪衣罪裙，嘴里还全都高声喊着："救苦救难观世音菩萨!"嘴里喊着，人便像水一般往山门里挤了进去。静修方才开了山门，万没想到这班善士如此齐心，先期赶到，当时把自己堵在门口，前进不行，后退不可，急得一边喊着："善哉！善哉！"一边往旁边躲闪。众信士行善心急，哪里还听得清老尼姑喊些什么，只略微松了一松，把老尼姑让了出来，跟着大家依然一拥而入。院子既没多大，当然是一挤就满，后头的人还没有进来，前头的人已然靠近佛座，跪在地下磕起头来。磕完了头，再打算起来，可就不易了，后头的人是越挤越多，越多越挤，真有人让烧香的给挤在桌子底下待了好几个时辰才得出来的。老姑子又是高兴，又是着急，高兴的是今年烧香的真不少，香资一定错不了，着急的是要老这么挤，恐怕要把佛座挤倒，那一来可就把饭锅砸了。干着急一点儿法子没有，这时候不用说打算出去，连打算喊都喊不出来了。

正在一阵忙乱之间，忽听人群里有女人哭喊声音："好你个万恶的贼东西，竟敢欺负你家姑娘……"老尼姑一听，这下子可了不得了！是什么人在此搅闹盛会？宁波府派来弹压的兵，都在山脚船上，因为这里是善地用不着他们，没有想到真会出了事，这可是麻烦！自己又挤在里头走不出去，实在是糟不可言。

正在着急，猛听又一个嗓音粗重的一声喊，直仿佛起了劈雷相似："阿弥陀佛！你们这些姑娘，终朝每日，磕头礼拜，跪着求罗汉，爬着求菩萨，如今把罗汉爷请来，你们怎么倒不认了。美人儿，我告诉你，你家罗汉爷跟你们已然好几天，来了还不止一位，除你之外，还要选个二三十个回山高乐呢！美人儿你不要喊，喊坏了嗓子，倒叫你家罗汉爷心里疼的！"说着话又一撮口一声长哨，跟着又是一声狂喊：“众弟兄们！选盘儿尖！起！”这一嗓子才完，跟着呼噜一声，起来一片，全是粗眉恶眼膀大腰圆的凶僧。一声呐喊，每人就近捞起一个，双手往秃脑袋上一套，顿时就给背起来了。又是一声哨子响，人就往外拥去。别看进来不易，出去可不难，因为大家都在地下跪着，这班凶僧，有的背着一个大姑娘，有的背着一个小媳妇儿，爬着的蹬脊梁，跪着的蹬肩膀，人上走人，霎时间就全跑出了山门。这时候庙里可就乱了，有的丢了姑娘，有的丢了媳妇儿，有的丢了妹子，有的丢了孙女儿，哭成一团，喊成一片，可全还跪着忘了起来。

究竟老姑子脑筋清醒一点儿，一看大家哭闹，自己是出不去，赶紧爬上了佛桌，扯开嗓子一喊：“众位施主不要着急，山脚底下有兵，众位告诉他们一声，就可以给截住了。”

大家一听这才如梦方醒，赶紧往外翻身就跑，再看那些和尚，足有三四十个，全都往海边跑去，准知道只要一上船就算完了，那还能不急，一边跑，一边喊：“万恶滔天的和尚，青天白日，竟敢抢夺良家妇女，趁早给我们放下，饶你不死；如若不然，拿住你们，可要把你千刀万剐！山底下的兵老爷，前面跑的是贼和尚，背上背的是抢走的良家妇女，兵老爷你们给截住点儿，别叫他们跑了！”

跑着喊着，眼看着那群和尚已然到了海边，有两个已然上了船，这才看见从一只红船里走出一个满脸烟灰的小兵官儿，斜披着官衣，歪戴着凉帽，手里拿着一杆旱烟袋，拧着眉毛瞪着眼伸了一个懒腰道：“什么事这么乱七八糟的？你们没看见那里有大人红示牌子上头写着禁止喧哗吗？”

这些人一看他没紧没慢，不由动气道：“我们姑娘让人家抢走了，怎么还不许我们喊吗？”

那个小兵官儿把嘴一撇道：“得了得了，咱们别拿这个麻人了！你们姑娘没了，有地方打官司，我们这里管不着，趁早还是别喊，你们要成心跟着吵，可别说我要对不过了。”

大家一听跟他说好的，简直是废话，有两个胆子大的，过来一把就把他胸脯子揪住了，呸地就是一口道：“你别做派了，你看看前边有大批海贼抢走了好几十个良家妇女，你也不把眼睁开，你吃着国家的钱粮，就为养活你们吃饭吗？”

这位小兵官儿，这才知道真出了逆事，赶紧改了口风道：“你先撒手，我所为是稳住了他们，你别着急，我有办法。”揪的人一撒手，小兵官儿冲红船里头一声喊道：“哥儿们，先别斗了，出来瞧瞧吧。”

这就慢慢腾腾又从舱里钻出四个兵，全都光着脊梁，披着号坎儿，还有两个手里拈着几张纸牌，摇头晃脑向那小兵官儿道：“什么事？您就多辛苦一点儿吧！”

小兵官儿道：“哥儿们，这可是我们字儿低，出了吵子了，海虾米刚才掠了好几位姑娘走，事主儿都在这里哪。哥儿们，没别的，可得捧我一场，走，咱们瞧瞧哪个绿了毛的敢跟咱们过不去！”说着话，把官衣伸上袖子，又把凉带系好，从舱面上抄起一杆大枪往肩头上一扛，一摆手道：“走！”这四个只好把牌暂时搁下，每人也抄起一把单刀，全往前边跑去。

因为耽搁时间不少，那拨儿抢人的贼船，已然全都起了锚了，这位官儿看追不上爽得站着脚步，用手里枪往那边船上一指道："对面水贼听真，青天白日，竟敢抢劫良家妇女，难道你就不知道你家裕大老爷在此，还不快快把船拨转，送人赔罪，饶你不死，不然的话，我可要手起枪落，叫你们全体做海边水鬼，永劫不能超生！"说着摇头晃脑，身上不住乱摆。

猛见那群贼船最后一只陡然一横，一个胖大和尚站在船头向那小兵官儿哈哈一笑："小哥儿你还是去要你大烟枪吧！你家罗汉爷今天是好日子，没工夫和你怄气，成全你回去请功吧！"说着话陡地把手一扬，只见一道白光，直奔小兵官儿面门而来。小兵哎呀一声，往旁边一闪，正钉在左肩头，原来是一支四两轻重的铁镖，眼看着一晃两晃，锵啷一声枪出手，跟着扑咚一声，人也摔倒，当时大家更是一阵大乱。眼看海贼抢人一走，连贼人是什么地方来的都不知道，焉有不急之理，这个就哭姑娘，那个就叫媳妇儿，又是哭，又是喊，把一座清静禅林，顿时变成丧场灵棚。

眼看那几只贼船越走越远，越去越小，跑着跑着猛地仿佛一横，像是被什么东西挡住，不能前进的样儿，不由全都提神往前再看。只见海波当中，影影绰绰仿佛有个小鸟儿，一飞一荡，一上一下，往那只贼船边飞去，风驰电掣一般越来越近，可就看出来了，原来也是一只小船，船后一人掌舵，船头站着一身白衣裳的姑娘，手里拿着一根碧绿竹竿点水前进。这时岸上已然全都看清，不由一起跪倒海岸高宣佛号："救苦救难活观音菩萨！"准知道这位活观音赶到，无论如何，这一拨儿女孩子就算是有救了。

再看那位姑娘更是矫捷，站在小船上，只把那根竹竿一点，嗖的一声，便好像一只燕儿相似，纵到贼船上面，满面含笑道：

“今天是哪位掌的舵，请看在我凌某人的分上，抬一抬手放她们过去吧！”

一句话还没说完，舱里一声怪叫道：“姓凌的休得赶尽杀绝，今天罗汉爷原来找的就是你，要报那苦竹坡一掌之仇，不要走，吃我一铲！”话到人到家伙到，一柄九耳八环方便铲的铲头就奔了凌云的胸戳去。这柄铲是纯钢打造，铲头仿佛像个簸箕形，当中是刃，一边有四个小尖儿，每个尖儿上挂着一个环儿，铲杆足有鸭蛋粗细，长下里有七尺，铲尾那头也是一个尖儿，不过比铲面的尖儿略大，仿佛像个馒头大小。这条铲从头至尾往少里说也有四五十斤，按江湖上的道儿说，使这种家伙的人，第一当然是出家人，第二还非有真功夫绝不敢使，因为一来叫方便铲，原是出家人拿它掩埋路途尸首骨骼用的，外人不宜使用；二则这种家伙上头有八个钢环儿，家伙一动，环儿先响，容易使人家对方有所防备。和尚这一铲，是个足劲儿，恨不得一下子把凌云戳死船头，哗棱棱一阵响，这条铲直奔了凌云心口。这时候两只船早就靠近了，岸上的人看了挺真，一看和尚长得又粗又猛，家伙又沉又硬，倘若一个大意，不用说叫他戳上，碰一下子都够受。一看这条铲要狠狠奔了凌云，不由全都捏着一把汗，嘴里不住地念着“救苦救难南海大士观世音菩萨！”

凌云一看和尚，不由微然一笑道：“我当着是谁，原来是大智大和尚。苦竹坡那一场，不过彼此年轻意气，现在还有什么解不开？据我说冤仇宜解不宜结，大和尚修行多年，何必还是那么大的火气，你把那件事忘了吧！来来来，今天咱们借着这块善地，善日结个善缘，把从前那篇糊涂账揭过去吧！”嘴里说着话，身子可没闲着，斜身一跨，和尚铲就空了，单手往下一切，就是铲杆上，铛的一声，铲头往下一坠，正在船板上，震得那只船不住乱晃。岸上的人，早已喊出震天的彩来。

和尚一铲走空，心头越发火起，高喊一声："姓凌的好丫头，今天不是你就是我!"前把起，后把坐，垫左脚，起右脚，双手使劲，横着铲头，实拍拍往凌云腿上砸去。

凌云依然一笑道："大和尚，你怎么还是那么急脾气？算了吧，我愿意认输赔不是，就求你成全这回善举吧。"说话的工夫，和尚的铲带着风就到了，凌云手里提着篙，双脚一点，提身一纵，嗖的一声纵起来足有五六尺高，那铲便又从凌云脚下过去。和尚才上过一回当，这回可就不敢大意了，一看铲去人空，不等凌云脚落船板，前把紧，后把松，铲尾冲上，哗棱一声，铲尾龙头攥直奔凌云小肚子戳去。凌云正是一个落式，身子不能悬在空中，一看和尚使出绝招儿"朝天一炷香"，不由脱口喊了一声："好!"双脚本来朝下，眼看铲尖离着自己肚子不到二尺，腰上猛地一使劲，双脚往前一踹，身子凭空横着出去，足有一尺多，那铲尖正擦着脊背蹭过。凌云刚刚脚踩船板，和尚的铲又转了过来，抖手一铲，直奔凌云双腿。凌云微然又一笑道："大和尚，你不要赶尽杀绝，你要知道姓凌的是让着你。你要明白事的，趁早把那几只船拨回去，让大家骨肉团圆，是你的便宜。你要倚仗你人多，打算胡作非为，对不过，我可要在这块善地叫你们身遭惨报了!"嘴里说着，双腿一提，铲到得又迟了一步，这次不等和尚往回撤家伙，再变招数，一提手里那根篙，往铲上就磕。和尚一看，心里特别高兴，就怕的是凌云一味游斗，等岸上人一回过味来，把自己一围在当中，虽说挡不住自己，反正得耽延时候，如今一看凌云已然沉不住气，拿一根竹竿要跟自己纯钢的家伙碰下子，那可是找输，先拿铲把她这根竹竿毁了，顺手再给她一家伙，轻重让她带点儿伤，就报了从前一掌之仇。心里这么想，凌云的篙就到了，不但不躲，反而用了十成力，往上一迎。万没想到，铛的一声响，借着水音儿听出足有二三里远近，两只虎口也被震裂，方便铲几乎没被震落，不由哎呀一声，才知道凌云手里拿的那根篙也是纯钢打造，再听岸上又是一阵喊好声音，不由气就馁了。

正在略一沉吟，却听凌云仍是笑着说道："大和尚，咱们闹着玩儿也就够了，依我说你快叫他们把那几只船全数拨回，人家都是吃斋念佛的大姑娘，不比我这杀人不眨眼的贼丫头，胆子都小，要是吓坏了她们也是麻烦，大和尚你就慈悲慈悲吧！"说着又给和尚福了一福。

和尚心里难受说不出来，真要把船往回一拨，带人一走，从今天起就算完了，可是不这么办，也决计占不了上风，莫若光棍不吃眼前亏，来个就坡儿下，遇见苗头儿，再想法子报仇。刚要告诉凌云认败服输，拨船送人，就听前边自己那只船头有人喊嚷："师哥闪开，待我来宰这个野丫头！"跟着船一碰船，当的一声，又蹦过来一个。凌云一看，也是一个和尚，可不认得。只见这个和尚，身高七尺开外，大头大脸，长眉大眼，腰宽，膀阔，紫巍巍一张铜盆大小的脸，光头，没戴僧帽，身穿杏黄色茧绸大领僧衣，足下白袜子，青僧鞋，手里拿的是一根铁棍，蹦过来单手攥棍一横，就把大智让出去了。立手里棍往船板上一截，当的一声，那船跟着仿佛就往下一沉，单手一指凌云道："你这个丫头姓什么，叫什么，为什么破坏你家罗汉爷好事？懂得事的，趁早下船逃生，是你的万幸，如若不然，丫头，你来看！"说着一摆手里铁棍道，"我可叫你在你家罗汉爷棍下做鬼！"

凌云点点头道："大和尚，你不要言语欺人，你可知道你家姑娘因为今天看在观音菩萨面上，不愿在善地伤人，你们便宜多了。如果今天不是在这个地方，就像你们这样目无王法，你家姑娘早已手起剑落，例如尊驾这样的，早已圆寂多时了。要依你家姑娘良言相劝，苦海无边，回头是岸，趁早把船拨回，还可以看在菩萨面上，叫你多活几天。倘若执迷不悟，少时姑娘火性一起，只怕你们一班罗汉，等不到火葬先要水葬了。你先不必打听我的名姓，大智他全知道，你回去问他，自会告诉你，你就快快拨船回岸吧。"

胖和尚一听，哇呀一声怪叫道："好你个野丫头，竟敢满嘴乱道，难道你就不知道江湖上有你家莽罗汉圆慧活爷爷？别走，接棍！"呼的一声，棍搂头盖顶就下来了，凌云斜身一跨步，和尚跟着横棍一扫，打凌云左肩头，凌云往下一矮身儿，棍从头上过去，和尚右手往回一撤棍，倒挽盘龙左手往下一压，棍打凌云双腿，凌云提身一纵，棍从腿下过去。和尚两只眼都瞪圆了，嘴里不住怪叫道："野丫头你为什么不接招，敢是怕了你家罗汉爷？"凌云单手一指和尚道："得了，大和尚，你别尽自说大话了，我因为你们来到这里，都是一个客位，故而不好意思当下接招，恐怕让人笑话我不懂江湖义气，如今三招已经让过，要再让你使过三招，我就不是慈静大师的徒弟。你有什么高招，只管施展，现在我倒要领教领教!”这句话没有说完，和尚双手抡棍，就奔了凌云太阳穴。这回凌云看见棍临切近，并不躲闪，一立手里那根篙，往上一迎，又是当啷一声，和尚的棍就撞回去了，震得和尚连着胳膊发麻，一咬牙一硬腕子，二次棍走“乌龙绞柱”，直点凌云小肚子。凌云呸的一口啐道：“贼和尚死在临头，还敢这样无礼!”不躲和尚棍，一平手里那根篙，嗖的一声，篙尖直奔和尚眼上扎去。这支篙通身是铁，尖子好似扎枪，四外有四个倒须钩，尺寸比和尚的棍长出有一倍。和尚的棍还没到，凌云的铁篙尖儿已然到了。和尚一看，只要扎上一点儿，就活不了，顾不得再往前递棍，急忙往旁边一撤身，打算躲过去。就在身子刚一扭转，凌云单手往回一提，那根篙哧的一声，自己撤了回去，进步一腿，正踹在和尚胯骨上。和尚是个撤劲儿，哪里还泄得开，一个迎不住，咚，咚，咚，连退了三五步，依然还是倒了下去。恰好正是船边，一只脚已然蹬空，打算再使劲站住，焉得能够，才喊得一声“不好”，身子一歪，便要掉在海里。凌云哈哈一笑道：“罗汉爷，别害怕，掉不下去。”嘴里说着，嗖的一声，那根铁篙又到了，和尚准知道再躲非掉在水里不可，闭眼任命。噗的一声，立在左肩头就扎上了，连僧袍带和尚肉全都搭住。凌云使劲往怀里一拽，和尚借劲使劲，才算站住，吓得这位罗汉爷顺着秃脑瓜子直流汗珠子，嘴里还不住直呜噜，不知道他是疼的，还是在念咒哪。

这时候大智还站在船板上，心里简直没主意了，带人一走，固然是丢人现眼，可是碰巧了还许不让走。不走？今天来的人，除去自己跟圆慧是两把硬手，现在既是甘拜下风，旁人过去，恐怕更不是人家对手，心里一犹疑，不由得眼珠子跟着乱转。凌云早就看出来了，赶紧一笑道："大智大和尚，今天咱们这是闹着玩儿，谁可也不许记住谁。你赶紧叫他们把船拨回去，算是赏我姓凌的一个小面子，改日有了工夫，必定登门道谢。今天可实在太对不过，就求大和尚发一句话吧！"

大智一听，心服口服，不怪江湖绿林道都管她叫声侠客，就凭今天这一场，搁在自己，绝对办不到，既然人家给了十足面子，不必再说废话，干脆给人家把船拨回去，反正今天这个跟斗就算栽到了家了。便也赶紧臊眉耷眼地强笑了一笑道："凌姑娘，凌侠客，今天承你高手，我们是感谢不尽，船上的女施主们，自当即刻送回，你请先回船吧！"

凌云又一笑道："既承大和尚放了她们，就不必再费那么大的事了，干脆，把那些姑娘全都送到这只船上我自有法子可以把她们全都送回，不敢再劳动诸位大驾了。"

和尚一听，那更好啦，赶紧一使暗令子，把所有的船全都聚集一处，船身已然贴紧，用钩杆子把船全都搭住，这才往这只船上运送这些被抢走的姑娘。一个个全都是披头散发，满脸是泪，还有的把自己脸上全都抓破，到了这只船上，依然哭喊不止。凌云看了，一边点头叹息，一边喊道："众位姐妹，不用哭了，我是来救你们回去的，快快坐好了，我好送你们回去。"大家这才明白，当时止住哭声，一齐冲着凌云高声齐喊："救苦救难的活观世音菩萨！"凌云不住摆手，退到舱面，向大智道："承让承让！这里有我，足可以送她们回去了，请诸位回到那边大船上去吧，领情之处，容日再去问好，诸位有什么事找我，可以请到洛迦山湾金钟寺，我是长年在那里恭候！”说着又一笑道，“今天此事，可不能算，再见吧，诸位大和尚！”

这些凶僧，一个个如同拔了毛的公鸡、敲了牙的老虎一样，垂头丧气，一个大声儿都不敢出，一步一步退到那边船上，摇橹的摇橹，打浆的打浆，张帆挂篷，在水面上仿佛一阵浪花似的飞般逃去。凌云一看贼船已经去远，这才拿起那根铁篙，来到船边，向自己原来那只小船一招手儿喊道：“哥哥，你看了半天热闹，现在好戏已没得再看，你帮我一下忙儿，把这些姑娘小姐送了回去吧。”

只见那只小船一晃，从舱里钻出一个中年汉子，手中拿着一支船桨，微然一笑道：“好姑娘，你的胆子真是越玩儿越大，怎么连家伙都不带就上去了，倘若遇见硬手，那可怎么好？”

凌云也一笑道：“我要不是从夜猫子嘴里听来准信儿，知道他们来的都是什么人，我也不敢那么大意。再说，我明知道我身旁边带着有硬保镖的，准要是来人扎手，也绝吃不了亏不是？闲话少说，还是赶紧把这些位姑娘送回去吧，爹妈疼儿女，不定多着急哪！”说到这里，眼圈儿一红，嗓音仿佛也有些发颤，猛地一咬牙直奔船头，拿篙只一点，那船头便自驳转。那个汉子便也提身一纵，到了船上，掌住风舵。凌云那根篙一点一点，便如同离了弦的箭一样直奔海岸，远远就听见岸上高喊佛号声震天地。心里正在高兴，猛不防咕咚、咕咚、咕咚连着三声炮响，顿时岸上的人，又乱成一片。凌云不由大吃一惊，赶紧撑篙催船前进，到了海岸，刚要往岸上蹦，就听一阵扑咚声音，岸上顿时跪下一片，全都合掌当胸，齐喊：“救苦救难活菩萨！”凌云要蹦也蹦不上去了，急得双手乱摆，嘴里不住喊道：“你们众位，先别捣这瞎乱，等我船拢了岸，你们先把自己的人接了回去，有什么话再说好不好？”岸上的人一任凌云喊干了嗓子，也没有一个人站起来，让开道路。耳听前面咕咚又是一声响，凌云可真急了，手里的篙往岸上一戳，双脚一点，嗖的一声，手提长篙，凭空纵起，挺腰绷脚面，整个儿往这些人脑袋上纵过，不愿跟他们说话，一弯腰顺着海岸就跑下去了。这些人哎呀一声，跪在那里扭头再看，活菩萨业已跑远，这才站起来，挤到小船边，各自接着妻女、姊妹、儿媳妇儿、孙女、侄女、外甥女，一边笑一边说，喜中带悲，悲中还喜，另有一种景象。

凌云可没听见，也没看见，塌下腰去，往前正跑，没防备就在耳朵旁边，咕咚又是一声响，抽冷子还真吓了一跳，赶紧往旁边一看，岸旁停着一只红船，船头上插着一杆黄巾三角旗，当中碗大一个黑“水”字。旗子左边站着一个身穿官衣，头戴凉帽，满脸烟灰的带兵官儿，挎着一只胳膊，用一只手在那里指指点点。旗子右旁，有四个身背号坎儿的兵，都在那里弯着腰，可没看清楚他们是在摆弄什么。正要过去，猛见那四个兵，撤身一退，手捂着耳朵，跟着又是咕咚的一声，再看那位官儿，神气更好了，一只手捂着耳朵，把个脑袋扎在自己怀里，闭着眼，弯着腰，不住地乱哆嗦。这才明白，原来响声出在这只船上，赶紧纵身，跳上那只红船，最可笑那一位官儿、四位兵，全都是闭眼合睛，凌云上去，他们丝毫没有理会。仔细一看，才看明白，船头上搁的是一尊小炮，旁边还搁着许多火药、火捻、火种。不由点头暗叹，国家从人民身上，想尽千方百计，加了多少捐税，征了无数钱粮，养活一班勇士所为的是保国卫民，万没想到会养了这么一拨儿褦襶兵，大批的海贼把人抢走，不说赶紧追剿，连一点儿正经主意没有，却爬在船头上放太平炮，倘若一旦国家真正有事，要是用他们这一拨儿兵，叫他们去冲锋打仗，那岂不是糟不可言。心里一想着有气，可就想起要拿他们开开心。一转身提起铁篙，绕在小官儿脊梁后头，一看他仍然弯腰闭眼，一动不动，便轻轻把那铁篙从两只胳膊底下穿了过去，轻轻只一挑，那位水旱两路带兵官儿裕大老爷，就像那猴儿爬杆一样，哎呀一声，应手而起。凌云成心开玩笑，后把一坐劲，前把一磕，嗖的一声，那位裕大老爷跟棉衣球一样，就被弹起老高。那四个放炮的先听见哎呀，还以为是让炮给震的，及至回头一看，可了不得了，也不知裕大老爷怎么会飞起来了，齐喊一声："不好!"全都撒了炮铳，伸出两手去接，恰好不偏不斜砸个正着，几声哎呀，全都跌倒船头。

凌云正在心里一快，只听岸上有人喊道："凌姑娘，累我好找!"凌云回头一看，呸地啐了一口，不顾船上岸上，一声儿没言语，铁篙往外一支嗖的一声，双脚离船，哗啦扑咚一声响，人就蹦到海里去了。

这位裕大老爷让人家给扔得晕头转向，喘成一团，正要睁眼，看是什么人跟自己开玩笑，就在一眨眼之间，一道白光，哗啦扑咚一声响，钻到水里去了。不顾周身疼痛，赶紧往船头一跪，口里叨念："龙王老爷子，你别生气，小卑职裕昌，奉了水师提督差派，到这佛肚山弹压地方，刚才有海贼抢去烧香妇女，追赶不及，因此放炮，所为让海贼一害怕，好把抢去的人给送回来，没有想到惊动了你老人家。今天过去，小卑职必定给你唱戏烧香压惊，您可千万别见怪小卑职!”说着不住嘭嘭地乱磕响头。

旁边四个兵看得清楚，听得明白，赶紧在旁边搭话道：“老爷，那不是龙王，是一位穿白衣裳的姑娘。”

裕大老爷呸地就是一口啐道：“你们懂得什么！那就是龙王三太子的化身，你们没看过书，什么也不知道。想当年小白龙算卦……”刚刚说到这句，猛见顺着海岸一条小船，如箭头子一样，直奔自己这边官船而来。裕大老爷猜着是海贼去而复返，大事不好，不管龙王爷显圣，一翻身爬起来，顺手一抄，就把那杆大枪抄起，可恨一只肩窝受了镖伤，使不得力，只一只右手，拿住枪杆，抬头一看，恰好那只小船也正来到。没等裕大爷说话，船尾上站起一个人，嗖的一声，两脚一跺，早已蹦到岸上。裕大老爷可吓坏了，一波未平，一波又起，这个海贼还不是奔自己来的，真是叫海贼来个二次，自己这个小官儿也就不用干了。一着急，一抡手里枪，蹬着跳板，也跟着上了岸。才到了岸上，一看船上下来的人，已然和另外一个人动起手来。这时可看真了，船上下来这个人，至多也就三十岁，一脸紫肉，大鼻，阔目，膀大，腰圆，穿着一件暑凉绸对襟褂子，青绸子中衣，脑袋上盘着辫子，脚底下光着脚，穿着两只草鞋，手里拿着仿佛是一双筷子，可是中间又有个环儿，一上一下，在那里拼命苦斗。

那一个年纪在二十多岁，穿一身浅蓝绸子，衫裤，胯下镖囊，长得眉清目秀，唇红齿白，头上绢帕罩头，脚下一双青缎子快靴，手里使的是一根说鞭不是鞭，鞭头多着一个铁球，净躲不还手，嘴里还直叨念：“凌大哥，您别着急，有什么话，咱们好说。”

那个黑汉子道：“姓龙的，你一再逼我们兄妹，如今我妹妹已经被你逼死，什么话也不必再说，你就是给她偿命算完。”嘴里说着，那两支筷子更加快，到后来简直就看不清楚两个人两样家伙来了。

裕大老爷始终不明白是怎么回事，要说一个是贼，彼此又都认识，要是两个全是贼，贼见贼，也不能当着官人拼命。今天开庙头一天，就出吵子，这一个多月，更没法儿了，一不做，二不休，掉转炮口，给他们来一下子，打着了之后，谁管他是什么人，就按着海贼报上去，碰巧还许有点儿升头。想到这里，往回一撤步，蹬着跳板，又退回船上，向那四个兵一啾咕，跟着过去就要搬炮铳。这四个兵里，三个没言语，一个直摇头，伸手把裕昌的手腕子揪住道：“老爷你先慢着，可知道他们两个都是谁？”

裕大爷摇头道：“我不知道，难道你认得？”

那个兵道：“刚才蒙住了，现在才想起来，不但认得，那位黑脸的，还是我从前的旧饭东。”

裕昌道：“怎么着，还是你的旧饭东？那你何妨先把他们劝住，省得闹出人命，一来是咱们的吵子，二来也是德行。”

那个兵把舌头一伸道：“老爷说得倒稀松！就凭我一个鸡毛蒜皮，也要过去拦人家二位高兴，就算是再借我点儿胆子，我也没那么大的道行！再说这二位，也说不出是有仇是有好儿，反正绝不是三言两语能够给劝开的。你要知道知道这二位都是谁，我倒能跟您提他一下子。那位黑脸的姓凌单名一个风字，原是扬州府属宝应湖风云寨的总瓢把子。您看他手里使的那对家伙了没有？听说那个叫判官笔，又叫短拐，不但能够拿人家兵器，还专点对手周身穴道，就因为他手使这对家伙，江湖绿林道送他一个外号儿叫铁判官闹海苍龙凌老风。在我没穿这身官衣之先，就在那里当了一名小头目，混得很是不错。那个白脸的，我就知道他姓龙，叫什么我忘了，外号儿倒还记得，大概是什么三臂金刚，先前是个保镖的，也不是怎么姓凌的劫了他的镖，他又约出许多朋友，要镖打山，当间儿热闹多极了。可惜我是小头目，知道不太详细，要是知道清楚，足能够编一套书的，真能比黄天霸打连环套还热闹。反正我就知道风云寨高低是破了，姓凌的也被获遭擒了，那时急于逃命，就没敢往下再说，后来还是听旁人说，姓凌的又让一个姑娘给救走了，那个姑娘听说是他的妹妹，底下事就没听提过。今天这件事，不用说还是姓龙的冤魂不散他又追下来了，我看您的意思，是要调炮打他们，那可使不得。一则人家是好人，无缘无故，打伤人命，别瞧您是官，就怕引动公愤，可不是玩儿的。二则他们本事太多，咱们这座炮，未必准打得着他，打不着他们，再误伤了别人，事情更不好办。倘若一炮不中，他们二位一翻脸，当时他们不打了，全奔了您来，不用说咱们这几位，就是再多个十倍百倍，恐怕也是白搭。这话我可是肺腑良言，听也在您，不听也在您，大主意您自己，我一个人的大老爷！”

裕昌道：“那么咱们就瞪眼瞧着吗？”

那个兵道：“你别忙，我也是听人家说，铁判官凌老风自从风云寨散后，就跟那位我提的那个姑娘在一块儿游荡江湖，一向可是谁也没离开过谁。方才也是时候太短，人家太快，咱们净顾了点炮，也没看清楚，您说龙王三太子那个穿白衣裳的姑娘，是不是就是那位姑娘？真要是她，只要一伸手，当时满完，就怕不是她，那可就麻烦了。”

裕昌一摇头道：“怎么这里头又出了姑娘了？可真要把我乱死！”

小兵一听，这倒不错，合着一片话满白说了，谁叫他是老爷呢？再跟他说一遍，遂又把方才那套说了一个详细。裕昌点点头道：“这就是了，不过还是没有一点儿指望，方才那位姑娘，不是已然跳下海去了吗？这么大的水，掉下去当时捞上来，都未必能活得了，何况这么半天，说不定漂出去有一百里地了。”

小兵又一个道：“准要是她，你倒不必替她着急，就冲她那个外号儿她也绝死不了。”

裕昌道：“什么外号儿能够这么棒？”

小兵道：“提起这个外号儿，真都有点儿发沉！人家姑娘外号儿叫千手观音，您想一个人要有一千只手，得有多大能耐？再说观音菩萨谁不知道，要没有那种救苦救难的意思，焉能得到这种外号儿？还告诉您一句，风云寨要不是这位姑娘，到现在还许散不了哪！”裕昌还待往下问时，猛见那个兵把手一指道：“老爷，瞧可了不得！姓龙的可真急了，要施展他三只手的能耐……”

裕昌赶紧往那边看，只见那个黑汉的手里两根筷子，依然是上上下下，左左右右，前前后后，扎、点、披、挂、锁、撩、推、拿，使得如同风车儿相似，越使越精神，越使越有劲，气不涌出，面不变色，那个白脸的，手里的鞭虽然没显吃力，可是除去封、闭、退、架，便是闪、展、腾、挪，一手儿也递不进去，脸上透红，鬓角儿见汗，并且胸脯子一起一落，有点儿上气作喘，一边封闭退闪，一边把右手里鞭看那意思要往左手里递，就是腾不出工夫来，猛见黑汉两只手往前一递，双手一分，两支筷子分着奔了白脸的左右肩头。白脸往后一仰身，喊声："来得好！"就势一翻身，开脚就走。

黑脸的哈哈一笑道："姓龙的，你不用假败藏招，我今天要领教你这个三臂金刚！"双手往胸前一搭，塌腰就追。

裕昌虽说离得不远，可是人家动作太快，盯着瞧也没瞧甚清，仿佛看见白脸的把鞭交在左手，右手一托镖囊，掏出什么来可没瞧见，跑出去也不过是一丈来远，忽然右脚往后一蹬，扭项回头，喊了一声："看镖！"嗖的一声，黄澄澄亮晶晶一支镖就奔了黑脸的头顶打去。裕昌真吓了一跳，差点儿没哎呀出来，凝神再看，黑脸仿佛没有这回事一样，依然往前直跑，也不知怎么一股子劲儿，那支镖刚刚擦着脑皮过去，硬没打着。那个白脸的又是一声喊："再躲这两支！"一抬手，这回是两道黄光，一支奔胸口，一支奔小肚子。裕大老爷哎呀一声，一跺脚，准知道又是一条人命，万没想到黑脸的会全都躲开。黑脸的低着头跑，听白脸一喊，抬起头来，这一支就到了胸口，一憋气胸口往里一吸，横左手里笔往上只一撩，当的一声，这支镖飞起来足有一丈多高，同时第二三支镖也到了小肚子，一压右手笔，又是当的一声，那支镖便直挺挺地钉在地下。裕大爷实在憋不住了，脱口而出："好，太好了！"

黑脸把三支镖全都躲过，哈哈又是一笑道："姓龙的，你还有什么真格的，拿出来咱们瞧瞧，就是这个我可要对不过了！”说着双手一紧，忽上忽下，行左便右，两只胳膊如同风车儿一样，并且一味嬉皮笑脸，圈住了白脸就是不让他脱身逃走。

过手又有半个时辰，裕大老爷瞧着都有点儿腻了，回头向那四个兵道：“怎么跟卖把式的一样，简直成了活套子了，这有什么意思？你们瞧那边怎么倒清静了？”

那四个兵道：“老爷您可得想主意，这二位在这里紧斗，必有一伤，如果出了事，可还是您的事，您可别以为这是看把式。”

裕昌道：“那我一点儿法子都没有，你们谁有好主意，说出来咱们商量商量。”

刚说到这句，就听那黑脸的一声怪喊道：“姓龙的，今天我要你的狗命了。”不顾再说，赶紧往那边看。只见黑脸的左手笔往白脸的当胸一扎，白脸的往旁边一侧身，黑脸的进步一腿，正抽在白脸的胯骨上，白脸的吃不住劲，扑咚一声摔倒在地。黑脸才待上步，下家伙，用毒手，报当年破寨之仇。却听远远有人喊道：“凌风，不可下手，我来了。”来人比箭还急，到了跟前，往前一递脑袋，横着一拱，黑脸的就退出去有三五步远近。裕大老爷正在着急，眼看自己管的地面儿就要出事，准知道这个黑大个儿一下手，那个小白脸儿，就算交待，急得顺着脑袋直往下流汗珠子。就在一跺脚一闭眼的工夫，忽听有人说话，赶紧又把眼睛睁开，凝神一看，白脸的躺在地下还没得起来，黑脸的却离开白脸的站在旁边运气，当中可又多出一个人来。是个老头儿，身量不高，至多也就在四尺多点儿，满脑袋白头发一嘴白胡子，精瘦的一张脸，皮包骨，骨外一层皮，小眼睛，小鼻子，高颧骨，撮下巴，尖下颏儿，两只小薄耳朵，白头发扎红辫梢儿，辫梢儿拴着两小铜钱。上身穿着一件紫不紫红不红芝麻纱的琵琶襟褂子，下头是一条米色直罗裤子，系腿，松裆裤，白袜子，两只香牛皮厚底鞋，腰里露出半截凉带儿，上头掖着一个皮口袋，一根铁杆铜玛瑙嘴儿的旱烟袋，青缎子烟荷包，满扎着四季花儿，坠着一个约有半尺来长的砂酒壶，䙌里䙌襶，简直看不清是什么人物。

只见他一手指着黑脸的，一手指着白脸的在脸上画着道子笑道："你们这两块臭料，一个有出息的都没有。一个是扔下正事不干，满处追人家大姑娘，爱亲做亲，也得人家愿意不是？您这个是剃头挑儿一头热，弄着一只巴掌拍，腿都跑细了，媳妇儿也没混上，你是英雄？简直是狗熊。一个久经大敌书香门第的儿女，一点儿小事也沉不住气，当山大王当上瘾来了，还是非当山大王不可，因为搁了老爷的高兴，这就算是仇深似海，青天白日，平白杀人，杀了就完了？你还当着你是山大王时候哪！倚仗着山高皇上远，没人理你，你可也把事太不当事了。"说着回手一指裕大老爷道，"你当着我净说哪，你瞧人家吃官面儿的老爷早在那里圈上你们了，不是不动手拿你们，给你们留着好大面子，怎么你们一点儿不懂，还在这儿一个劲儿没结没完，非等锁套脖儿你们不算散是怎么着？"说着又把双手向裕昌一拱道："大老爷您别生气，他们都是自己人，闲着没事闹着玩儿急了，您不用见怪，回去我必责罚他们！"

裕大老爷站在那里哆嗦，心说我的佛爷有灵，真会一档子两档子逢凶化吉，看起来我小子将来还许有点儿造化。这个老头儿也不知什么人，也不知凭什么会把这二位给镇住了，别管人家是干什么的，总算没出吵子，就得念阿弥陀佛。别瞧能耐不怎么样，嘴上可能谈一气，借着老头儿拿话一领，赶紧搭话道："嗬！老爷子，您怎么也露了？咱们爷儿两个，可有些日子没见了，他们哥儿两个，我早就想瞧他们比画比画，练的倒是哪一门儿，今天好容易碰上，又让您给搅散了。他们哥儿俩功夫可比前两年长多了，可惜就是腿上还软一点儿。"

老头儿一笑道："怎么着，你爱瞧？那好办，再叫他们重新来一回，我先躲开。"

裕大老爷一听，那可别价，好容易没出事，回头再找出吵子来，那可是没事找事，赶紧拦道："您让他们歇歇吧，改日再瞧。"

老头儿道："不是我怕您没瞧够。"

裕昌连连摆手道："够了够了，来吧，爷儿三个船上坐吧，我刚沏的一包京小叶儿可比咱们当地出产的强得多，您喝会子，咱们多谈谈。"

老头儿一摇头道："不，不，我们还有事，改日再来看您。"说着向那两个道："嘿！走啊，我带你们去一个地方给你们评评理去，走！"

白脸的这时早就站起来了，满脸通红，一声儿不言语，地下拾起家伙围好，掸掸衣裳上的土，给老头儿作了一个揖，说了两句话，裕大老爷是一个字也没听明白。黑脸的也过来作了一个揖，一句话也没有，噘着嘴生气。老头儿微然一笑道："福官儿你怎么还是这个脾气？跟我走，我把这件事给你们化解了，你一明白前因后果，自然也就踏实了。走！"说着拱手向裕昌一揖道声："再见！"一手拉一个，噌、噌、噌，三纵两纵，已然到一山顶，再一眨眼，便自踪迹不见。

裕大老爷看得都快成傻子了，心里迷迷叨叨，仿佛做了一场梦似的，正在一怔，就听船上那个伙计一阵狂喊："老爷，你快瞧！"裕昌又吓了一跳，回头一看只见方才黑脸的划来那四只小船，一晃两晃，自己如飞往海里跑去。裕昌简直都糊涂了，一句话没有，目瞪口呆，直看那只小船没了影子，才缓过一口气来，告诉那四个伙计，进城别提今天的事。一直提心吊胆驻守一个月，善会一散，裕大老爷进城交差，没等说什么就请了长假，回到北京心里才撂平，在家一抱孩子，再也不想当官发财。从此裕大老爷书里用他不着，干脆请他在家纳福，不再劳动。现在先说说这位姑娘是什么人，然后再说黑脸的，连那个老头儿又都是什么人，怎么结的怨，怎么报的仇，翻头说一个大倒插笔，什么时候再一说到佛肚山，就算到头完事。

第二回

华堂称寿祸生不测
造府求婚仇结无因

江苏常州府武进县城里十字街，住着一位念书的，姓凌名霄。家里本是大族，人口很多，凌霄因为喜静怕乱，便同了妇人恽氏，另外单过。夫妻两个得子稍晚，在五十岁上才生了一个儿子，乳名福官，学名一个风字。过了四年，又生了一个姑娘，乳名多官，单名一个云字。凌霄因为分得祖产不少，衣食不愁，生性又极清高，不愿做官应役，只是在家里写字读书画画儿，还有一样嗜好，最好刻书，只要得着一个什么好本子，不怕多花钱，也得把它刻出来，因此家里存书颇不少。除去整理书籍之外，就是教教这一儿一女。两个孩子，又是特别聪明，一个十岁，一个六岁，念起书来，虽不能说过目成诵，也能够温故知新。年月太平，家庭清静，看看书，写写字，教教小孩儿，实在是有个乐趣。

一天，正是凌霄六十正寿，亲戚朋友都来拜寿凑热闹，凌霄也特别高兴，加意款待，留酒留饭。到了吃晚饭的时候，亲友益发来得多了，圆桌一围，划拳行令，猜枚消酒，你三才，我八马，拳轮酒到，杯举酒干。正在兴高采烈，满座欢腾的时候，忽见下人凌祥慌慌张张从外头跑了进来气急败坏地向凌霄道："回大爷，不……不……好了！外头有本县知县花春锦花大老爷，带着上十个快班四五十名步兵把咱们宅子围了！"

凌霄听了，毫不慌张，把手里酒杯放下道："现在什么地方？"

凌祥道："已经进了二门，我往里面的时候，旁边的兵还吆喝我站住，我装没听见跑进来的，大概……"

凌霄不等他往下再说，便笑着向众亲友道："屈尊众位，暂时不陪，我去看一看就来。"说完一拱手便自迎了出去。

这时众家亲友也全都听明白了，只道是官兵围了宅子，准知道事情不小。有着急的，怕是把自己连累在内；有害怕的，唯恐玉石不分；有趁愿的，平常享福太过，这一来虽不人亡，也要家败；有后悔的，原跟凌霄没有什么交情，本不过拜寿，只因贪图着有酒有菜，可以图个醉饱，万没想到反受了这一惊；还有胆子更小的，一看形势严重，打算当时翻墙逃走的。就有老成持重的，赶紧过来就拦道："诸位亲友，少安毋躁，现在究竟是怎么一档子事，还不大清楚，好在我们是来行人情的，料来也不会有什么事摊到我们头上。再者主人一个念书的，也绝不会闹出什么特别事情，说不定还许一时误会，主人出去，说上三言五语，也许就会平安无事。大家稍微静坐一会儿，自会有个水落石出，那时各自平安回府，彼此都好。如果这时一乱，四外一跑，原本没有事的，也许惹出事来了，岂不是想快反慢，无事找事，引出麻烦，彼此都有不便。诸位只当没有这回事，不是还要把这顿饭吃完吗？诸位还是请坐吧！”当下大家听了一点儿不错，虽是免去逃走的念头，可是再要坐席吃饭，无论如何，也塌不下心去了。

正在怔怔呵呵眼巴巴往外探看时，却是凌祥一个人从外头走了进来，向大家道：“完了，完了，诸位亲友，请照旧喝酒用菜吧，官兵衙役已然退出去了！”

恽氏急问道：“你没听说什么吗？”

凌祥道：“老爷出去，我也跟着出去了，本打算跟着他们打听打听是为什么事。他们带来的人，把客厅都堵上了，除去老爷之外，旁人无论是谁，一律不准进去。一会儿工夫，老爷跟着花大老爷全都出来了，后头好些官兵，把咱们书房里摆的书搬走了不少。他们往外走，我也在后头跟着，我看老爷跟花大老爷说这话儿，仿佛是没瞧见我。我在旁边假装咳嗽了一声，老爷一回头看见是我，便笑着向我说：‘没有什么事，你进去告诉诸位亲友，有事的请便，没事的多在这里喝几杯，我一会儿就会回来的。’说着老爷就跟花大老爷他们全都走了，至于究竟是有事是没事，还是不知道。”

恽氏道：“走的时候，是坐着车走的，还是步下走的？”

凌祥道：“我是急于要来报告太太，就没有跟出去，好在他们走得不会太远，我再追下去看一看好不好？”说着抹头要走。

恽氏叫道：“凌祥，你就不用再追着了。”说着又向众亲友道，“这件事真有点儿怪了！凌霄这个人，众位是知道的，真是可以说是大门不出，二门不迈，坐在家里向不与人往还的，怎么会凭空生出这种事来？要说事情不要紧，又怎么能够这样轻轻悄悄地就走了？我现在打算不拘哪位，跟县门有熟识的人，替我们去问一问，到底是为了什么事。果然重大，还得及早另想法子，如果一时误会，回来也好放心。不知哪位亲友县衙里有熟人可以去问一问？”

这些亲友，平常因为凌霄不跟大家怎样往来，本就心里不大痛快他，今天这个寿辰，还是因为他在本地是个首户，手里又有田产，少不了将来还有用他的地方，不敢得罪，才来敷衍他的，现在看他出了这种事，不用说是胆小不敢去问，怕是连累自己，即使里头有熟朋友可托，冲着凌霄平常为人，也是不管。再说谁知是什么事情？今天没有连累在内已然万幸，如何还肯出力蹚浑水，听了恽氏的话，都是低头不语，仿佛是在想什么心思一样。一半儿头脑清醒的，准知道这件事非同小可，一个弄不好就要牵连在内，不但不肯出去打听，而且觉得事不宜迟，迟则生变，别等出不去门再想出去，便借着到县衙门去打听消息为名，全都溜之乎也。那些胆小的，更不必说，也都说了几句安慰的话，什么不必着急，吉人自有天相，凌大哥也不是没有口才的人，到了那里，少不得说上三言五语，碰巧花大老爷还许用轿子把他老人家送回来呢，这个没有什么，何必着急？说完也便借个说辞而去。

这时凌风、凌云两个业已睡觉，只剩下恽氏一个人坐在屋里，凝神揣想，就是想不出来什么地方得罪了人，得罪的又是谁。无缘无故，怎么会出了这么一档子邪事。坐在那里，一边寻思，一边等那班探信去的亲友。一等不来，两等不来，爽得连个影儿都没有了，这才想起这班人未必不是怕事，躲起来了，再等到明天这个时候，也未必会有人来给回信，心里不由越发焦急起来。忽然想起，凌祥总是自己从小养大的，这如今主人出了这样不幸的事，旁人害怕，他一定不能和旁人一样，不如叫他跑一趟，或能打听出消息来，也未可知。想着便大声喊了两声“凌祥”，却不见凌祥答应，这才知道凌祥也是无义无良之辈，生怕主人把他牵连在内，竟自先行跑了。到了这时，真是呼天不应，叫地无灵，又一想起凌霄平时为人，无论是亲是友，只要找到面前，向来是百求百应，待人如同兄弟，从无疾言厉色，怎么人情竟是这样凉薄。事情真相未见，走的走，跑的跑，实是世态炎凉，令人寒心，越想越难受，不由趴在桌子上痛哭起来。

正在伤心难过的时候，听身旁有人喊道：“太太您先别哭，事情可是不好，咱们得赶紧想正经主意才是。”

恽氏吓了一跳，赶紧抬起头看时，正是凌祥，满头是汗，满眼是泪，站在面前发怔，就知道消息不好，未曾说话，上嘴唇跟下嘴唇一个劲儿哆嗦，再也张不开来，结结巴巴地向凌祥道：“你……说老……爷怎……”说到这个字，一力颤抖，哪里还说得上来什么话，已然抽抽噎噎哭了起来。

凌祥也忍着眼泪道：“太太，您先别哭！听我告诉您，我刚才听见太太求他们打听老爷的信儿，他们树叶儿掉下来都怕砸脑袋，哪里敢管咱们的事，我又知道事情急，一个耽搁就许没法儿可想，是我一急，忽然想起我有一个姑舅哥哥在县衙门里当帮厨，要是找着他，或许也能有一点儿法子可想，因此我才飞跑到县衙。总算还巧，一下子就找着我表哥。我把老爷那件事向他一说，他先说没有法子，我知道就凭亲戚说不动他，便把我身上老爷给我买酒的钱，掏出来给了他，他看见了钱，才答应去给我打听打听。进去了半天，好容易才把他等出来，一见我面便摇头说事情太难，老爷那件事，还是府里交办，按说打听不出头绪，幸亏有一个师爷，归他伺候，师爷抽烟、消夜归他预备。这位师爷，跟府里师爷是师兄弟，因此这件案子，他还知道一点儿底细，据说老爷这件事，原不是什么要紧事，只是得罪了一个人，也不是什么提亲没答应，人家老头儿就记住了老爷，这回是为刻了一部什么书，上头有骂皇上的话，这部书是老爷刻的。本来皇上不想重办，老爷那位仇家在皇上驾前说了几句歹话，皇上一生气，非要把刻这部书的人，全都灭门九族，我问他还有别的法子可想没有？他冲我一摇头说难难难，除非能够找皇上老爷子求他把那道旨意撤回。他还告诉我说，叫我回来，赶紧告诉太太，现在衙门里连夜赶公事，明天就能到府里，案子就算实了，死的不能救，活的要赶紧想主意。只要天一亮，他们就要派人来闯宅子，一抄家产。这话他本来不该说的，只因拿了我几个钱，又是亲戚面子，老爷在这里声气又好，所以才敢这样卖私。我看他实在没法儿可想，便不再跟他说什么废话，赶紧跑回来了。太太，我看这话，未必是假，你可得赶紧想主意。老爷做了一辈子好人，难道连条后都不该有？这种事宁可信其有，不可信其无，趁着他们人还没有来，咱们赶紧想法子，把少爷小姐全都带走，找个地方暂时藏藏躲躲，再打听打听，能救老爷就救老爷，不能救老爷总给老爷留了后。即使没有这回事，老爷平安回来，咱们即回来，可也没有什么。太太，事情已经紧急，可拿定了主意，千万不要一误再误。太太……”连叫几声，恽氏全不答应，定神一看，恽氏已然头垂，目闭，口张，涎流，先往西天等凌霄去了。

原来恽氏听凌祥说到灭门九族，顿时气往上一撞，血往上一涌，乍伤脑髓，当时便已死去，后来凌祥说的话，干脆就叫白费。凌祥可吓坏了，赶紧喊道："张嫂，李嫂，你们快点儿来吧！"

张嫂、李嫂是看凌风、凌云的，因为看见恽氏不高兴，没去看凌风、凌云睡觉，怕是少爷、小姐睡不安稳，便到屋里去给少爷小姐做伴，累了一天，陪着陪着，她们两个也都身子一歪，陪着睡下去了。恽氏在外间屋哭，凌祥回来说，她们是一概不知，及至凌祥大声一喊，才都由梦中惊醒，以为是恽氏叫她们不着，发了脾气，赶紧一边往那屋里跑。到了屋里一看，凌祥挲着两只手冲恽氏来回晃，恽氏低着头趴在桌儿上，一声儿也不言语，还以为是恽氏哭得太厉害，凌祥劝不过来，叫她们来帮着劝。赶紧一边一个走过来，手扶恽氏肩膀叫道："太太，太太，你不要尽自伤心了，老爷一会儿还不就回来！"

凌祥急道："张嫂，李嫂，你们摸摸太太还有气儿没有？"

张嫂、李嫂一听，全都大大吓了一跳，往回撤手一扳恽氏脑袋，颤巍巍用手一摸，不由哎呀一声道："可了不得了！太太可过去了！我们的太太呀！"跟着咧开嘴跳脚儿一哭。

凌祥忍住眼泪，过去一拉张嫂、李嫂道："得了！你们二位先别哭，这里还有比这事更大的哪！"

张嫂、李嫂止住哭声抽抽噎噎地道："凌大爷，什么事要紧不要紧，咱们得赶紧想法子瞧口棺材把太太成殓起来才好，这可真是糟心，老爷又不在家，哎哟我的太太呀，您这么好的人，怎么就这样儿走了啊！"

凌祥急得直跺脚道：“二位你们先别哭，咱们先把事说完了行不行？”

张嫂、李嫂道：“是不是想拿两个钱去给老爷托人情？不要紧，我那里存了还有二十多两银子，就在我屋里铺底那个小匣子里，有一个钥匙，拿钥匙把我那柜子打开，里头有个……”

凌祥急忙拦住道：“够了够了，不是为这个。”

张嫂道：“那么为什么，你倒是说呀。”

凌祥这才把自己去探的信，这件事情怎样不好办，又告诉她们恽氏就是因为这个才急痛死去的。

张嫂一听急问道：“你说灭门九族，那么少爷在九族外头不在？”

凌祥唉了一声道：“怎么你什么都不懂？少爷是老爷的儿子，除去老爷就是少爷，怎么能够出族？老爷要是完了，头一个就是少爷。”

张嫂又哭了：“哎哟我的老爷太太哟，怎么您当一辈子好人，连条后都不能留哦！我的少爷……”

凌祥道：“张嫂，你先别哭，我问你句话，你觉乎你真爱少爷不爱？”

张嫂撇着嘴道：“怎么不爱，少爷自从生下来第二天起，就吃的是我的奶，一天也没离开我。不是我说句嘴冷的话，我自己生的那个孩子，死呀活呀我倒不理会，唯独少爷不怕有个头疼脑热我就能够跟着好几顿吃不下饭，好几宵睡不着觉，我可也不是贪图人家什么，一则老爷太太没拿我当底下人看待，二则论少爷也特别可人疼，除去有时候爱淘气，可是谁家小孩儿又不淘气，跟我真比跟太太还亲，我怎么能够不疼他，这是当着灯……”

凌祥道：“行了行了，现在这里，老爷是非死不可，凶多吉少，太太又在这个时候，忽然扔下两个孩子，就这样儿走了。可怜老爷太太这样两位菩萨似的善人，竟会闭门家中坐，祸从天上来，无缘无故，出了这样逆事，现在只剩下少爷小姐这么两个弱不成丁的骨血，恐怕还难保全。老爷太太空自做了一辈子好人，落到这样悲惨结果，我们一个做下人的，一点儿能力没有，既不能够给老爷想个法子，怎么辩证辩证使他老人家得以出险，也没法子给死去的太太查考仇人是谁，替老人家去世的阴魂报仇雪恨，现在我们要报答老爷太太待我们一份仁德，只有一个法子，能够稍微尽我们一点儿人心。这个法子，其实也没有什么多大难处，就是趁着他们去的人还没有回头，没有把咱们这座住宅包围，咱们想个什么法子，把太太老爷留下的这一点儿骨血，别再让他们受了害，最好是赶紧把少爷小姐给救出这块险地，省得再落在他们那班人手里。将来能够长大成人，报仇不报仇，还在其次，总算老爷太太当了一辈子善人，没让他断了后，就是我们做下人的把心尽到了。倘若老天爷可怜，老爷太太好人不得善终，也许能够平平安安地叫我们顺顺当当地把少爷小姐救得脱了眼前这步急难，只要能够出了这个门儿，没有人看见，没有人跟着，就能脱险，再能想法子混出城去，找个地方一避，暂时隐姓埋名，过个十年八年，等到少爷小姐长大成人，再叫他们认祖归宗，也好给姓凌的留下传宗接代的一条根。这是我这么想着好，不过这件事，说着容易办着难，谁要一管，可就担上山海的关系，并且是性命干连。我想求您二位，就在这个时候，领了少爷小姐赶紧就走，暂时找一个熟地方，躲上个月期程，听了动静，倘若老爷平安无事，能够回家，我再去想法子找着您二位，把少爷小姐给送回来。那时老爷念在二位劳苦功高，也绝不能白了二位。如果说句丧气话，老爷冤屈丧命，你们二位还要多受一点儿辛苦，千万严严密密保着少爷小姐远走高飞，不拘吃什么穿什么，只求保住他们两条小命，也许能够拉拔长大。这时我的这么一点儿心思，不知二位以为怎么样？现在天可不早了，要办咱们还是得赶紧就办，因为等天一亮，去的人二次回头，把宅子一围，再打算走，可就不易了！二位，怎么样？你们快点儿说，可没多大时候了！”

张嫂、李嫂一听，异口同音道：“凌大爷，人心都是肉长的，不用说老爷太太平常待我们全都十分不错，咱们应当报答他老二位这份功德，就是现在，赶到事情出得太急，老爷太太全都受了天大的冤枉，所剩下的就是这两个孩子，冲这两个没爹没妈的孩子，咱们也不能见死不救。凌大爷就赶紧说出你的主意，我们是一块儿走，还是各人单着走？出门之后，先奔什么地方？你怎么说，我们怎么办。事到如今，就凭天理良心办事了。凌大爷你就快说吧！”

凌祥一听，心里太高兴了，不由长叹了一口气道：“虽说二位都有一片血心，也就看出来平常老爷太太待人确是厚道了，既是这么说，可太好了！还是那句话，事不宜迟，迟则有变，您二位当时就快走吧，早出这个门儿一步，就离着危险可以少一步儿。你二位抱着少爷小姐，出了这个门儿，我告诉二位一条明路，老爷生前朋友亲戚虽多，真正好亲好友可太少，老爷朋友里就有一位最好的朋友，您二位先知道，就是东门里吕西园吕老爷，是老爷真正知心的好朋友。您二位带了少爷小姐，先投到吕老爷那里。不过人心隔肚皮，虽说平常听咱们老爷说起吕老爷总是夸得天上少有，地下难寻，究其实咱们也看不透，别看平常吃喝花用不分，仿佛够个朋友似的，等到真要遇见事，也未必就能怎样。要依我说，二位投到那里，咱们家里今天闹的这一档子，暂时可以不说，就说老爷太太有点儿不合适，嫌少爷小姐在家里吵闹不得调养，叫你们二位给送到吕老爷家里，暂住几天，等老爷太太好一点儿，再接少爷小姐回来。好在今天老爷生日，吕老爷那里一位没来，还可以瞒得过去。不过这一出大门，二位就要多加小心留神，说不定衙门里就许安上人，真要叫人家一追到吕家，那一来连朋友都挂累上了，可不是意思。就是这么办吧，二位多偏劳，将来叫少爷小姐多孝敬孝敬你们二位吧！”说到这里，凌祥眼圈儿一红，嗓子便有些抽噎起来了。

张嫂、李嫂不住连声答应，赶紧回到自己屋里，一看凌风、凌云，两个孩子睡得还是真香，不由点头暗叹。当下两个人一商量，先找出两个大包袱，把这两个孩子常穿的衣裳，以及鞋袜子，全都找了不少包上，又把银柜拧开，拿了点散碎的银子，揣在怀里，然后过去把两个孩子轻轻拍醒。这两个孩子里，凌风已然十岁，本来天赋聪明，又加上凌霄夫妻两个循循善诱，确实念了不少的书，心里非常明白。睡得正香，被人拍醒，睁眼一看，原来是张嫂跟李嫂，便一边揉着眼一边问道：“张妈妈，我娘呢？前边客人都散了吗？”

张嫂眼泪含在眼圈里点点头道：“散了，早就散了。方才你外婆家里派人送了信来，说是你舅母得了暴病，把老爷太太都接去了，太太临走，告诉我跟李嫂，说本来要带你们去的，皆因你们睡得很香，没忍叫你们，告诉我们，你们哥儿两个什么时候醒了什么时候把你们送去，因为说不定，也许三天五天回不来。我跟李嫂一看，时候已然不早，你们还是沉睡不醒，所以才把你们叫醒，赶紧穿好衣裳，好送你到外婆家里去。”凌风答应着爬起来就穿衣裳。

那边凌云也叫李嫂叫醒了，也揉着两只小眼，向李嫂道：“李妈妈，天不是还没有亮吗？干吗都把我们叫了起来？”

李嫂道：“你没看见哥哥也起来了吗。你外婆那里打发人接你们来了，快点儿穿衣裳，咱们好跟哥哥一块儿走。”

凌云虽是女孩子，比凌风岁数小，究属是个女孩子，比凌风心思来得细，听了李嫂的话，把嘴一撇道：“我就不信，我外婆家一直也没有接我们去过一趟。我娘跟舅舅一见面就拌嘴，平常都不回家，哪有黑天半夜反倒回去之理。就是去也不会带我们，因为我娘说过，外婆家的小表哥不是好孩子，叫我不要跟他一块儿玩儿，哪里还能叫我去呢。你说的，我真不信。”说完睁着两只墨漆似的小眼睛，不住滴溜溜四外乱转。

李嫂一听，心里暗叹，这个孩子，可是太机灵了！可惜命不好，家里出了这种逆事了！当下只好再骗她道：“今天不是接你们玩儿去，大概是有什么事吧，老爷太太早去了，现在又来接你跟你哥哥，你看哥哥不是在穿衣裳吗？哥哥一走，就剩了你一个人，你还跟谁玩儿？乖小姐，快穿好衣裳，跟我们一块儿走吧！”

到底是小孩子好哄，听李嫂一说便笑着道：“怎么爸爸跟妈妈都去了，哥哥也要去？那我也去了。”

李嫂一听她也答应了，这才把心放下，跟着就给她把衣裳也穿好了，跟张嫂一个人提了一个包袱，抱了一个孩子绕着道不敢走恽氏住的屋子，好容易绕到了门口，一看凌祥已在门前等候。当着这两个小孩儿，细话没敢说，凌祥只说了一句：“张嫂，李嫂，你们二位多辛苦吧！”

张嫂、李嫂也不敢多说，只回了一句：“你也多累，多照顾点儿屋里外头，有信儿您可想着赶紧给送去。”说完彼此一点头，各自抱了一个孩子，深一脚浅一脚地往东门走去。

凌祥把门关好，回到恽氏屋里，一看恽氏趴在桌上，那种惨死的情形，不由伤心痛哭起来，哭了一阵，想把恽氏尸身移到床上放好，自己一个人却没有法子移动，方才应当先叫张嫂、李嫂帮着自己把恽氏安顿好了，再放她们走，现在剩自己一个人，一点儿法子没有。忽然一想，舅老爷离这里住得不远，趁着没人来，赶紧到那里去送个信，请他们来一个人帮帮忙，先把死人停放好了，心里也踏实。才要迈步，又一想不成，那位舅老爷平常就势利熏心，自己亲妹妹家不走走，反倒常去本家二老爷家里，当然他是因为二老爷是个官儿，常走动有便宜，即如今天是他们姑老爷生日，他们家都一个人没来，足见他已不把姑奶奶搁在眼里头。如今再去求他，告诉家里出了逆事，他更不能来了，没的倒碰他一鼻子灰。除去舅老爷之外，就是本家二老爷老爷四老爷，可是一个跟老爷对劲儿的主儿也没有，都说老爷不图上进，拿着祖宗血汗挣来的钱乱糟践，现在要是去找他们，往好里说是不管，碰巧了还许给他们趁愿，不如不去。再想连一个人也想不起来了，按着脑袋，来回在屋里乱转，一点儿主意没有。听了听外头已然打了四更，心里益发慌乱，准知道天要一亮县里人就到了，老爷是祸福不明，太太是停尸待殓，想找人商量个主意，都找不出人来。忽然一跺脚道：“唉，我把事做错了。张嫂虽说在宅里多年，她们挣的工钱，拿的是月钱，老爷太太待她们不错，当然她们一时的血气儿，能够把少爷小姐领走，可是人心隔肚皮，倘然她们热气儿一凉，恐怕又出变故，那是救少爷小姐不成，反把他们两个给葬送了。趁着他们走得不远，赶紧追他们一下子，能够见着吕大爷，把少爷小姐托付好了，我再想法子探听老爷在什么地方，有什么法子可以给活动活动。”想到这里，把恽氏又往桌子上扶了一扶，找了一把椅子从旁边倚住，又拿了一床夹被，把恽氏连头带身子，全都遮盖好了，转身出了屋子，把屋门倒带好，把摺掉儿搭上，这才径奔大门。

才待拔闩开门，却听大门外嘭嘭一阵乱响，不由吓了一跳，急忙往后一退步，强扎着声音道：“什么人？”

外头有人喝道：“快点儿开门，县太爷查夜来了！”

凌祥一听就知道不能走了，爽得把心定下去，使劲一拔，门闩一开，哐当一声，门分左右，呼噜一下子，从外头撞进来足有二三十口子，全都是青官衣红缨帽，鞭子，板子，棍子，棒子，长的锁链，短的枷，吆喝呼喊。里头有两个头儿领着，往里就走，一见凌祥便喝道：“你姓什么？”

凌祥道：“我姓凌。”

那个头儿冲后面一努嘴道：“码上（注，捆上也）！”“嗻！嗻”两声，过来四个人，两个人拢胳膊，两个人剪腕子，就把凌祥捆上了。头儿领头一声喊："哥儿们，往里洗！"一个个如同狗抢骨头一样，往里便闯，照着屋门，当地就是一脚，摺掉儿也折了，门也开了，两个头儿抢一步道："别乱，别乱，哥儿们看我们哥儿两个的！"说着一前一后，抢进了屋门。

两个头儿一进去，凌祥在尽后头，两个伙计，一个推着，一个拉着，不住直抱怨："人要倒了霉，什么事都遇得上，偏会遇见你，把爷儿们一点儿彩气儿全都没了，真是……"嘴里说着，手里使劲儿，凌祥的脖子就挨了好几下子，忍着痛也不言语，跟着大家进到屋里。

那个头儿一眼就看见恽氏了，一声断喝道："得了别装着玩儿了，跟我们走一趟吧！哥儿们码呀！"旁边一阵"嗻！嗻！"过去就把夹被给抓下来了。

凌祥真急了，抖丹田一声喊道："你们先别动手，难道死人还有罪吗？那是我们的主母，已经过去的了！"

抓夹被的一听，把手就撤回来了，直着眼看着那个头儿。那个头儿把脑袋一晃道："兄弟你怎么信起这个来了？装死？还不到时候哪！把她掌起来。"跟着扔下夹被，一揪恽氏的头发，一正脸。

凌祥就哭了："我把你们这一班有人生没人养狐假虎威的活畜类呀！我们老爷即使犯法，犯的是朝廷的王法，也没犯你的法。我们太太已经过去，又是一个妇道，你们怎敢这样无礼，难道你们就不怕现世现报吗？我的好心的太太呀！"

凌祥这一骂不要紧，那个头儿当时就火了，一反手叭地就是一个嘴巴，打得凌祥脸上直发烧，跟着就骂道："挨剐的兔崽子，你也敢开口伤人，老爷就不懂什么叫报应，今天先报应你一下子。”

说着从旁边人手里夺过一根鞭子，一扬手正要往凌祥的脸上抽去，猛听窗外有人一声呐喊道：“贼小子你不懂报应，今天我就叫你知道知道!”窗户跟着咔嚓一声，一道红光直奔那头儿脑袋砸去，哎哟一声，咔吱一声，上头那扇窗户就开了，那头儿不由得就得往上抬头。才把眼皮一翻，就听呼的一声，一大片红光直奔脑门儿。打人的这位头儿，在衙门已然混了不少年，能耐虽不见高，什么道儿他可都懂，一看红光就知道有人从此路过，看着不平要来个挡横。这片红光，不是带火的暗器，就是带毒药的小家伙，哪样儿砸上也受不了，得赶紧躲。心里想着不错，没容躲，红光就到了，正在脑门子上，唰啦一声，这位头儿哎呀一声：“哥儿们可了不得了，我脑子都出来了!”那位头儿先也吓了一跳，及至那位头儿脑袋上挨了这下子，他不但没害怕，反倒笑了，旁边这些伙计，仔细这么一看，不由也都扑哧一声，跟着全都笑了。那位头儿自从挨了一下子，也没觉乎怎么疼，低着脑袋，等了半天，一听一点儿动静也没有，心里正在纳闷儿。大家一乐他的气撞上来了，低着脑袋哼哼唧唧地道：“哥儿们，不怪人家说，咱们车船店脚衙，没罪就该杀。我虽对众位没有什么特别好的地方，可是也没有什么对不过众位的地方，这叫怎么啦?眼看我脑子都出来了，众位连一句宽心的话都没有，这未免太难一点儿。哪位辛苦给我家送个信儿，忘不了哪位的好处。”大家一听，哗的一声乐声儿更大了，连凌祥虽在难中，可是看得清楚明白，不由得笑一笑。那个头儿一看，全都不搭话，可就骂上了："众位，什么可乐呀？说句不好听的，你爸爸要是挨这么一下子，你们也跟着一块儿乐吗……"

这一句话没完，旁边那位头儿火就上来了："花五！你趁早别满嘴乱吣，你在六扇门里当差，怎么会连一点儿骨头都没有？可惜了儿，你还是洪三把的徒弟哪！你不叫大伙儿乐，谁叫你出的事儿可乐哪！你说你脑子都出来了，你不会摸摸到底出来没有？张嘴伤人，你算什么东西？"

凌祥一听，知道一个姓花了，又听花五道："白老三，你不用跟我过不去，只要我的伤不至死，你就留神我要你的狗命。"说着话往起一抬头，叭的一声，从脑袋上掉下一样东西去，赶紧弯腰捡起来，原来是一托红缨子，还正是自己的，也不知道什么时候丢去，又会从窗户外头扔进来。闭眼一想这个茬儿，这才明白，方才那一片红光，就是这玩意儿打在脑袋上，自己以为脑子都出来了，一嚷一吵谁能不乐？连自己一咂味儿，都要乐出来，赶紧忍住，向窗户上一看，一点儿不错，滴溜滚圆的一个大窟窿，花五别瞧没什么本事，他江湖道儿还真知道不少，一看这个窟窿，他可就知道来了高人了，便向白三道："白老三，这里的事也没什么可办的了，正主儿已然解到府衙，门里除去尸身之外，就是这一个人，咱们也不用细搜了，赶紧把门封上，回去交差，省得误事。"白三点头道："好吧。"花五过去把夹被提了起来，已然给恽氏盖好，回头向凌祥道："这位大哥，刚才你受屈了！你可别怨我们，我们这是奉上所差，概不由己，没法子的事，现在这里也没什么事了，你跟我们到衙门里去一趟，问两句话也就完了，请吧！"

凌祥也明白他是害怕人治他，吃眼前亏，他并不是什么好人，又知道来的这个人，一定能耐特别高，不然他也不能怕，或者能够把他老爷救出，亦未可知。想到这里，便把嗓子提高了点儿道："好说头儿，您信服报应不信？我们老爷太太，都是善人，善人岂能遭恶报，你不信，看着出不了三天，我们老爷就能平安回家，善人自有善人扶，你信不信？"

花五一听，这两下子敢情他也懂，便笑着道："那是没错儿的，这里大爷，连我都知道是当地的一位善人，这回也是一点儿小灾份儿，没什么，也就是三天五天的事。走吧，你跟我们去回个话儿吧。"

凌祥准知道不能不跟着走一趟，便点点头跟着走出来，眼看着他们把大门关好，这才一路往县衙门里跑去。出了十字街口，至多不到半里路，就觉眼前红光一闪，回头急看，正是身后火起。凌祥问白三道："白头儿，你给瞧瞧什么地方起了火？"

白头儿道："你先等一等，我派人看看去。"伙计这时候已然跑去了有三五个，不一会儿全都气喘喘地跑了回来，张口结舌向花五白三道："二位头儿，可了不得了，后头是十字街起火，就是刚才咱们去的那个凌家。"

白头儿花头儿还没怎么样，凌祥哎呀一声，人便往地下蹲去。这二位班头又烦又急，可就什么都不顾了，一举手里鞭子，唰的一声，没头没脸，就往凌祥身上抽去。凌祥也不躲，也不言语，闭气，声儿不出。花五又抽了几鞭子，一边骂："这要不是你，我们哪能离开那块地，怎么能够起火，这都是你一个人闹的，你还装样儿，撒泼打滚儿，真来可恶！"说着唰唰又是几鞭子。

两个人一递一个正打得高兴，猛然白头儿觉乎有人在腰上捏了自己一下，一看旁边正站着两个伙计，便瞪眼问道："你干吗?"伙计刚在一怔，白头儿嘴巴就挨上了。白头儿才哟了一声，花头儿那边又挨了一个嘴巴，几个嘴巴一打，这两个头儿那啊哟都不敢嚷了，你一看我，我一看你，一点头，一摇头，凌祥他们也不要了，伙计们也不管了，塌腰一抹身，人就跑下去了。眼看离着县衙门不远，心里才松快一点儿，猛见离着前面不远，有一个黑影儿，晃晃摇摇，冲着自己乱晃。二位头儿心里有事，是打算赶紧跑回衙门，告诉老爷，如何出了特别情形，请他赶紧防备，眼看来到了县衙门，忽然出了这么一个黑影儿，在前头捣乱，要是这个时候，出点儿岔子，那可怎么好？心里一急，一举手里鞭子，冲着那个黑影儿叭的一声抽去，吱的一声，黑影儿蹦起来足有七八尺高，鞭子刚一下去，黑影儿也跟着下来了，依然站在前头，不住乱晃。这二位头儿可有点儿迷糊了，不是旁的，是人是鬼，弄不清楚，是人也是高人，绝不是自己这两个人所能挡得住的；是鬼也是恶鬼，更非自己这两个人所能拦住的。别管是人是鬼，反正得跑才好，就是跑不开，往东走东边挡，往西跑西边拦，两个人分着跑，简直跟有分身法一样，两个人迎着头一个人挨一个嘴巴，打得两个人头全晕了。实在没了法子，两条腿一弯，扑咚一声，全都跪在地下，嘴里不住叨念："你是狐仙老爷子，您别跟我们开玩笑，我们今天有事，赶到没事的日子，一定陪着你消遣会子，请你喝酒，吃小鸡子。你不是狐仙老爷子，你是孤魂冤鬼呀？你死得屈，投不了人生，可是冤有头债有主，我们两个没有侵害你，你别跟我们过不去，你找有冤的去报冤，有仇的去报仇。再要死得冤，你可以给我们大老爷托一个梦，他老人家正管你们的事，必能给你们申冤雪恨，我们弟兄也有一份人心，我们给你找都天庙里和尚念三天经，放三台焰口，超度超度你。你不是鬼？你是侠客义士，路见不平跟我们过不去，义士爷，侠客爷，你不知道，我们是奉上所差，概不由己吗？没法子，吃人家饭，做人家事，给人家跑腿，你老人家别跟我们过不去，放我们回去，见了我们大老爷，把您这番意思，完全说个明白，必请我们老爷把这件事断问清楚，不叫他里头冤屈一个人，侠客爷，义士爷，你饶了我们吧！”

这二位头目跟得了热病一个样，胡这么一许愿，忽然眼前一亮，那道黑影当时踪迹不见。白头儿向花头儿道：“老五，瞧怎么样？这回许是说对了，八成儿不是侠客，就是义士，这件事我瞧开了，凌家简直是冤枉，才有这些事。咱们虽说是当官差，吃官饭，第一样还是得把自己吃饭的家伙保住才成，回头到了衙门里头，把以往实情，全都告诉坐上的。他愿意给人家辩白清楚也在他，他愿意瞒心昧己跟人家过不去也在他，咱们全不管，反正我不能跟自己命过不去。”

花头儿向白头儿道：“老三，你这话说得是一点儿不错，身在公衙好修行，咱们落得河水不洗船，既是你有这番意思，何妨把那个姓凌的也放了，好在也没人知道，你想怎么样？”

白头儿道：“这倒是不错，送进去也不过是多送一条命，一点儿好处他们也弄不着，干脆咱们就这么办，放走他！”

两个人商量好了，不奔县衙门，又往回跑。刚走到半路上，只见前面呼唤一声，人跑下来一大片，仔细一看，全都是自己的伙计。有的衣裳破了，有的帽子丢了，有的自己扶着自己的胳膊，有的自己托着自己的脑袋，哼哼哎哟，跟败兵一样，全都跑了下来。二位头儿赶紧拦住道："哥儿们，什么事这么乱七八糟，这要把差事丢了哪！哥儿们是你们担还是我们哥儿两个担?"

这里伙计一看这两个头儿去而复返，嘴里打着官话，不由全都气喘吁吁地站住脚步，喘了半天，才向二位头儿道："头儿，您二位都到哪儿去了？好劲！您二位撒腿一跑，我们不知什么事，我们打算先把差事送回衙门，有什么话再说。没想到刚走了没几步，前头来了一个小黑矮子，也说不清是人是鬼是狐仙，往我们人群里乱撞一气，碰谁谁倒，碰谁谁伤，我们实在拦挡不住，就跑下来了。"

白头儿道："得了得了，咱们可不过这个，咱们是干什么的？能够让邪魔外祟给吓回去，这不是没有的事吗？你瞧我们哥儿两个，刚才因给追跑了一个，你们让人家给退了一堆来，够多泄劲，得了，别的也不用说了，差事在什么地方，赶紧交给我，我好给送回去交差。"白头儿一问到这句，当时大家全都张口结舌，连一句话也说不出来了，你看着我，我看着你，全都如同木雕泥塑一样。白头儿就知道把差事丢了，假装不知地问道："嘿！我问你们哪，差事在什么地方，交给我，我好去交差，怎么不言语怔八成儿丢了吧！这个可不行，好啊，知道的是你把差事给弄丢了，不知道的还说我们是得财买放，这个罪名我担不了。没别的，对不住你们哥儿几个，跟着我见老爷实话实说，给我们哥儿几个择洗择洗吧。"

这些伙计一听，可了不得了，这件案子是上头交办的，真要回去，照这样儿一说，这个罪名可是打不了，没法子，求吧：“头儿，别价，我们跟您们二位也不是一天半天了，您还有什么信不及我们的，事情实在出得奇怪，您要真是回去实话实说，那一来我们可就全都苦了，家里都是上有老，下有小，指着我们在外头混这碗饭吃，您要是不可怜我们，我们全活不了，二位头儿，你就嘴角儿留德吧！”

白头儿花头儿本来就没打算真把他们给交了差事，不过知道这群人不好惹，不把他们镇住了，回头见着县官，他们来一下子，自己吃不开，故此才拿话一挤他们。如今一听，他们气全馁了，这才摇着头道：“哥儿们，这件事可是责任大了，我要给你们大众圆个谎，你们回去，自己可也得对得上茬儿才好。”

大家道：“没错儿，没错儿。”

白头儿道：“既是如此，众位到了衙门，就说他们凌家一家已然全都畏罪潜逃，临行放了一把大火，一个人没见，因此回来了。”

大家全都答应，这才径奔县衙门。刚刚到了门口，只见从里头飞跑出来一人，嘴里喊道：“快找白头儿花头儿，老爷屋里出了怪事，墙上挂人头，桌上插钢刀！”

县官儿花春锦，原是榜下即用，肚子里头倒是不坏，才一到任时候，还很办了几件漂亮案子，名气混得颇是不错，因为是念书的人，就爱交些文墨朋友，在公事办完之后，作个诗，联个句，画张画儿，下盘棋，不失文雅一派，交的朋友一多，就难免透着杂乱。内中有一个姓苗的号叫雪斋，是个当地人，这个人长得很是难看，心里却非常灵透，诗也作得好，字也写得好，能摆棋，能画画儿，还能喝大酒，这几样全都投合县官的口味，在这些宾客里头，最是对劲儿，花知县真有两天不看见苗雪斋，就能一天不乐的意思。花知县一亲近苗雪斋，苗雪斋的事情可就多了，今天托个人情，把卖烧饼的送来打几板子，明天把卖豆腐的传来打二十屁股，没有一件事，真值得坐堂问事的，可是碍于苗雪斋的面子，只要他托个人情，是概无不准，这么一来不要紧，从前花知县辛辛苦苦挣来的一点儿名气，完全让他糟掉，一班百姓也就全都啧有烦言，又加上苗雪斋这人天性爱小，每天出入衙门口儿，都是属苍蝇的，就许他吃人，不许人吃他，因之一班下边的差役，也都恨他不过，只有花春锦，却依然和他好得蜜里调油。

一天花春锦坐完了堂，判完了公事，看看苗雪斋还没有来，正在盼想之间，门外脚步一响，帘子起处，正是那望眼欲穿的苗雪斋踱了进来。花春锦一见大喜，一把拉住道："雪斋，你怎么这个时候才来？快叫他们把棋盘摊上，我要学一学你说的那手儿'倒脱鞋'，实在太好了。"

苗雪斋把手一撤道："老公祖恕过，今天学生身上有事，实在不能奉陪。"

花知县把手一撤道："什么事说得这样紧急？"

苗雪斋道："这件事关系学生终身，还要求老公祖特别帮忙。"

花知县道："难道雪斋还要进场玩儿玩儿吗？距离考期还远，届时我必想法子，今天我们先把那盘棋走了……"

花知县一句话没有说完，就听咕噜一声，苗雪斋双腿一弯，直挺挺地跪在花知县膝下。花知县这一惊非同小可，急忙往起扶道：“雪斋，你这是什么意思？你有什么话，只管向我说了，我没有不帮忙的。”

苗雪斋听了道：“这样说来，你老人家实在是学生的恩人了。”说着又磕了一个头，慌得花知县还礼不迭。

两个人起来坐下，花知县道：“雪斋，你怎么会又想起要报考应试？难道也是看见官儿有点儿意思吗？”

苗雪斋道：“老公祖，一不想报考入场，二不想升官做吏，我所求老公祖的，却另是一件事。”

花知县道：“什么事？愿闻。”苗雪斋进了一步，趴在花知县的耳边啾咕啾咕说了一阵，花知县一边听一边摇头，苗雪斋把话说完，花知县的头却仍然摇个不住，怔怔神，长叹一口气道：“雪斋兄，你这个题出得太难了。兄弟我虽说现在做了这个官儿，实在并不一定指着它发财立业，只是打算做点儿小名气混热闹，今天雪斋兄所谈的事，我是碍难奉命，再说兄弟虽说不才，却也是个读书的人，那凌某人在本地是个难得的好才子，如果有旁人要侵害他，我们还应当替他摘兑摘兑，如今只为要求未遂，就要以莫须有三个字要他的命，这件事未免太说不下去。况且爱好做亲，姓凌的不答应，还有的是好姑娘小姐，何必非把人家置之死地，究竟有何冤仇？这件事既是府里交下来的，兄弟只装不闻，给他个不问，想他大概也不敢来公然和我提说。雪斋你也不要再去，你打算做，我可以给你想法子，事决不亏负你，只是这件事，却办不得。”

苗雪斋光听花知县说得轻松，知道他是无忙不帮，事已有成，及至往下一听，原来花知县人甚迂腐，却不肯帮自己办这件事，不由一个滚烫的身子，跟掉在冰里一样，便搭讪着道："老公祖说得是，倒是学生冒言了，改日再来请罪，请吧！"

说着转身就走，花知县一把揪住道："雪斋先慢一点儿，你要到什么地方去哪？"

苗雪斋道："我因为已经答应了人家对方，事情既是办不到，我再想出旁的方法，好去交代，等那边事完，我再来看公祖……"

一边说着又往外走，花知县道："雪斋兄，我劝你不干原是为你，如果雪斋兄以为非此不快，那还是不麻烦旁人的好，兄弟我也不是办不到，并且还比较是自己办着比旁人强，至少要拉进几个人。不过还有一说，你们为的只是求亲未许便想了这么一个法子，也不过是想恐吓恐吓他，他只要能够答应，方才听说的总还要烟消云灭，这件事你要应得起，我一定可以去办，倘若事也办了，你们为了那一头儿扔了这一头儿，我可就对不起人家姓凌的了。"

苗雪斋道："老公祖说的话一点儿不错，对方的意思，也不过是为吓吓他们。如今既是老公祖肯其从权办理，只要姓凌的一点头，把他们开释无罪，还全在学生的身上。"

花知县见苗雪斋说得板上钉钉，便带了衙役，悄悄到了凌家，把外头一围，进去假说拜客。及至见着凌霄，这才告诉他有人在衙门诬控请他见而辩证一下。凌霄明知事有蹊跷，恃着心里无愧，便随着花知县到了衙门。花知县吩咐带进后堂，退去左右，才向凌霄深深一揖道："凌老兄，这回事你可不要怨我，这总是生于这种乱世，直道不行才会有这怪事，我想还是看开一点儿，省得惹出闲气，益发怄气。”花知县这几句话一说，闹得凌霄昏头昏脑简直不知是什么地方的事，怔呵呵的连一句话也说不出来。花知县道：“老兄，这件事也难怪你不知底细，等我说个清楚，你也明白了。你老兄府上可是有位千金吗？”

凌霄道：“女孩儿是有一个，不过还小得很，难道有她什么干连？”

花知县道：“说得一点儿也不错，不但有贵千金的干连，而且这件事可大可小，也全在贵千金身上，凌老兄你可还记得有人向府上提过亲吗？”

凌霄略一沉思道：“噢！我想起来了，在六月以前，有一个朋友到我家里，要为小女做媒，问起对方，说起就是现任府大老爷的少爷。我当时一则因为我的女孩子太小，二则不瞒老公祖说，那位府台门第太高，我也不敢高攀，所以我便一笑回绝了，想不到会由这件事又惹出事来，倒是我意料不及，只是还不深悉，谢老公祖试道其详。”

花知县道：“你老兄回绝对方，对方却还没有死心，他们以为是你看不起他们。昨天兄弟听见一个信儿，于老兄大大不利，因此今天请老兄到这里，商量商量，如果老兄能够不拘成见，兄弟倒愿喝这一碗现成的冬瓜汤。”

凌霄忽然脸上一变颜色道：“老公祖明察秋毫，世上还有强迫的婚姻吗？我不愿结亲，就不结亲，他能把我怎么样？我姓凌的身家清白，绝无丝毫不实不尽，他对于我有什么不利，我问心无愧，绝不能因为他这么吓，我就答应他。老公祖既是能来跟我说这话，想来跟对方是熟识的了，就烦老公祖向对方说一句公道话，我姓凌的奉公守法，什么也不怕，亲事我是不答应，他有什么办法只管办去，我是情甘领受。”说到这句，嘿嘿一声冷笑道，“想不到生女儿会生得打起官司来了，这真是奇事！”

花知县一看凌霄这份儿正气，不由得心里好生敬慕，只是事情已然办到这里，如果自己撒手不管，真要应了苗雪斋的话，凌霄就得家破人亡，可惜这样一个好人，落个惨死。低头略一沉思，便向凌霄笑了一笑道：“凌老兄，你是错怪了我，事后自知，我也不辩白了，请老兄先到外边去歇一歇，容我再想法子商量。”

外头来人又把凌霄带了出去，告诉外班房好生款待。又叫人把班头白化、花芳叫了进来，班头进来请安请示，花知县道：“现在当时就带二十人去到凌霄家，连大人带孩子，一齐带当堂问话，可是不许骚扰人家，快去快回。”两个班头答应走了，花知县一个人在屋里乱转。这件事确是知府不对，怎么能因为提亲不成就跟人家翻脸，真是欺压良民。正在寻思，外头有人跑着就进来了，凝神一看正是苗雪斋，一见花知县，迎头就是一揖。花知县道：“这话从什么地方说起？”

苗雪斋道：“我方才到了府衙，把老公祖的话说了一遍，府台非常高兴，让我给你送了一点儿礼来，说是这件事办完，余外还要给老公祖特别好处。这是二百两银子，请老公祖查点收下，我还要回去复信。”

花知县看了看桌上银子，又看了看天，一摸胸口一揉脚道：“银子我收了，你就回复去吧，我必给办到。”

苗雪斋又请了一个安依然飞跑而去。花知县看苗雪斋走后，才长叹了一口气，正要喊来人倒茶水，猛见后窗户外忽然一阵火光，喊了一声：“不好！”抹头就往后跑，到了后头一看，黑洞洞的连一点儿火星儿都没有，不由诧异，以为是自己眼花了，赶紧往屋里走，只向桌上一看，又大大吓了一跳，原来苗雪斋刚才搁的那封二百两银子，连个影都没了。不由着急，这个银子，今天自己收下，原有用意，正是一个大反证，如今一丢，无私有私，无弊有弊，这可怎么好？又不好说出来，又不能垫出来，又是着急，又是难受，又是生气，简直说不上自己的滋味儿来了。再往地下一看，意思之间，是打算找砸在地下没有。就在才一弯腰，猛听桌上咔吱一声，扑咚一声，急忙立起身来再看，真是魂飞天外，原来明晃晃的插着一把钢刀，刀把儿上挂着一个鲜血淋漓愁眉苦脸的人头，也没有看清楚是什么人，转身往屋里就走，嘭一声，碰个正着。花知县哎呀一声，往后就倒，来人已然一把扯住，定神看时，却是仆人花升。花知县惊神甫定，喘吁吁道："升儿你上什么地方了？"

花升道："我给老爷沏茶去了。"

花知县道："可吓死我了，你没看见？"说着往桌上一指，再看人头钢刀踪迹不见，手伸出去就拿不回来了。

花升往桌上一看道："老爷你叫我看什么，是不是这张纸条儿？"

花知县一怔道："什么纸条儿？"

花升道："桌上不是一张吗？"

花知县道："拿过来我看看。"

花升过去一拿纸条就哟了一声道："怎么拿红笔写的？"

花知县接过来一看，哪里是红笔写的，简直是人血写的，上头有几句似诗非诗似词非词那么几句流口辙："我本游侠儿，跨刀入市井，里有不白光，留刀示惩警，父母官子民，尚知忠与梗，不饮盗源泉，无愧古之耿，事事须公平，悬头留猛省。”字写得歪歪斜斜，长长短短，看后，不由得浑身一抖，从脊梁沟儿直发麻。赶紧把方才所见告诉花升，又叫花升赶紧派人去把白头儿花头儿找回。恰巧花升才走到门口，就碰见了白头儿花头儿，把话向两位头儿一说，头儿也毛了，赶紧往里头就跑，跑到里头给老爷请安道受惊。花知县道：“这些虚文，咱们可以不说，咱们说要紧的，你们请的人怎么样了？”

两个头儿全都请安道：“不敢瞒老爷，公役到了凌家，只剩下死尸一具，余人均已不在，看那死尸颇像凌霄的女人，下役因为没有可带的人，便带着弟兄往回走，走到半路忽然十字街起火，凌家全家完全烧完，下役们为此赶回禀告。方才又听衙门里又出了岔子，据下役们看凌霄这个案子，也许有冤，请你特别留神，能够给开脱就开脱了吧！省得多闹麻烦。”

将说到这里，外头有人飞路而入，喊着就进来了：“武进知县花春锦，速到府衙，知府等问话。”喊完了打掉脸儿就又走了。

花知县一听，手忙脚乱，赶紧换衣裳，戴帽子，传轿夫抬轿子。花知县一进轿子，轿子如飞一般，不一时到了府衙。住轿打帘子，花知县才一进门，就知道不好，两边站着有五六十兵，全都是弓上弦，刀出鞘，灯笼火把，亮子油松，照得就跟白天一样。知府松大人站在台阶上，一见花知县，赶紧拱手，这都是历来没有的事。两个人一进到屋里，松知府一拉花知县道：“可不得了，今天我来了一个下棋的朋友陪我下了两盘棋，没有想到会在我这衙门里闹出大事。”

第三回

凛余威花令全孤子
贪厚赏李妪陷凌云

花知县道："是不是遭了血光之灾？"

知府道："一点儿也不错，老兄怎么知道？难道有人已经向老兄说了？"

花知县道："请大人找个僻静地方，卑职还有话回。"

知府用手一指，里头屋，小书房。花知县跟着走了进去，知府一摆手，从人全都退了出去，屋里就剩了知府知县二位。花知县低声儿向知府道："有一个凌霄确实有些冤枉……"

一句话没完，知府微然冷笑一声道："凌霄明明附逆，毁谤朝廷，老兄何以见得他是冤枉？"

花知县道："这件事大概大人也被死者苗雪斋蒙蔽了。不瞒大人说，死者的人头，还在敝职衙门里。"

知府道："那又是怎么一回事？"

花知县遂把苗雪斋如何去找自己，叫自己如何去逮捕凌霄，以死生要挟叫他答应亲事，大人想姓凌的是不是有些冤枉……

花知县话还没有说完，知府早已连声喊起：“姓苗的真是该死，我何曾托他去办。我因为看他谈吐不俗，常找他来谈谈，有一天谈到小儿亲事，他便说起凌家有个女孩子，长得很是聪明，便说要撮合此事，我便无可无不可地答应了他。过了几天他来回复我，说是姓凌的不答应，并且还说了姓凌的许多坏话，我还笑着向他说，这种事成就成，不成就不成，用不着生气。当时便把这事搁下了，我也没有知道这个姓凌的就是那个姓凌的，就是那部书里刊着姓凌的名字，也是他来报告我的。我还以为他是忠心于我，可以做我一个耳目，谁知他竟是这样胡作非为。不过姓凌的已经逮捕，那么这个杀苗雪斋的又是什么人？怎么在我这里杀的？人头又跑到你的家里去？这事真怪极了。老兄何以又知是这件事的干连呢？”

花知县又把自己怎样去逮捕凌霄，又如何派人去缉拿他的眷属，及至差役回报，才知凌霄的妻子恽氏已然急怕身死，两个孩子以及仆人不知去向，家里无故又起了大火，正在着急之中，忽然有人在衙门桌上插钢刀挂人头又留下字柬，跟着把字柬上的话，念了一遍。

知府大人听完，连连跺脚道：“姓苗的真是害死人了，想不到会上了他这么一个恶当。如今姓凌的已然问了口供，折子都走了，这可怎么样办？”

花知县道：“这件事大人既是已然上了折子，也就不能挽回，死者已矣，咱们说活的吧！凌霄无辜惨死，就留下这么两个孩子，无论如何，大人也得想法子把他两个孩子保住才好。”

知府道：“这又难办了，方才老兄说，他们一家已然星散，既是畏罪潜逃，自必藏名隐姓，你说咱们到什么地方去找这两个孩子?”

花知县道：“只要大人能够不把他们一同问罪，卑职倒有办法。”

知府道：“你去办吧，只要能够把他们找着，我一定得想法子把他们救出来，赎赎我用错了人的罪。”刚刚说到这句，就听外边一阵乱嚷，知府问道：“外边什么事情?”

外头进来两个随从单腿打千道：“回大人，外头有一个妇人抱着一个男孩子，说是有机密要见大人!”

知府一听就是一怔，向花知县道：“八成是那话儿来了吧!老兄别走，我当时就问，问完了之后，不是凌家的孩子算完，如果是凌家的孩子，这里头可就大有周折，还要求老兄一块儿想个法子才好。”

花知县连连答应道：“是，是，卑职理当伺候。”

知府吩咐升堂，外头鞭子板一阵乱响。知府到了堂上，喊了一声：“带!”堂下喊了一声“威武”二字，当时从堂下带上一个中年仆妇打扮的人，还带着一个小孩子走上堂来。

松知府向那妇人问道：“下面这个妇人，姓什么，叫什么?什么地方人?那个小孩子又是你什么人?你为什么放着县衙门不去，倒跑到府里来?说!”下边那些差役也跟着叠连声叫喊：“说!说!”

那个妇人跪爬半步道：“青天大老爷，小妇人张于氏，就是这本地人，原在城里十字街凌家当了一名雇工人氏，这个小孩儿，是我们小主人，他叫凌风，小名儿是福官儿。要问小妇人为什么来到这里？不到县衙门却来搅乱大老爷，这里头却有个缘故，这里头小妇人却有天大冤枉。小妇人在凌家佣工当老妈子，已然有了七个年头儿，平常颇受老爷太太另眼看待，很是受了不少恩典。昨天夜里，县衙门里忽然来了许多当差的老爷们，把我家老主人凌霄一索锁去，女主人急气身死。当时小妇人并不知道主人犯的什么罪，因为受过老主人的恩，恐怕把小主人也牵连在内，一时热血蒙心，便豁出死去，把小主人偷偷地抱了出去。这不过小妇人一时糊涂，打算报答老主一番厚待之恩。万没有想到，抱了我家小主人，一连去了多少人家，请求他们暂时把我们主仆收下，谁知事出意外，连一家收留的都没有，并且跟小妇人说，我家老主人直到如今，还不知道犯的是什么罪，犯的什么法，如果把我们主仆往家里一收，难免有个走透风声，一旦传到官家耳朵里，带了差役，到家里一查，家里一个人也没有，反在亲友家里查了出来，不是情虚，也是情虚，不是避罪，也是避罪，反倒把罪情坐实了，落一个举家潜逃，那一来反倒把老主人害了。再说如果老主人果是犯罪有证，我们小主人也在被拿之列，那么谁要留了我们小主人，谁家就难免有性命干连。因此连去了不少家，连一家肯收留的都没有。小妇人一听，才知道自己一时糊涂，把事情做错，既然人家都不敢收留，小妇人带着我们小主人，又应当投奔何处？倘若在街上东跑西走，遇见官人，细一盘查，反倒无私有弊，因此不敢再想隐藏我家小主人。后来跟人家一打听，准知道我家老主人是被知衙带走，如果小妇人把我们小主人也往县衙门一送，岂不是自投罗网？在千思万想之后，才想起来把我们小主人送到大老爷衙门里来。就求大老爷能够替我们老主人申雪奇冤，替我们死去的主母报仇解恨，给我们小主人有一个安身之所，小妇人不怕替我家主人一死，也是情甘愿意。愿大老爷子孙满堂，公侯万代!”说着跪在地下不住连磕响头。

松知府听了，不由连连点头，心说凌霄果然是个好人，不然他一个使唤下人，焉能舍命保全他的儿子，便和颜悦色地道：“好！你先下去，我必想法子救你主人。”

张氏又磕了一个头，领着凌风就下去了。知府退堂，到了里头，把这话向花知县一说，花知县摇脑袋道：“这个女人可太厉害!”

松知府道：“这话怎么讲？难道这里头还有什么说辞吗?”

花知县道：“也不尽然，不过在卑职看，这里头却有些不实不尽，这个女人分明是献孤求赏来的。”

松知府道：“这话可以看出来?”

花知县道：“你想她分明说不知她凌主人犯的是什么罪，她既不知道何以能断定必能株连他的儿子？即使株连他的儿子，她已经走了，谁又不知道非要拿他亲属，怎么就不敢收留，这分明是她旁听了高人的指授，说起凌霄有灭门九族之罪。一则她带了这个孩子，本身有险；二则她想既是要犯，如果送到官里，必有赏号，她这是卖主求荣，大人倒不可不办她一下子，借着这个，也可明明老大人心迹。卑职妄测，不知对不对?”

松知府低头想了一想，把两个巴掌一拍道：“一点儿也不错，这种东西我是非得重办她一下子不可!”

说着就要二次升堂，花知县急忙拦着道：“老大人既然明白了这件事，也不必忙在一时，明天再问也不算晚。今天已然过于劳顿，卑职告辞，老大人也该歇歇了。”

说着才要请安告辞，就听外头一阵脚步声，一个人从外头飞跑而至，见了知府赶紧请安结结巴巴地道：“回大老爷，大事可不好了！”

知府凝神一看，正是府里的快班头儿王九思，沉着脸问道：“什么事这样大惊小怪？”

王九思道：“回大人，方才大人交下来那个妇人张于氏，跟那个小孩儿凌风，一个死了，一个跑了。”

知府一听，也是一怔，赶紧又问道：“到底怎么回事，你慢慢说。”

王九思答应一声“是”道：“大人把张于氏跟小孩儿凌风交下来之后，差役们知道他们是跟凌霄是一案，事情太大，不敢搁在外班房，打算把他送进小牢里暂时看一看，谁知道送进去的四个伙计，刚走到府墙小夹道那里，忽然一阵风过，把灯笼吹灭，拿灯笼正晃火种点灯笼的时候，就觉那张于氏身子往下一歪，还以为她是绊倒了，及至点起灯笼再看时，可了不得了，张于氏齐着脖子脑袋没了，那个小孩儿，也连个小影儿都没有了。他们跟差役一说，差役到那里一看，一点儿也不错，事情出得太奇，特来大人台前请罪！”

知府一听当时也是一怔，便向花知县道：“贵县看看这又是怎么一回事，难道那孩子会功夫，他把张于氏杀掉自己走了？”

花春锦道：“绝不是那么回事，按卑职看必跟这位寄柬留刀的就是一人。”

松知府点点头道：“也许，也许，不过咱们又该怎么办了？”

花春锦道：“这件事倒没有什么不好办，好在老大人愿意把姓凌的孩子成全了，正想不出什么好法子，这样一来倒好交代了，张于氏被杀，旁人谁也不知道。这就吩咐衙门里头不要说出来，把她死尸一埋，也就完了。至于那个孩子，一定是被人救走，咱们也就不必究情了。”

知府叹了一口气，点点头道：“也只好是如此吧，贵县也赶紧回去，明天把这件案子办完，我也不干了，回家抱孩子都比干这官儿强。”

花知县也不便说什么，赶紧请安告辞回衙门。过了几天，京详回来凌霄附逆有据，一同并案办理，凌霄就是那样死了。

再说李嫂跟着张嫂抱两个孩子，原本打算挺好，走着走着张嫂心里忽然一动向李嫂道：“李嫂，你先走一步，我随后就到。”

李嫂还以为她是要解小泄，还骂了她一句道：“你瞧你懒驴上磨屎尿多！”抱着凌云提着包袱，往前走了半天，还是不见张嫂赶来，心里猛地一动道：“哎呀！我别傻走了！不用说张嫂她必是想什么道儿去了，本来么，一个人活在世上，为的是什么，放着现钟不撞撞木钟，趁早别上凌祥那家伙的当，回首让人家逮着，那才叫冤哪。真要是把云姑娘往衙门里一送，也好领赏个十两八两银子，一个不对数，还许打个拐带，那可不是玩儿的，趁早儿打别的主意。”有心把凌云找个地方一卖，无奈这个孩子太小，又是夜黑天，找什么人去，真要是等到第二天，以这个孩子这份儿机灵，就许弄不出手，再惹出旁的事来。又一想方才收拾包袱时候，里面检东西，已然很值不少钱，要不然把孩子往这里一扔，自己找地方一忍，哪天把东西变卖一下，也可以混个下半辈子。想着就要把凌云扔下只身逃走，忽然又是一想，多一个是一个，为什么便宜外人哪，干脆把她送到那里去，昧良心就昧良心，有良心不发财，昧良心吃饱饭，良心卖多少钱一斤？想着便把凌云用力一挟，脚下加急。

不一会儿工夫，到了一个小巷子里头，有一个小木门儿。李嫂过去轻轻拍了两下子门，就听里头有人说道："你，你，这么一点儿事儿去这么半天，你就不知道我等你等得多急!"嘴里说着，门儿吱扭一声就开了，没等李嫂张嘴，那人抢上来便把李嫂脸捧住，吱儿的一声，就亲了一下儿。李嫂儿哪里防备有这个事，手里又拿着东西，又抱着孩子，一只脚已然上了台阶，打算躲都躲不了，只好任人家亲去一下儿，嘴里却不禁哎呀一声。那凌云并不知道李嫂生了歹心，看见有人欺负李嫂哪里肯饶，两只手都在闲着，左右开弓，叭叭，一边一下儿，加上天生神力，那个人被打得腮帮子上，便如同火燎一般，不由也哎呀一声，才知道来人不是自己心里想的人，羞恼成怒，喊一声："你是什么东西？跑来这个地方，还要充什么正经人，今天我倒要看看你是三贞还是九烈?"说着话往前一进步，就把李嫂胸脯子揪住，往外一送，往里一带。李嫂哪里还站得住，一只手丢下凌云，一只手丢下包袱，打算跟那人撕掠一阵，无奈人家力大，连动都动不了。那人单手一提，就把李嫂夹在怀里，低下头去，却在李嫂脸上闻个不休。李嫂正在极分挣扎，猛听那汉子啊呀一声，手一松就把李嫂扔在地下了，摔得李嫂龇牙咧嘴，哼哼哎哟，顾不得周身疼痛，站起身来，不捡包袱，先奔凌云。一看凌云手里拿着两块石头子儿正预备往外扔哪，这才明白，方才那汉子哎呀一声，一定是挨了凌云一下子。想不到她这么一点儿的小孩子，会这么护卫自己，自己再一想真对不住这个孩子，良心一发现，当时觉得凌云又可怜又可爱。赶紧过去一把抱起，想着赶紧逃出是非地方，可是那个包袱，正在那汉子脚下，过去捡是不敢，扔了又舍不得。

就在这一犹疑的工夫，那汉子疼已止住，一咬牙一挫齿道："我把你这个松娘儿们，竟敢带着帮手，暗地里算计人，今天我要不把你们废了，我就不叫串地龙！"说着往前一抢步又奔李嫂，李嫂才喊出一声："哎哟……"却见从巷子外头，风车似的跑来一个人，一边往前跑，一边嘴里嚷："什么事？什么事？"

李嫂一听，非常耳熟，不由心里一喜道："来的是吴二嫂子吗？"

那妇人应声道："不错是我，你是谁呀？"

李嫂一听对了，禁不住心花怒放急道："是我，吴二嫂子你快来吧，我可让人家给欺负苦了。"

吴二嫂子往前赶紧两步，对脸仔细一看，不由咦了一声道："你不是那谁吗？李大妹子吗？怎么黑天半夜跑到我这个地方来了？快这里坐着吧！"又一看那汉子道："哟！你什么时候也跑出来了？怎么来了人不往家里让，倒站在门口儿谈闲天？"

那汉子本来要和李嫂过不去，现在一看，李嫂子吴二嫂子是熟人，倒觉得怪不是意思似的，一听吴二嫂子问，赶紧搭话道："哟！我等了你半天，也没见你回来，这位大嫂子叫门一紧，我还以为是你回来了，开门的时候，我说了一句玩话，这位大嫂子就急了。大概是这位小姑娘，还给了我一石头子儿，正砍在我脑门子上，你要再不回来，还许闹出旁的事来哪。”

吴二嫂子哟了一声道：“你瞧我才走了不多一会儿，就会闹出这么些事来，不用说，你又满嘴不吐人言来着。得啦，大妹子，不用跟他一般见识，走，到家里坐着吧。”

李嫂当然也不便再说什么了，弯腰去拾包袱，那汉子已然一手提起道：“大嫂子，头里走，我给你拿着吧。”

吴二嫂子引路，李嫂抱着凌云跟着，那汉子提着包袱，进来把门关了。这院里仅仅就是三间小屋，当中一间点着灯，吴二嫂子把李嫂让进屋里，向那汉子一点手道：“过来，我给你引见引见，这位是李大妹子。”

那汉子过去就作了一个揖道：“大妹妹，可别怪我方才胡说八道！”

李嫂道：“得了得了，都怨我没有把话说清。”

吴二嫂子道：“大妹子，你可不知道他这个人就是这么冒冒失失的，他本来叫毛世奎，差不多人都叫他冒失鬼，你就知道他这个人是怎么一个人了。”李嫂笑了一笑，也不好再说什么。吴二嫂子道：“大妹子，我也忘问你了，你这是从什么地方来？要到什么地方去？黑天半夜，提着包袱，抱着个孩子。这孩子是谁呀？长得真俊！”

李嫂原来抱着凌云往这边的时候，她的天良可没了，才想起这个吴二嫂子，原不是安分守己过日子的人，专一指着放水账买卖人口转花局说媒拉纤为生。李嫂跟着她沾着一点儿亲，知道她是干这个的，原意打算把凌云往这里一送，卖上笔好钱，她就远走高飞了。及至凌云拿石头子儿一打毛世奎，她的良心又往回转了一转，又想起平常凌霄夫妻待她不错，她可就把卖凌云的心冷下去了一半。吴二嫂子一问，当时脸上一红，并不说出什么来。

吴二嫂子久经大敌，什么没见过，一看她那种神气，就料个八九，知道她还是个新鲜雏儿脸嫩，便不再问，却回过头来向那毛世奎道："嘿！嘿！你瞧你越来越老实了，来了人倒是去要点儿水泡点儿茶，站在这里一动不动，腿也酸了，什么地方歇着去！"

毛世奎一听，知道这里头还有旁的事，便搭讪着笑了一笑道："我也是忘了。"说着一推门便自去了。

吴二嫂子刚要向李嫂细究根底，凌云忽然把两只小黑眼珠子一转向李嫂道："李嫂咱们走吧，我要去找我妈去。"

李嫂道："咱们就去。"

凌云虽机灵，究竟是小孩子，这时始终还没有睡醒，如今一待住了，又为李嫂在旁边，可就困上来了，说了一句跟着打了一个哈欠，小脑袋一歪，靠着李嫂的胸脯，可就睡着了。吴二嫂子冲着李嫂往里间屋一努嘴，李嫂明白点头，吴二嫂子过去一掀帘子，找了一个枕头，往床上一放，李嫂轻轻一倒，便把凌云搁在枕头上，拍了两下子。一看凌云已然沉沉睡去，两个人这才又走出来，吴二嫂子低声向李嫂道："到底是怎么一档子事？"

李嫂叹了一口气，遂把凌家的事大略说了一遍，又把自己原来和吴二嫂子的意思说了一说，以为现在因为这个孩子，实在可疼，不忍得那么干的话全都告诉了吴二嫂子。吴二嫂子本来是干这个的，人家不找她，她还要插圈做套找人家，如今送上门来的一块肥肉，哪还能够让她自己走出去。她可准知道李嫂现在是心存两可，便笑了一笑道："大妹子，我可要给你道喜了！"

李嫂道："我哪里来的什么喜？"

吴二嫂子道："好，你想把这位小姐，往旁处一送，把这小姐抚养成人，找一个好姑爷一嫁，那时候小姐感念你待她的好处必然把你接到他们府上，拿你当老太太一般奉养，那够多大的造化，多大体面，这还不该给你道喜吗？"

李嫂笑道："得了得了，别说得那么好听了，一个臭老妈，还能当得了老太太？不过我念在她父母待我不错，我实在不忍让她受罪就是了。"

吴二嫂子道："大妹子，你这话可又不明白了，你要为当老太太那倒可以干干，不然的话，你可有点儿糊涂，你想凌家既然出了这种灭门九族的事，衙门里能够不追寻人吗？除去咱们两个人有这种交情，我敢留你在我这里，旁的人不给你首告去就是便宜。不拘什么地方，日子多了，没有不透风的篱笆，倘若让地面儿上知道，不用说这个孩子，就是连大妹子你，这条命也得饶上。还有一节儿，人家是小姐，平常吃的是什么？穿的是什么？跟着你准能供给她一辈子吗？跟别人受罪，跟你就不受罪吗？按说这话我可不该说，你还是趁早儿想主意，省得闹出麻烦，你再打算往好里去，恐怕都不易了。"

李嫂本来没准主意，如今听她这么一说，简直一点儿都不错，仿佛官人已然在外头等上她一样，不由变颜色道："你这话一点儿也不错，可是事到临头，我已然迷糊了，你有什么法子，可以给我想一想，我是无不依从。"

吴二嫂子道："主意倒是有一个，还准能两全其美。前两天县衙前陶公馆托我给买一个小丫头，不怕多花钱，这是一件俏事。一则你可以多得几个钱；二则人家明着说是买丫头，暗中当女儿养活，小姐也吃不了苦；三则人家是做京官的，大小有点儿照应，这位小姐准可以没险。真要那么一办，八面都合适，可不知道你愿意不愿意？"

李嫂道："准要是那样，我怎么会不愿意，好嫂子，你这阵儿就去一趟好不好？"

吴二嫂子笑道："你忙什么，只要先在我这里住着，出了一点儿错儿，碰了你一根寒毛，我把眉毛拔了赔你。你放心，到屋里先睡一夜，有什么话，咱们明天再说。"

李嫂只得答应，进了里间躺在床上，搂着凌云，哪里睡得着。正在蒙胧要睡的时候，就听对面屋子里一阵嬉笑声音，一个道："你别拿捏我，你给我办办成不成？"分明是那串地龙毛世奎的语声。

一个道："你别得了屋子想炕，你也不瞧瞧你那个神儿，什么地方配得上人家，除去我谁爱得上你！"这分明是吴二嫂子口音。

正在一怔之际，又听毛世奎道："你不管就不管，我给她来一个霸王硬上弓，她要嚷，我就把她宰了，咱们热热闹闹地来一下子。"说着一阵脚步声儿，竟奔自己屋子而来，不由大吃了一惊。

第四回

狼子野心刁奴卖主
雏儿疾首弱女逢师

李嫂一听，心里在啾咕不好，脚步声儿响处，软帘一起，毛世奎已然钻了进来。李嫂心里轰的一下子，赶紧从床上坐了起来，困眼巴睁地就嚷：“吴大嫂子，你快到这屋里来。”

毛世奎不由分说，往上一抢步，就把李嫂脖子扭住吓道：“你要再嚷，我就这样儿把你捏死!”

李嫂连气都透不过来了，准知道今天落在人家手里，凶多吉少，活命要紧，当时也不敢再支持了。毛世奎正在一喜，知道心思可以达到，正在一高兴，就觉得在自己屁股上，有个东西往里头一顶，哧的一声，就仿佛一条小虫儿相似钻进肉里，疼得哎哟一声，一撒手，李嫂来了一个仰八叉。毛世奎一摸屁股，外头还露着点头儿，赶紧往外一拔，血就下来了，拿在手里一看，原来是一支头簪子，上头还带着好多血。毛世奎猛地心里一激灵，往床上躺的云姑看时，只见她脸儿朝着里，小手揣在怀里，睡得挺香，绝不像是她扎的。可是这屋里除去那个孩子之外，再没有人，怎么无缘无故会让头上簪子扎了自己一下，再者簪子临空也不能往人肉里扎。心里想着一奇怪，可就把那股子火气，全都给扎没了，反而笑着向李嫂道：“得了，你别害怕，我这是试试你的胆子，你真不含糊，得了，你睡觉吧，明天见！”说完捂着屁股就跑回去了。

李嫂也摸不清是怎么回事，闹得这么风大雨小，好在毛世奎也走了，别管怎么样，对付一宵，第二天赶紧走，这里绝不是善地，并且心里想着从今天起，可再也别安坏心，差一点儿没有遭了报。心里盘算着，哪里还睡得着，一会儿工夫，天也亮了，才见云姑翻了一个身，一睁眼叫了一声：“李嫂，怎么咱们在这里来了？我娘呢？”

李嫂赶紧道：“你还说呢，昨天刚要抱你走，你就睡觉了，怕你着了凉，所以把你搁在这床上睡了一宵，稍微等一等，咱们就走。”

云姑小声儿道：“李嫂，我可不住在这里了，刚才我还做了一个怕梦，梦见有一个大黑胖子，要掐你的脖子。我一害怕，我把你别头的簪子拿了下来，扎了大黑胖子一下子，那个大黑胖子走了，到现在我心还跳呢。”

李嫂一听，脸上一阵发热，回手一摸自己头，一根别头簪子已然没了影儿，不由暗喊一声：“惭愧！”看起来这个孩子实在是天生的聪明，两次替自己留了脸面，再要是昧良心，未免太说不下去，无论怎么着，也得想法子把这个孩子给送到一个好地方，一来对得起死的，二来对得起活的。心里想着，便用手把云姑搂在怀里道：“好小姐你不用害怕，咱们一会儿就走。”

才说到这一句，就听对面屋里，已然有了响动，听着吴二嫂子就走了过来，笑嘻嘻地向李嫂道：“李大妹子，让你受屈，你这一宵没睡好。”

李嫂半带着气应了一声道：“没什么，打搅你一宵，真是对不过。劳你驾，你把门开了，我们要走了！”

吴二嫂子听了并不着急，笑嘻嘻地道：“怎么这就要走？请你到我屋里去，我跟你说一句话。”

李嫂心想你无论说什么，我现在良心回来了，反正我不能再对不起这个孩子，便也点点头向凌云道：“姑娘，你躺在这里，等我一等，我这就来。”跟着吴二嫂子来到对过屋里。

毛世奎没在屋里，吴二嫂子冷笑一声道：“大嫂子，你可糊涂，我是干什么的，你大概也有个耳闻，你要当初不来，我可也不能找你去，现在既是你亲自送上门来，要走可也没有那么方便。现在我把话跟你说开了，你想一想，咱们想法子先把那个货出手，然后再说旁的，我们就办完了。”

李嫂到了这个时候，刀把儿在人家手里，只好听人家的。吴二嫂子拉着李嫂偷偷儿出了屋门，到了隔壁，轻轻一弹门，里头有人出来开门，也是像吴二嫂子一样打扮的一个中年妇人。吴二嫂子不等那人问，便笑问道：“得了，老三麻烦麻烦你，这是我一个妹子，投到我这里，正赶上我家里有人，没地方儿待，先上你院里坐一会儿，我这就接去。”说着又向那妇人一努嘴。

那妇人会意，便笑着说道：“你看这客气劲儿的，你的妹子就是我的妹子，快进来吧，我们说得一对劲儿，碰巧你还接不了走哪！”说着一拉李嫂的手，李嫂这时候就跟傻的一样，直眉瞪眼就跟着走了进去。

吴二嫂子翻身走回自己院里，没等进屋便喊道："你看这种人，真是糊涂，怎么出去就不回来了？"一边走进屋里，过去用手一揪云姑道："姑娘起来吧，我问你你要上什么地方去？你家住在什么地方？你说得上来吗？"

云姑自从李嫂出去，就侧着耳朵听，别的话听不出来，李嫂哭她可听见了，天生的机灵，仍然躺在那里一动不动，如今看看就是昨天晚上那个女人一个人进来，并不见李嫂，先不答她问话，却问吴二嫂子道："李嫂呢？"

吴二嫂子假装叹了一口气道："还说呢，她说给姑娘买点心去，一去半天，也不回来，八成儿是走迷了？姑娘你说你住在什么地方？我把你赶紧送回去，省得家里着急。"

云姑虽说聪明，究竟是个六岁的孩子，况且她始终还没有知道家里的事，一听吴二嫂子这么说，可也疑心她不是好人，但是想着青天白日，她既说送自己回去，她要是往回送自不必说，倘要是不往回送，自己还会喊，只要街上有人听见，无论如何，自己也吃不了他们的苦。心里这样一想，便高高兴兴地向吴二嫂子道："我住在城里十字街，我姓凌，你要真把我送回去，我告诉我妈，送你十串大钱买鞋穿。"

吴二嫂子当时可就高兴了，便连连点头道："我送姑娘回去，你等我一等，我收拾收拾。"说完走了出去。工夫不大，手里拿了一样东西，走到屋里。云姑娘一看这样东西，小心眼怦地一跳，当时哇的一声就哭了。吴二嫂子一只手里拿着一个大麻包，一只手里拿着一根藤杆子，满脸杀气从外头挺胸拔脯走了进来，一听云姑哭声，用手里藤杆子一指道："你可赶早儿住声，要是顺条顺理，我也不难你，你要是坐着轿子号丧，那可是给脸不要脸，我先鞭你一顿，临完你还得依着我，那可是多饶一面儿。"

云姑娘人小心灵，一看这种神气，就知道哭也无益，遂点点头道："你叫我干什么我就干什么，你别打我，也别叫我受罪行不行?"

吴二嫂子扑哧一笑道："好孩子，你真聪明，我告诉你实话吧。看你的李嫂，她把你卖给我了，可是我也养活不起你，我现在把你送到一家人家享福去，只要你能好好听我的话，我也绝不能叫你受罪。听你说话怪明白的，我打算把你装麻包里，省得你半道嚷，现在我也不把你装麻包了。麻包我可是带着，你要是一声儿不言语，我就把你好好地送到人家去，你要是不听话，我可还是把你装在麻包里，你听清了没有?"

云姑不住连连点头，吴二嫂子这才放心，卷好了麻包，拉着云姑，走出了街门，一看昨天看见的男人也在门口，两个人只说了一句："小心点儿!"吴二嫂子就把云姑抱起来了。云姑也有心思，她想到了人多的地方，自己拼命一喊，自会有人拦住问问，到了那时，就不怕吴二嫂子拿麻包装了。想得很好，连走几条胡同，都看不见，又走了几条巷子，好容易看见有人从那边往这边来了，正在预备要喊，吴二嫂子忽然脚下一拐弯儿，已然走进一家大门。云姑就知道坏了，使劲挣蹦了两下，哪里敌得过吴二嫂子使劲抱住，一脚跨进门，一只手已然伸在自己小脚儿上使劲拧了一把。云姑一看已然进了门，再哭也没用，便连哭也不哭，挣也不挣，随着吴二嫂子走了进去。吴二嫂子到了门旁儿往里一张，嘴里喊道：“梁二爷在家吗？”

屋门一响，从里头走出一个人来，是底下人打扮，一见吴二嫂子便笑道：“哟！今天什么风？怎么会把二嫂子刮到这里来了？屋里坐，屋里坐。”嘴里说着，一只手已然摸到吴二嫂子脸上，啧的一口道：“二嫂子，你脸上擦的都是什么，怎么会这么细腻？”

吴二嫂子呸地啐了一口道：“老实点儿吧！叫人家看见什么样儿，你先别闹。我问问你，太太起来了没有，我还有正经事哪。”

那人把嘴一撇道：“什么你也不打听打听，太太哪天这时候起来过？大概跟老爷玩儿乏，也就才睡一会儿，我可不敢去惊动她。再说你还有什么正经事，前些日子，你跟我们老爷在外头干的那点儿事，太太早就知道了，直要找你算账，你倒来了。要依我说，趁早儿别找不自在，进屋来咱们先说会子话儿，梁大爷现在发财了，绝不能白了你，你瞧怎么样？”

吴二嫂子道：“呸！别说废话，我跟老爷有什么事，你满嘴乱吣，你趁早说，你是管不管？你要不管，我也能走得进去，那就不劳你的驾，上头要是问下来，你可别怨我不懂面子。”

那人一听，一伸脖子道：“二嫂子你可别介意，那一来可就把我的饭碗砸了。别人不心疼我，二嫂子你还不心疼我吗？”说着又过来一拉吴二嫂子的衣裳。

吴二嫂子往后一退，才要喊嚷，却听里头一阵嘁嘁声音：“你瞧你老是跟人家闹，回头要是叫太太看见了，又该说我们不好逗你了。”

又一个人喘喘吁吁道：“你这个东西，真可恶，你逗得人家火上来，你跑了，我今天要不把你……”

喊着喊着噗咯一声，哎哟一声，哈哈嘻嘻一阵笑声，接着又听一条破毛竹相似的嗓子喊道：“好你个老王八，一会儿不见，你就该闹事了。不要脸的娼妇，你倒会勾现成的汉子，死东西……”

吴二嫂子也不敢言语了，那个底下人也不敢再揪二嫂子了，跟着里头一阵咳嗽声音，从屏门里头走出一个老头子来，满脸通红，喘成一团儿往外边走，一抬头看见了二嫂子，不由哟了一声：“什么时候来的？叫你给我找一个小丫头怎么样了？太太起来了，你快进去吧。”说着连咳嗽带喘往大门外头走去。

吴二嫂子心里想着可乐，可不敢乐，回头瞪了那底下人一眼，便抱着云姑往里边走去。才一进门，就见在迎面廊子底下站着一个妇人，披头散发，手里拿着一根懒驴愁的鞭子，在旁边跪着一个十七八岁的丫头，满脸是泪，跪在地下。吴二嫂子进去，那妇人并没有看见，却用手指着那个丫头道：“你这不要脸的东西，我今天活活把你抽死！”说着一举手里鞭子，唰、唰、唰就是三鞭子，打得那个丫头没处藏没处躲，嘴里不住央告道：“太太，这不是我赖，是老爷他追我的，我再也不敢了！”

“呸！我就不信，母狗不摆尾，公狗也没有那么大的胆子，分明是你想偷嘴吃，你还嘴犟！”叭、叭、叭，又是三鞭子。

吴二嫂子知道这个妇人就是本年的主母黄氏，出去的那个老头子就是主人梁天贵，一定是梁天贵追耍丫头，太太出来碰上了，看见打了几鞭子，气已稍平，这才喊了一声：“太太别生气，我来给您请安来了。”

黄氏正在气头上，没听清楚，还以为是梁天贵跑回来要皮脸，就呸的一口啐道：“你这个老王八，别跟我来这一套，你当着我的面做出这样不要脸的事，你叫我还怎么活着，我的天哪！”

吴二嫂子一听，知道黄氏听错了，便赶紧提高嗓子又喊了一声道：“太太，别生气，我给您老人家请安来了！”

黄氏这回才听明白，抬头一看，见是吴二嫂子，才哟了一声：“这是怎么说的？二嫂子什么时候来的？我就顾了生气，会没看出来，真是让二嫂子可笑。”

吴二嫂子笑道：“得了，太太也不用生气了，您瞧我给你找了一个小女孩儿，你瞧长得够多俊？”

黄氏道：“二嫂子你来晚了，我现在真不愿意惹这种气了，你瞧现在闹得还不够热闹吗？”

吴二嫂子一听，那可不成，好容易提心吊胆把这个孩子给弄来了，你不要我怎么弄回去？无论如何，也得让她留下。想着便笑了一笑道：“太太，您那可是多虑，这个女孩儿可太聪明，现在气头上不要，等将来想要可来不及了。”

黄氏连眼皮都不抬一抬道：“既是那么着，你先把她送厨房，交给老王，有什么话三天后再说。”

吴二嫂子一听，也只好是如此，再钉就钉劈了，更不好办，便答应了一声，抱着云姑到了厨房。云姑这时候都成了傻子了，一声儿也不言语，到了屋里一看，只见也是一个女人，长得那么凶眉恶目，十分可怕。吴二嫂子叫了一声：“王大姐，您好啊？”

老王回头一看，哟了一声道：“吴二嫂子，你什么时候来的？

坐着坐着。”

吴二嫂子道：“我可没工夫坐着，太太前两天叫我给买一个小丫头，现在带来了，太太说交给您这里用着，有什么话三天后再说，没什么说的，您多分神吧！”

老王听了，往云姑身上一打量道：“就是这个孩子？二嫂子，你可越来越有意思了，怎么越来越小，将来还不给抱一个月科儿的孩子来呀？”

吴二嫂子道：“你别瞧小，可真机灵，就让她在这里吧，我可就走了。”说着又向云姑道，“你可听话，要是招人生气，你可留神你的皮！”说完又向老王耳边啾咕了两句。

老王看了云姑两眼，忽然把手向墙边一指道：“过去把那些东西拿过来，闲着也没事，全都把它给我劈了。”

云姑一看，原来是一大捆秫秸，不知道怎么个劈法，没法子，只好过去拿了两根，往这边走。猛听老王一声喊道：“两根两根的什么时候算完？你倒真细发！全给我拿过来！”云姑在家，一向是娇生惯养，不用说是干粗事，真是走道儿都有人看着，怕摔伤碰着，再说今年才六岁的孩子，即使搁在一个小门户人家，也不能让她烧柴做饭，干些个老妈子丫头的事，现在只因少运不好，家里无端会遭了那种逆事，父母双亡，兄妹各散，又被奸人贪心丧良，卖在人家为奴，偏又赶上这家主人，是个不下手的屠户，全无半点儿恻隐心肠，硬把她送到厨房帮着搬柴生火，岂不可叹。哪知老天虽是默默无言，却有一个定见，云姑如果不是家境拂逆充其量也不过落一个贤妻良母而已，哪里能够享受大名，多年香火？看着老天让她受罪，其实还真是往起抬她呢。当下云姑听老王的言辞，知道她是一个毫无儿女心肝的人，如果自己不答应她，难免自己皮肉受苦。事情既已如此，只有顺着她，或者还能免去眼前苦痛，便一声儿不言语，过去拿起一把秫秸。才往这边一走，老王就嚷起来了：“哟！哟！哟！姑娘，别累着。”云姑劈秫秸正劈得兴高采烈，便点了点头，偷偷出来了一口气。

老王咳嗽一声道：“嘿，别劈了，饭都快煳了，过去弄两桶水来。”

云姑一听，又吓了一跳，回头一看，在墙角下立着两个水桶，足有一尺七八高，周围有四尺宽，在它旁边立着一副扁担，心想这可真没有法子了，不用说装上水，就是这个空桶，我也挑不起来，打死我也是挑它不起，只有等她打死吧。老王一看云姑没有站起来，便把嘴一撇道：“好大的架子，说你哪。好！你不愿意挑水，你也就不用吃饭了，我也没有工夫跟你废话，你就在那里歇着吧。”说着过去一伸两只手，就把锅边端起。可真把云姑吓坏了，那个锅说小周围也在七尺宽，广铁生铸，往小里说也有八十斤，加上锅里的水，就够一百二十斤，再加上那个大木桶，桶里再有饭，搁在一块儿，至少也得在一百八九十斤。看她双手一伸，四个手指一捏锅边，呼的一声，连锅带水，连笼带饭，全都起来了。心说这个人怎么这么蠢好蛮力气，幸亏方才打我的时候，没有用十成力，真要是那么来一下，当时就得死，这倒真别惹她。再看她把锅放好之后，一伸手从墙上摘下一个小铜铲子来，单手一撩，那只手一敲，铛、铛、铛一阵响，呼噜一声脚步声从外头跑进一大群人来，有男有女，有老有少，各人全都拿着一个碗，一双筷子，从外头跑了进来。

老王道："别乱，别乱，谁要再抛到地下一个饭米粒子，可别说我对不起！"

大家一听，全都看了老王一眼，可是谁也没说什么，果然全都规规矩矩，把饭盛走，吃什么菜可没看见，就真一个把饭盛到地下的都没有，就是那么大的锅，那么大的笼屉，大家一盛当时便空。老王看着大家走了，向云姑说道："小姐，你帮一帮忙怎么样？弄点儿水来，刷刷锅办得到吧？"云姑哪里还敢说什么，赶紧站了起来，拿起水舀子，舀过两舀子凉水，又拿舀子在汤罐里舀了两舀子热水，蹲下身去，去刷那锅时，可叹手都伸直了，却够不着锅底，好容易刷完了锅，已然累出一身汗来。又待了半天，老王才从木橱里拿出一块豆饼，往云姑面前一送道："你吃。"云姑这时候，还真饿了，哪里还敢说什么不吃，赶紧接了过来，往嘴里一送，又干又硬，又有一种豆渣子味儿，真是十分难以入口。可是事到这个时候，不吃没的吃，只好伸着脖子，使劲咬了一口，用唾沫往肚子里咽，费了半天工夫，才算把一块饼吃了下去。老王拿手一指道："那个木橱里，有碗拿一个碗倒点儿水喝。"云姑拿出一个碗，倒了一点儿水喝了。

这个时候老王已然把锅扣好，笼屉放好，一回头向云姑道："姑娘，饭也吃了，吃人家的饭，给人家干事，水也该去挑了吧。"

云姑一听，趁早儿不用说废话，她让挑水就挑水，挑得动多挑，挑不动少挑，实在挑不动，她也许就不让挑了。过去一拿那个木桶，却实出意料之外，以为这对桶至少也有五六十斤，就凭自己无论如何也拿不起来，本来使着十成力，可没想到，劲全使空，轻描淡写就拿起来了，又拿起扁担，两头儿钩好，往肩膀钩搁，自己都快笑出来了，那钩子比自己还高着一头，那怎么挑。没法子，又放下了。

老王哼了声道："怎么着？试试又搁下了，那可不成，交给我。"接过扁担，把两个钩子一摘，桶梁儿扣在扁担头儿上，用手一点道："这就成了。"

云姑一看，这可没法子了，赶紧过去挑起，谁知那两个大桶，就仿佛纸做的一样，一点儿分量都没有，心里觉着，真是十分可怪。

才往外一走，老王道："你不问问就走，你知道井在什么地方吗？"云姑一摇头，老王道："是不是，你忙什么？井就在这后院。挑水可挑水，可不许弄得什么地方都是水，听明白了没有？"

云姑点头，到了后院一看，果然院子当中，有一个高高井台，上头有石头井口，旁边还搁着一个水斗子。云姑上了井台，心里一阵难受，想着自己父母，现在不知在什么地方，哥哥也不知道踪迹，自己入了虎口，逃是逃不了，不干又不行，自己虽则六岁的小孩子，何曾受过这种罪，不如一死就完了。想到这里，把木桶一放，向前一探步，就要起手了。

这么个工夫，有人喊："小子，你不是好小子，你干吗跟我来这一套儿，寻死觅活，你瞧哪一辈古人英雄汉子干过这个，你要是好小子，长住了牙，一辈子想着做人，较这个强，你听明白了没有？"

云姑本是绝顶聪明的人，一听这话，不由哎呀一声，伸到前头那只脚，可就撤回来了，长叹一声，拿起水斗子，汲下绳子，提了几斗子，鬓边已然见汗。忽然就觉肚子拧着绳儿相似的那么疼痛，不由哎呀一声，一撒手身子往后一仰，扑咚一声，咕噜一声。这两声幸亏是扑咚在前，咕噜在后，云姑先摔倒，后撒手的水斗子；要是先咕噜，后扑咚，云姑就掉在井里了。云姑躺在井台，肚子一阵比一阵疼，忽然一阵，咕噜咕噜紧响，赶紧咬牙忍着疼爬了起来。四下一看，井台后头，就是一段小土墙，墙角堆着许多树枝子树叶子，要在那儿再解个手儿，绝不至于让人家看见。赶紧走了过去，把衣裳一撩，便仿佛排山倒海一样，肚子都快翻过儿了，这才疼得好了一点儿。站了起来，把衣裳系好，才一迈步，差点儿没趴下，敢情如同得了一场大病一样，连一点儿劲儿都没有了。没法子，一步一步挨到了井台，水是打下了啦，站在井台上，看着水桶一怔，准知道见了老王，又得一顿排揎，再一想自己这条命，将来也绝甜不了，与其活着受罪，还不如干脆早早死了，省得零碎儿受。按说一个小孩子，可想不到这一步，皆因云姑天生来的特别聪明灵性过人，才能有这种见解。对对付付，一步一步蹭到了井台儿，看着井口，不由一阵心酸，眼泪往下一掉，忽然把牙一咬，双手一蒙脸，就要往井里蹦了。

猛听身后一声喊道："嗬！我的小祖宗，怎么取那么一点儿水，要这么大的工夫？我还当着你掉在井里，你倒在这里玩儿上了。水我也不要了，赶快请回吧，回头把你累着，也是麻烦。"云姑一听，正是老王赶到，再打算跳可就不成了，含着泪过去要提那个桶，那焉能提得起来。手才往上一伸，老王又喊上了："小祖宗，您歇着吧，别回头累着。"一边说，人就过来了，照着云姑脊梁上就是一把，就给抓住了，恶狠狠地啐了一口道："得了得了，您是小姐，您快回到屋里歇着去吧，我可再也不敢惊动您了。”不由分说，单手一提脊梁就跟提着一只小鸡子相仿，就给提回去了。到了厨房，往小凳子上一放道：“您歇着吧。”把屋门一倒扣，走出去了。

云姑心里有多难受，死是死不了，活着又没意思，这可是真糟。坐了一会儿，忽然一想，既是死不了，就得活受，早晨叫我烧火，晚上烧火当然也是我的事儿，莫若趁她没在屋，我何妨把柴火劈好，省得回头也是自己的事。心里想着，过去就抱劈柴，真把云姑吓了一跳，跟早晨柴火差不多，觉着有分量拿不动，怎么现在连一点儿分量都没有了，这真是邪事。拿起柴火一看，又大大吓了一跳，早晨的柴火，全是秫秸，怎么晚半天里头羼了竹子了？要凭自己手劈，那如何能劈得开？不过没法子，劈不开也得劈，伸手拿过几根细的，双手一捏，出乎意料，嘎巴一声，那根竹子就应手而碎，自己也不知道，自己从什么地方来的这么一股子邪劲儿。既是捏得开，捏吧，左一根儿，右一根儿，一会儿工夫，怔把那一堆竹子全都给捏碎了。

正在兴高采烈，门一响，老王从外头就进来了，一看云姑正在捏柴火，不由冷笑一声道：“你倒勤快，那几根竹竿子，是上头让我给找的，还没交上来哪，怎么你全给劈了？回头上头要，我拿什么去交差？”嘴里说着，把一大捆劈柴全都拢了拢，往灶旁边一捆，一拉云姑道：“姑娘您别再在我屋里歇着了，我找一个地方，您到那边去歇一会儿好不好？”不由分说，手往上一提，云姑已是离地而起，连拉带拽，就给揪出去了。云姑人小力微，哪里挣得动一点儿，再加上双脚离地，更是连一点儿劲儿也使不上了，一任老王提着，飞跑了半天，也不知道到什么地方，忽然放了下来。凝神一看，原来是一个小院，里边单有三间小屋。

老王用手一指小屋道：“姑娘，没法子，得屈尊屈尊您，您就在这屋里歇一歇。这院子里地方可太大，除去这个小院之外，你可什么地方也别去，出去回不来，再遇见旁人也是麻烦，我还有事，回头我还有话和你说。”说完一转身又走了。

云姑进了屋子一看，屋子不大，收拾得可挺干净，有一张小桌儿，一个小凳儿，一张小床儿，上头一份铺盖，桌上搁着一份茶壶茶碗，余外就什么也没有了。云姑爬在凳儿上一坐，心里想着，就跟做梦一样，到底是怎么回事，简直一点儿也不明白。坐了一坐，正要下来到院子里活动，忽然就觉四肢全都一动，跟着一阵吱叭吱叭直响，又觉着周身，上下仿佛有一个热火团在里头乱窜，窜到什么地方，什么地方就热，越窜越快，浑身跟着了火一样，这份儿难受，干脆就叫说不上来。凳子上坐不住了，赶紧蹭到小床上，往床上一躺，可就动不了啦。足有二刻钟的工夫，火团才慢慢见缓，身子也不觉得烫了，嘴里觉乎奇渴，赶紧下床。才往下一伸腿，把自己又吓了一跳，两条腿仿佛不是自己的一样，明想着往下去，它却往上飘，越是往下使劲，它是越往上来。心里想着纳闷儿，嘴里干得都快出烟儿，一咬牙，一使劲儿，整个儿身子往起一站，以为拿自己身子一压，它还不下去吗？谁知这么一来，更是吓了一跳，身子往起一立，脚没往下去，反倒连整个儿身子，都往上一飘，人就跟驾云一样。一害怕，一使劲，才算双脚沾地，身上这汗就出多了，嘴里还是渴，又一步一蹭到了小桌上，端起壶来，一看里头还真有水，可就顾不得再往茶碗里倒了，嘴对嘴一阵喝，霎时喝个干净，心里才算舒服了一点儿。又待了一会儿，骨头又是一阵响，这回没那回厉害，响了一阵，也没有那个火团窜，骨头节不响，身上也透轻松，再拿脚往下伸伸试试，也不那么发飘了，心里这才踏实，就是浑身透着有一点儿发软，又稍微歇了一歇，往院子里慢慢走去。

才走到院子当间儿，猛听袅的一声，吧嗒一声从头上一掉东西，在地上扑噜噜直转，细看时原来是一只小麻雀儿。心里正在纳闷儿，怎么会好好的一个鸟儿平白地从半空中掉在地下？猛听墙外一片一声："鸟儿掉在老王院里了，快去拿去！"

一听不好，亟待转身进屋，又听有一个说道："少爷，别进去，老王院子里，可不许人进去。"

心里又一踏实，再听呸的一口啐道："别废话，老王是什么东西？强死了也是咱们花钱雇来的，她不让进去就不进去？这里又不是什么禁地，你们跟我走，有什么事，都有我担着！"

呼噜一声，人就闯进来了，足有十七八个。凌云一看，进来的全是一群小孩儿，至大的也过不去十五岁。领头的一个，约莫着有十二三岁，长得尖嘴猴腮，透出来十分刁狡，穿的衣裳，也是他最讲究，一身绸缎裹到底，手里提了一张金漆弹弓，挎着弹囊，进来之后，用眼上下一打量凌云，便向凌云道："嘿！你是哪里来的？怎么会来到我们院里？"

凌云想了一想道："你要问我我姓凌，我叫凌姑，跟着我爹妈在家过日子，被一个老妈子把我拐了出来，也不知怎样就来到这里。"在凌云看那小孩儿，十分讨厌，本想不理他，又想老王对于自己，确实无礼，有心和她拼上一场，自己年纪太小，动力气绝对打不过她，弄不好还许挨顿打，这个小孩儿，看打扮又是这群小孩儿头儿，跟他把话一说，小孩儿也许帮着小孩儿，就许能把自己救出去，故此才这么说。

小孩儿一听，眼珠儿一转，不理云姑，回头向那些小孩儿道："你们谁听见说咱们这里又添人了？"

旁边小孩儿全都一摇头道："不知道。"

小孩儿道："既是都没听说，也许是才来的，我看她怪有意思的，把她领到咱们院去，有什么话再说。"

旁边小孩子异口同声道："好，自从小柱让少爷一脚给踢坏了以后，直到如今，少爷院里还一个小姑娘没有呢，把她领去倒是不错。"

小孩儿向云姑一笑道："你先起来。"旁边小孩子过去就要扶，云姑不等，一骨碌爬了起来。小孩儿道："你跟我们去吧，我们那里比这边好。"

云姑一听，他不能放自己出去，却要叫自己跟着他们走，心里当时就是一机灵，准知道跟着老王虽说受点罪，可还没有什么，如果跟他们一走，可就不定是个什么样儿，不如想几句话先把他支走了，等老王回来，好央求老王，无论如何，不怕给自己家送一个信，叫家里来人把自己赎回去，多给老王几个钱，也不要紧。心里这么一寻思，便笑着向那小孩儿道："我不去，我等着老王回来问明白了再去。"

小孩儿一听，当时把小脸一整道："什么？你等着老王？老王也当不了我的家。告诉你，你跟我走，你的便宜多着哪，你要不走，你可别说当时我就叫你吃眼前苦子。”说话瞪眼，摩拳搓掌，仿佛要打架的相儿。

云姑再看，这个孩子颜色不对了，要多坏有多坏的神儿全都带出来了，心里更觉害怕，可就转身往屋里去。小孩儿也看出这份儿意思来了，冷笑一声，全都往前一拥，云姑抹头就跑，院子本没多大，三五步已然跑回屋里。小孩儿大喊一声：“跑屋里去就完了，你们把她给我揪出来!”那些孩子答应一声，全都抢进门去，云姑一看，这坏了，老王也不回来，自己一个人绝敌不过这些人，一着急，可就想起拼命来了，一伸手拿起桌上茶碗一扬手向那些孩子砍去，那些孩子往旁边一闪，叭嚓一声，碗掉在地下摔成粉碎。那些孩子喊一声又往上一抢，云姑手里一把茶壶就出手了。那些孩子一见茶壶飞过来，本应当躲，一时动了爱东西的心，有一个身量儿高的，一见茶壶飞来，一伸手，他本打算把这茶壶接着，万没想到茶壶去的力量太猛，他要不接，也就掉在地下，他这一接，手一软，倒给茶壶助了力，茶壶就飞到院子里去了。那个小孩儿正在凝神看着，没想到屋里会往外飞茶壶，他看见了，也躲不开了，才喊了一声哎呀，这茶壶就到了，正打在小孩儿脸上。粉嫩的脸，哪里禁得住这一茶壶，叭嚓一声，茶壶一碎，小孩儿脸上血就下来了。又是血，又是茶叶，小孩儿连嚷都嚷不出来了。屋里那些孩子，一看茶壶飞出去，正在一怔跟着听哎呀一声，回头一看，少爷都成了血人了，顾不得再揪云姑，齐喊一声：“不好!”撒腿出来就奔了那个小孩儿。

里头有两个大一点儿的道：“你们在这里待一待，我去请奶奶们去，可别让那个小丫头跑了。”这两个孩子慌慌张张一阵急跑，刚到前院嘴里就喊："可不得了！大奶奶，二奶奶，三奶奶，咱们大柱官儿，让一个小丫头子给打坏了！"

大奶奶刁氏，二奶奶叶氏，三奶奶梅氏，正在屋里斗牌，听见院里有人喊，赶紧把牌摆下，那两个孩子就进来了。刁氏道："福儿，禄儿，你们不陪着少爷在前边玩儿，慌慌张张跑什么？"

福儿禄儿气喘吁吁道："大奶奶可了不得了！大柱官儿在前边玩耍，让一个小丫头给打坏了，顺着脑袋往下流血，您快看看去吧。"

大奶奶一听，就急了，本来这个儿子是她生的，把眼一瞪道："什么？"

福儿禄儿道："咱们大柱官儿叫一个丫头飞茶壶把脑袋给砍破了，顺着脑袋往下流血，您快瞧瞧去吧。"

大奶奶刁氏一听，魂差点儿没吓飞了，一扶桌子就站起来了，直着两个眼睛道："现在什么地方？"

福儿道："现在东跨院老王院里。"

刁氏道："快跟我瞧瞧去。"

二奶奶、三奶奶也跟着，福儿禄儿在头里跑，三位奶奶在后头跟着跑。一边跑，一边问，哪里来的这么一个丫头？多大了？怎么会在老王院里的？

福儿道："那个丫头也就五六岁。"

刁氏呸的一口啐道："你别这样瞎嚼蛆了！五六岁的孩子，能把少爷打了？我瞧你们也是饱饭腻住了心，什么也不明白了。老王呢？"

禄儿道："老王没在屋。"

刁氏道："我先瞧瞧去，如果少爷有个好了歹了的，你们就留神你们的狗命！"一边说，一边跑，眨眼之间，就到了小院，进院子一看，大柱官儿躺在地下，身上脸上，全都成了血人了。刁氏往前一扑，没看清大柱官儿脸上的茶叶，以为脑袋都打碎了，不由放声大哭道："我的孩子你可要了你妈的命了。"一抢步就抱住大柱官儿扯开嗓子这么大嚷。

旁边叶氏梅氏没动心，脑子就清楚一点儿，赶紧过去拦住道："你先别着急，我们瞧不过是伤了一块，没什么要紧，赶紧抬回去上药要紧。"

刁氏向那些孩子道："你们快把少爷抬到我屋里去。"

那些孩子答应一声，八个人抬胳膊抬腿，托腰托屁股，就把这位少爷给抬走了。刁氏正要跟着走，梅氏道："你先慢着，那个小丫头子哪？"

刁氏一听对呀，非得把这个小丫头逮住，千刀万剐，心里不能痛快，便向那些孩子道："那个丫头子哪？"

小孩子道："在屋里就没出来。"

刁氏一听，头一个迈着大步往屋里就跑，嘴里还骂："好狠的小蹄子，你这么手黑，我今天要了你的命！"抢进屋去一看，不由一怔，原来屋里除去桌子凳子一张床之外，哪里有个人影呢！床下看看，依然没人，猛一抬头，只见后窗户已然高高支起，便狂喊一声道："往后院追！"

第五回

苦中苦避难遭难
甜里甜失师得师

大家来到后院，再看连个人影儿都没有了。刁氏一指福儿、禄儿道："我把你们这两块臭料，我怎么跟你们说的？叫你们留神看着，别闹出岔子来，你们不听，这老王的院里，我告诉你们别来，你们也不听，如今少爷是受了伤了，凶手也跑了，你们就是给我找，找着算完事，找不着要你们狗命。"

福儿道："奶奶，您先别着急，我找老王去，这屋里这个孩子，究竟是怎么回子事，她必知道。"说着撒腿就跑了。

这里刁氏找人请大夫给大柱官儿上药治伤，好在伤并不重，只是把眉毛打折了一截，算是破了相。一会儿福儿也跑回来了，进门就嚷："奶奶，可了不得了！老王也跑了，敢情她们是一档子事。"

刁氏心里有气，好在大柱官儿伤并不重，又把福儿禄儿臭骂一顿，也就完了。

再说云姑，伸手扔茶壶，原没想真能够砍得到，不过为吓吓大柱儿，不让他进来，没想到自己的劲头儿也不知从什么地方来的，竟会一下子打中大柱儿脸上，就知道自己惹了祸，心里正在一急，就觉有人一摸自己腰，要回头还没得回头，身子让人家给揪住，忽然凌空而起，打算往下来，她偏是往上去，爽得一闭眼，看看倒是怎么回事。越来越高，还是真快，眨眼之间，出了后窗口，就听耳边有人说："你别言语，你又闯祸了，你得快跑，不然人家都来了，你就没命了。"嘴里说着，就跟风一样，哧哧，哧哧，一会儿工夫不跑了。睁眼一看，原来是一座坟地，旁边站着一个人，不是别个，正是那厨房里的老王。云姑虽然小，可是心里明白，老王是怎么一个人物，她虽不知道，可是准知道老王对自己有利无害，便放下心来，赶紧过去就要磕头道谢。

老王用手一拦道："用不着，我还有话跟你说，你可听着。我刚才出去一趟，已然打听明白了，你的家是完了，你的父母也没了，你是被你们家的人把你卖在这个姓梁的家里了。现在你回是回不去了，我问问你是愿意干什么，打算到什么地方去？"

云姑哭着道："我什么也不知道，我就愿意跟着妈妈你。"

老王道："你知道我是谁吗？"

云姑道："我不知道，我就认识您姓王。"

老王哈哈一笑道："谁让咱们娘儿俩有缘呢，听我告诉你，我不姓王，我姓米，我叫米八姑。我到这里来，也是受了一个朋友之托，来找姓梁的办点儿事，没想到事情还没有办，会遇见了你，这也是咱们的缘分儿。你既是愿意跟我走，好极了，咱们现在就走。你这个孩子，骨格相貌都不错，就是杀气太重，你必要处处存心厚道，千万要能刚能柔，你这个脾气，刚则有余，柔则不足，过刚必折，非有柔不能济事。你现在跟我走，我可以教给你能耐，将来好报仇雪恨。”

云姑一一答应，这就走下来了。东南西北，云姑也不知道，走了足有半个多月，米八姑用手指前面一座山口道：“这里就是我的家了，在没进去之先，我再问一句，你可吃得了苦？要是不能吃苦，你可以说出来，我再想旁的法子，等到既进山之后，再说什么可也不易了。”

云姑道：“我什么苦都能吃。”

米八姑一笑道：“既是这么说，你就跟我来吧。”

进了山口又走了一天，才到了里山。这座山不但山清水秀景致好，而且特别有一样好处，就是四时都是这么温暖。云姑虽说生长富贵人家，她可没有享过这种清福，今天这一进山，心里这份舒服简直不用再提。跟着米八姑往里走，忽然前面是一片陡崖，并没有道儿可走，米八姑笑道：“这里你可不成了，来，我把你带上去吧！”说着过去一夹，云姑身不由己就跟着起来了，就觉乎眼前发亮，耳朵嗖嗖连响，脚底下跟踩着云彩一样，也不敢睁眼。就这样儿颠了一阵，米八姑道：“到了，睁眼吧。”云姑睁眼再看，这片山地真跟镜面儿一样平，坐北朝南的山，在北山脚下有三间小茅屋。米八姑用手一指道：“这就是我的家，走，到里边坐着。”

云姑答应一声，跟在后头。进屋里一看，别看屋子不大，收拾得特别整齐干净。米八姑一笑道：“云姑，你看我这个家比你那个家怎么样？”

云姑道：“您这里好。”

米八姑道：“你真会说，我这里怎么能够比得上你们家里，不过云姑我告诉你，天生一个人，给你五官四肢，原为被你用的，你用它什么地方，什么地方就可以给你出力，你用什么地方，什么地方就可以给你帮忙。你要长在富贵人家，茶来张手，饭来张口，横针不知，竖线不懂，日子一长，你再打算用它，它也不听你支配了。那样一来，一个活人，实在成了废物。如今你来到这里，只有我们两个，我去拿生的米，你就要把它烧熟了，茶也要你沏，饭也要你煮。我虽不要你伺候，你自己却要你自己伺候，你不会弄茶，你就不用喝了，不会弄饭，你就不用吃，这话你听明白了没有？”

云姑道：“我全听明白了。”

米八姑道：“好，现在咱们就干起活儿来。你把那个小坛子里米淘出来泡上，然后我再教你一点儿功夫。”

云姑答应，找了一个小盆，把米淘出来泡好，又把旁边柴火也烧着了，向米八姑道：“八姑，咱们这就煮米吗？”

米八姑道：“那也不能空口吃饭，还得弄点儿菜，可是这两天，我没有回来，山上什么东西都没有了，这可怎么办？”正说间，忽听头上唳唳两声长叫，抬头一看，原来是两只雁，不由高兴道：“好，你的造化，咱们的菜来了。”说着一抬手，向那两只大雁一抓。云姑看着可乐，米八姑大概是饿急了，没看见凭空还有能抓雁的。说着不信，米八姑手往下一抓，那两只雁便好像遇见什么东西挡住，再也飞不上去，扑噜噜一声斜着膀子往地上掉下来，云姑不由暗暗称奇。三抓两抓，一只雁已然掉下来了，那一只也跟着往下掉。米八姑道：“今天有一只就够了，用不着那些只，放你去吧。”把手往平里一放，那只雁一展两展，哀鸣一声，竟自破空飞去。米八姑提着那只雁，回到屋里把雁往地下一扔道：“云姑这该看你的了，你把它宰了，用热水把它毛儿烫干净，架起火来一烧，要多鲜美有多鲜美。你把它收拾完了，我再来给你帮忙。”

云姑不敢不答应，提着那只雁，出了屋子，低头向那雁一看，只见那雁眼角含泪，不住把眼看云姑，好似有求救之意，云姑一看实在不忍，故意把手一松，那雁便抿着翅一挺腰，哗噜一声，竟自腾空起去，长鸣两声，竟自追赶那只孤雁去了。云姑假作失手，哎呀一声道：“了不得了，雁挣脱跑了。”

米八姑一听，从屋里跑出来道：“你这孩子，可是成心有点儿不懂好歹，我费了半天的劲，才把一只雁弄了下来，好当几顿菜吃，你怎么给我放了？看起来你还是天生受骂挨打的坯子，不那么样儿，你也不舒服，那容易得很，你跟我过来。”

云姑想不到米八姑这么一个人会说翻就翻，没法子谁叫自己把人家雁放了，便赶紧过去领责吧，便低了头一声儿不言语走了过去。

米八姑道：“那雁是不是你放的？说！”

云姑道：“不错，是我放的。”

米八姑道：“你不知道那是咱们的饭菜吗？”

云姑道：“我知道。”

米八姑哇的一声喝道：“你既是知道，你为什么把它放了？你不怕饿我还怕饿呢。现在有两条道儿，一条是你把那只雁给我找回来，一条是你把大雁赔出来，再不然你就给我走。”

云姑一沉思道："八姑既然你不叫我在这里，我这就走。"

米八姑一听，哈哈一笑道："好啊，你倒是宁折不弯好汉子，你说走就走不行，随我来。"一伸手鹰拿麻雀一样，顿时就给提起来了。云姑这时候，身子离地，概不由主，只好由她。米八姑提着云姑，却不进屋里，往屋后绕去，走了也不知多少地，猛地把她放下。云姑站在地下一看，原来是一个山尖儿上，从上往下看，至少也有百十多丈高，三面是水，一面是陡崖，不用说找个台阶儿没有，连个下脚儿地方都没有。这块地方圆也有二十来亩地，最可怪的是在这么个地方，也不知道是什么人会盖了三间小屋子在上头，屋子不大，上头是石板，四面儿是木头。

米八姑用手一指云姑道："你看见没有？我把你搁在这个地方，你还能走不能？"云姑心说，不用说搁在这个地方，就是搁在前边，我也走不了。米八姑又道："我告诉你，我是出家人，轻易不能让外人到这个地方来，既来了就得信我的教，受我的戒，不许叛教违戒。如果不信，我能在千里之外，依然追去他的性命。"说着又向云姑一笑道，"好孩子，你要听我的话，别想走，我能教会你许多能耐，一则可以给你父母报仇，二则可以防身。我这么说，你也不信，你看我练一点儿玩意儿叫你看看。"说着把手向水里一指，嘴里也不知念什么，念着念着，猛地把手向上一提，可把云姑吓坏了，只见那山下的水，便像有什么托着一样，往上直涌，差不离全快跟山齐了。米八姑把手往下一摞说声："去吧！"那水便哗的一声，顿时全都落平，跟原来一样。

云姑一看，实在有意思，赶紧往前一扑，跪倒在地道："我愿意跟您学，从此起我再也不说走了。"

米八姑微微一笑道："这不算什么，这是一点儿小玩意儿，你只要肯用心好好地学，无论什么能耐都学得会。现在你愿意学了，我可以细细跟你说一说。我们这教，叫玄天教，没有男的，全是女的，教规很严，我跟你说，你可得记住，如果犯了，当时就能废命。第一，不能出嫁，只要一嫁人，所学的能耐完全无用，并且在三日之内必有血光之灾。第二，入这个教，得许一种心愿，得舍药看病救人，三千人为一功德，满十功德为一大功德，满十大功德就可以超凡入圣。说到药，可不是易事，第一得去采药，草药用不着采，可以买，就是药里主药，非自己出外去采，不能得到。这种药的主药，很不易得，要有胆子，有狠心，有眼力，才能办得到。这主药是什么东西？暂时我还可以不说，等你练了一点儿外功，能够防身之后，我再告诉你，你可以出去试办。第三，师长指示，就是严命，不许违背，比方说现在派你去杀一个人，你当时就得去，不管那人行为如何，叫你杀你就杀叫你办你就得办，如果派你杀他没杀，那你自己性命也难保。"

云姑道："师父你老人家就派我采药，别派我杀人行不行？"

米八姑道："现在还谈不到，等将来看你能耐再说，你要不够什么，也不能叫你去。你现在就住在这里，每天我到时候来教你能耐，给你送饭。这个地方，你也不用害怕，绝没有什么狼虎野兽，连个生人都来不了。还有一件要紧的事，我得告诉你，就是你住在此地，心里不要胡思乱想，一心只念着玄天教法，如果你要一走心，可就有魔来找你。无论来了什么魔，你只一心一意记住玄天教，他就一点儿法子也没有了，你要一害怕，那魔可就乘虚而入，那样一来，你可就苦了。"

米八姑说一声，云姑答应一声，米八姑说完，云姑道：“师父你老人家只管放心，我无论到了什么地方，绝不能叛教背师，如果我要口不应心，叫我死无葬身之地。”

米八姑道：“好孩子，你也不用起誓，你的为人我能看得出来。你从今天起，就好生用心学，不过一年，我就能够教给你天魔玄天大法，那时候你就可以下山行道去了。”当下便教了几手儿什么坐功、气功、盘功，叫云姑练。云姑本来是个小孩子，什么也不懂得，在梁家受了那样罪，又惹出那么大的祸，不是米八姑相救，早已死去多时，现在又看见米八姑真能一指水往起长，更是相信米八姑是有真本事，怎么能够不信，当下便依照米八姑教的样儿练给米八姑看。米八姑一看真是差不了多少，心里真觉痛快，便又告诉她不用害怕，这个地方，练功夫最好，什么东西也到不了这个地方。说完只见她纵身往崖下一跳，已然踪迹不见。云姑益发把她当了神仙，坐在那里，真个一心一意练起功夫来。到了晚上米八姑又送了饭来，吃完之后，又教了一点儿功夫，米八姑回去，云姑便进到屋里。三间小屋，很是干净，里头有一张小床，床上有一份被褥，自己又练了一会儿功夫，这才睡去。

因为连日没有好睡，兼之身体劳乏，一头躺倒，直睡到第二天早晨，已是红日满山，还没醒起。猛觉有人在肩膀上拍了她一下子，睁眼一看，原来正是米八姑，急忙坐起。

米八姑道：“你累了吧，才练功夫总是容易累的，日子一长，就可以好了。”接着看了看昨天练的，确能大致不差，又教了几手儿新的。从此每天教每天练，半年工夫，云姑已然会了不少能耐。

这一天练完功夫之后，米八姑道："你的功夫已然有意思了！等明天我给你开头儿说玄天大法跟采药的事，因为别看你年纪小，你要出去找点儿什么，倒许比我还得手。你今天好生休息一夜，我明天一清早来咱们就说玄天大法。"云姑连连答应，米八姑就走了。

云姑心里十分高兴，明天就要学大能耐了，心里越高兴，越是睡不着。正在辗转之际，猛听屋外有木鱼儿声响，真把云姑吓了一跳，不是别的，这个地方，白天都来不了人，怎么会黑天半夜有了木鱼声了，猛然醒悟，不用说，一定是魔来了，不经魔不成佛，我只给他一个不睬不理，瞧魔能把我怎么样？心里想着，可就不起来了。木鱼声儿越发的大了，越躺越躺不住，心说这可不成，冲他这吵我我也得把魔除去。一骨碌爬起来，任什么也没拿就走出去了。因为每天山上没有灯，把眼就练出来了，睁眼凝神一看，只见正中间坐着一个尼姑，盘腿一坐，手里拿着一个木鱼，不住敲打，嘴里还不住念，低着头仿佛不知道云姑出来一样。

云姑忍不住，走上去喊道："你是干什么的？怎么跑到我的山上来干什么？"连问了几句，那个尼姑只给你一个不出声儿，依然低着头念个不休，手里木鱼儿也不住乱打。云姑自以为练了不少本事，哪里把一个姑子看在眼里，见连问不应，火就上来了，过去横着腿照尼姑手中踢去，意思之间，可以把她木鱼踢飞，她也就不念了。谁知道这一腿踢去，差一点儿没把她吓坏，原来那老尼姑竟自应脚而起，一下子飞到水里头去了。云姑心里这份儿后悔，原来真是一个老姑子，也不知怎么千辛万苦爬到这里来，在这里念她的经，不想我错把她当了什么魔，这一脚怎么把她踢到水里去？这无故害人良心何安，明天不管是魔不是魔，再也不可以这样大意。心里想着，无精打采，垂头叹气，走回屋里，往床上一躺。正在后悔不及的当儿，忽然屋子外梆梆梆木鱼之声又起。云姑这回可就明白了，这一定是魔了，我干脆还是给她个不出去，瞧她把我怎么办？躺在床上，拿被一盖，待了一会儿，伸出头再听，还是那么大的声儿，心里又忍不住了，抽身起来，到了屋外一看，院子里端端正正坐的还是那个老尼姑，一手打木鱼，一手指地下。顺着手指头一看，地下躺着一个，赶紧凝神一看，这一吓非同小可，原来躺的不是别人，正是自己的师父米八姑，躺在地下，一声儿不言语，一动也不动，看那神气儿，好像很是痛苦的样儿。云姑跟米八姑在一块儿日子已然不少，彼此处得不错，今天一看这个姑子这样儿，米八姑一定是让那个尼姑给制住了，心头不由火起，悄悄绕在尼姑身后，用足了劲，飞起一脚，直往尼姑身上踢去。在云姑心想，无论如何，也要把尼姑踢个前栽，米八姑就可以脱险而起，谁知道一脚踢出去，大出逆料之外，正正踢在尼姑秃头上，尼姑就像毫没理会一样，依然打木鱼念真经，一动没动。第二次用尽全身力量，又是一脚踢去，比上次还糟，自己踢人的那只脚，从腿腕子那里起，一直麻到腰眼，连一点儿劲儿再也使不出来，不由心里纳闷儿。这时再听尼姑念经的声儿更大了，再看米八姑躺在地下，就如同抽去筋骨一样，人变成了一个团儿，脸上颜色也不对了。心里着急，只是没有法子可想。

就在这么个工夫，猛听尼姑一声喊道：“孽障孽障，还不快快皈正求生吗?”

再听米八姑忽然应了一声道：“我皈正了!”尼姑手里木鱼儿一住，米八姑当时纵身起来，一张嘴吐出鲜红的一口血来，向尼姑一指道：“坏我多年修炼，此仇必报，再见!”说完双脚一跺，竟往崖下跳去。

可把云姑急坏了，准知道这陡崖高有千丈，底下是水，跳下去绝无生理，自己一向指着米八姑养活，如今米八姑这样一死，自己如何求生，心里一急，便也提身要往崖下跳。尼姑伸手一拦道：“冤孽，冤孽，你怎么至死不悟，你要死并不难，我有几句话问完了你，你再死也不迟。你说这个米八姑她养活你，对你好意还是坏意?”

云姑道：“自然是好意。”

尼姑道：“错了，她是打算要你命的。”

云姑道：“那话我不信，她要是打算要我的命，为什么这么些天不要?”

尼姑道：“我也知道你不信，你听我慢慢先跟你说完了，然后我再给你指出对证来，你也就信了。米八姑她信的是一种邪教，她这种教很是厉害，练成功之后，能够跟天魔交战，她便可以脱劫多活，只是她们这种教颇不易练成。第一先要一个纯阴而又有根底的人来做她的替身，得到之后，也教给她一些浅近的道法，叫两个人的血气合二为一，然后她再把那人的血气，吸在她的肚子里，等到天魔到了，她就可以拿旁人的血气去抵御天魔，她便可以脱劫。你生来一副好根底，她所以便看上你，把你弄到这个地方，叫你信了她，然后她再吸收你的血气。我家离此不远，早就知道她在这里所作所为。不过我一则因为日子没到，二则又有些闲事，没有工夫，直到今天，我才抽空前来。也是你命不该死，恰好我今天赶到，晚来一刻，你这条命已然没了多时。我说这话当然你不能信，现在我可以给你个证明，你就知道这件事不是我造谣言了。”说着向地下一指道，“你看地下那块红的，是方才我用僧家降魔咒逼她吐出来的血块，你过去可以细看一看，那块血里是不是有你的影子？如果没有，便是我诬语，便是欺骗你，如果里头有了血影子，你就可以深信了，你过去看一看。”

云姑哪里相信这套话，便气昂昂走了过去，往下弯身，意思之间，要是照出来，当然什么话不说，要是照不出来，我拼命是拼不过她，那只有一死，报我师父待我那份好处。及至过去一照，可了不得了，那块血块子，也就有一个大钱大小，里头端端正正有自己一个影儿在内，不但像影儿，简直就像一个小活人一样，在里头不住乱动。这一看不要紧，当时觉得自己心口也是往上一顶，往上一撞，当时头晕眼眩，头沉脚轻，一个站不住，当时栽倒昏迷不醒。

及至再醒转来，已然不是方才那块地下，是一间小屋子里，桌上还放着一盏油灯，墙上挂着一张佛像，佛像之外，还画着许多鸟儿，也有飞的，也有走的，也有落在树上的，也有落在脚下的，百十多只，全不是一个形象，自己也不知道那是干什么用的，便怔怔呵呵看着，仿佛做梦一样。又待了一会儿，屋子外头有人走动，门一响，进来的正是那个尼姑，慈眉善目满脸笑，向云姑一笑道：“你现在心里好点儿了吗？”

云姑本是绝顶聪明，虽说受了米八姑多日熏陶，却还没有受着多大的熏染，米八姑一跳崖，自己一照血，已然明白了八九，一定米八姑不是正路，如今再一看老尼姑这样儿，比米八姑透着叫人可亲。听老尼姑一问，便要坐起来，谁知浑身如同得了一场大病一样，哪里还能动一动。

老尼姑忙道："不要动，不要动，你的元气大伤，还没有复原呢。"

云姑便真个一动不动躺在那里，慢慢点头道："师父，我现在明白了，多谢老师父救我一命，请问老师父怎么称呼？这是什么地方？"

老尼一笑道："你明白了就好了。出家人叫慈静，这里是贵州云山，你好生将养几天，我还有话要和你说。"说着过去又摸了摸云姑的头，笑了一笑走了出去。

云姑一直养了七天，才能下地，见了慈静，跪倒磕头。慈静道："你起来听我跟你说。看你的相貌，秀美之中含着一股杀气，这种杀气，是秉天地一股刚气而生，你的父母也必是正人君子，不过这种刚气，生在男子身上，都不免要招灾惹祸，何况你还是一个女子。从你相貌上说，你的少运太坏，父母均应惨死，手足不能团聚，如果那时便和出家人认识，出家人倒可以给你破一破，如今说也无益了。偏是你又遇见米八姑，邪魔外祟，虽然你还没有完全毁在她的手里，可是半条性命已然悬在她手了。她虽然走了，却还没有死，她奈何我不得，就许找你不结不完，你这一辈大事，打算嫁人，是再也不要想了，因为你已受了她的魔法，就必须遵守，你虽改了门户，也不能犯，犯者必死，那么你只有这一辈子不嫁人了。"

云姑道："师父我既是这样命苦，我就拜在你老人家门下削发为尼如何?”

慈静摇头道：“不行，你虽然不能嫁人，却还有许多债务未了，老尼怎敢逆天行事。你只拿定了主意，绝不会错，到时候我自会救你。你在这山上，从此屏心静气，学习些气血功夫，然后下山，多积外功，也可以消弭你的罪过。我知道你在米八姑那里，已然学了不少拳脚功夫，现在我们从这里入门，你来看!”说着话用手一指墙上那些鸟儿道，“从今天起，每天早晨一遍，中午一遍，晚间一遍，一天三遍，你就看这个鸟儿图，到了你能看见鸟儿动了，你再告诉我，我再教你深一层功夫。”

云姑一听，这都是怪事，纸上画的鸟儿，无论到什么时候，它也不能动，这个我也明白，这是故意磨炼我的性质，这算得了什么?一天我看三遍，我多看几遍，也没什么不是。慈静说完走了，云姑盘着腿往床上一坐，从上头往底下看，一只一只，飞的，走的，蹦的，动的，不动的，看了一遍，不用说鸟儿不动，连纸也没动一动。云姑心里可乐，又从底下往上看，一只一只，飞的，走的，蹦的，动的，不动的，慢慢地看了一遍，依然还是纹丝儿没动。左边往右边的，一只一只，飞的，走的，蹦的，动的，不动的，细细看了一遍，连个毛儿也没有看见动。从右边再往左边，从左边再往右边，从底下往上头，从上头往底下，一天三遍，足够一百三十遍，始终也没看见哪个鸟儿动了一动。一天，两天，十天，二十天，足足有了五十来天，这天云姑躺在床上才一定神往纸上一看，不由吓了一跳，那张纸变成了白纸，连一个鸟儿也没有了，心里正在一纳闷儿，猛觉眼前的纸上忽然飞过来一个小鸟儿，不由心里大喜。

第六回

石破山惊击沉魅影
龙吟虎啸奋起豪心

精诚所结，金石为穿。云姑连日苦苦用功，真是废寝忘食，疲倦到了极点，觉得心神一定，头才一挨枕头，猛然往墙上一看，纸上的鸟儿忽然一个都没有，正在一怔之际，忽听突的一声，一只鸟儿从远远展翅飞来，心里不由大喜。先前还以为师父欺骗自己，不过是为让自己静心用功，谁知果然纸上画的鸟儿确实能飞。师父说过，只要看见纸上鸟儿动便是自己功夫有了进境，如今鸟儿已然动了，就可以找师父去告诉一声儿，好再学旁的能耐。才要下地穿鞋，忽然想起，才看见一个鸟儿动，焉知不是自己眼岔，大惊小怪去告诉师父，临完鸟儿并没有动，岂不是暴躁多事，不如再细细看一看，果然鸟儿全都动了，再去告诉师父，也还不晚。想着便依然躺好，仰着脸儿看那张鸟儿画，一点儿都不错，满纸上就是一个鸟儿，并且看那个鸟儿，仿佛当初就没有这么一个，也不是原来那个地方，凝神再看，更是可怪，这个鸟儿，并不是落在纸上就不动了，先是剔翎儿，后是舒爪儿，简直跟活鸟儿一样，忽然尾巴一翻，一仰脖儿，意思是叫个一两声，可听不出来。正在瞪眼拧眉，聚精会神看那鸟儿，扑噜一声，从旁边又飞过一个，也是舒爪剔翎儿，翘尾巴仰脖儿，又仿佛叫了两声。跟着扑噜一声，又从底下飞上来一个，这个往纸上一抓，它可不落下，抿翅儿一钻脑袋，就奔了第一个，横着翅膀一扇，意思是要抽那第一个脑袋，第一个一缩脖儿翅膀儿早就扇空了，身子一个前扑，两个翅膀儿一张，才算站住。撅尾巴一仰脖儿，要叫还没叫，扑噜扑噜两声，一左一右，又飞了两个，也不往纸上落，一个奔了第一只，一个奔了第二只。第一只翅膀儿扇到，这次不缩脖子往旁边一钻，身子让过，突起再翅一横，那第四只，便被打得扑噜一个滚儿，第一只不等它起来，飞过去单爪要抓它的脖子，第四只回头一口，要啄第一只胸脯，第一只一闪，第四只双翅一抿，突儿的一声飞到旁边剔翎儿舒爪儿，两只眼还不住瞧着第一只。这时候第五只已然奔了第二只，凌空展翅，伸下一爪，要打第二只脑袋，第二只偏身子，第五只那去的劲儿就差了一点儿，第二只趁势一回头，一侧脯，伸起左爪儿，往上一迎，第五只仿佛知道是上当了，可是要收也收不及，被第二只爪儿正抓在翅膀儿上，身子一歪，几乎没有掉下去，抿翅儿往上一冲，便自脱空而起。第三只、第四只飞在一块儿，一阵张嘴摆尾巴，意思是互说干不过第一只跟第二只。云姑看着十分有趣，便不愿再去告诉师父，自己想着先看一个够再说。就在这一眨眼之间，可不得了，纸上的鸟儿全都扑噜扑噜一阵乱飞，仿佛透出发慌着急的样儿。正不知因为什么，猛见那张纸唰地一响，从底下钻出一个乌云盖雪的大花猫来，两只眼睛滴溜滚圆，闪闪放光，浑身的毛色真是黑似铁，白似雪，一根一根全都挺立着，一尺来长的一根尾巴，真仿佛乌龙一般，上下左右，盘旋搅动，两个前爪往下一塌，两条后腿往后一坐，耳朵一抿，腰往上一拱，尾巴一伸一卷，嗖的一声，竟奔了那几只鸟儿扑去。云姑可就急了，原来这个鸟儿，全是真的，如今因为我没去告诉师父，招了猫来，如果鸟儿被猫吃了，不但对不起师父，也对不起这些鸟儿，心里一着急，顺手一摸，便是一口宝剑，就要照那猫身上砍去。忽然一想不对，从来了这么多天，也没有看见猫，怎么今天会看见猫了，这个猫是不是师父喂的还不知道，可是为救鸟儿伤了猫的命，那也不对，要是再是师父喂的，岂不更糟。想着便把宝剑一缓，打算换一样旁的东西，把猫吓走，也就完了，干着急没有别的东西，再看那些鸟儿，已然全都挤在一头一个小旮旯里头，神态十分可怜。心里一狠，这个猫这样凶恶，鸟儿被它扑着，绝无生理，留一条命害五条命，那也说不下去，今天非把这猫去掉不可，就是师父知道了，领罪就领罪，总不能眼睁睁看着猫儿把鸟儿吃了。想到这里，手里那剑就掣出来了，使足了劲，一抖腕子，便奔那猫后背扎去。那猫便像有眼睛一样，头也不回，只把尾巴一裹一抽，云姑那把剑便已脱手而出。那猫知道有人在后头暗算，心里似乎着恼，舍了一群鸟，一翻身，双脚一蹬，竟向自己扑来。云姑手无寸铁，不由哎呀一声：“师父救我！”

再听旁边有人喊道：“云儿醒醒，云儿醒醒！”

云姑极力挣扎，浑身是汗，心口乱跳，双脚一伸，才得醒转，原来是做了一梦。旁边站着正是慈静，满脸笑容，一手抚着自己头发坐在床边，赶紧翻身爬了起来。

慈静笑道："你魇住了吧？"

云姑笑道："睡糊涂了。"

慈静道："你梦见什么了？干吗这么大惊小叫？"云姑遂把梦里所见，细细说了一遍，慈静一边听，一边点头，等云姑说完，慈静道："果然你是睡魇了。你看墙上的画儿，那鸟儿不是还好好在那里吗？睡觉吧！明天起来，我还有话向你说。"说完了话慈静去了，云姑也便安安稳稳地睡去，也不再做梦。

直到第二天，天才一亮，云姑就起来了，才要往前去，一听房外已然有人走动声音，急忙出来一看，正是慈静。慈静道："那边有块石头，你坐在上头，听我跟你慢慢地说。"云姑便真个坐下。慈静道："我先前告诉你看那鸟儿动不动的话，原是为你心影，把从前和米八姑学的那些外道，全都丢掉，没想到你的天分果然很高，改得很快，梦里所见，既可以看出你的缘分，也可以看出你的心胸。从今天起，我就要正式教你能耐，你可依然还要努力求进，不可稍存退缩之心。你看那张鸟儿图，就是我这门户里入门的一种学问，那图叫作翔云图，里头那些鸟儿，各有一个姿势，习练武术，先从那不动的学起，然后再学到动的，走的飞的，把这些全都熟习，初门的武术已然有了大半了。你可不要看着容易，这是根基之学，将来能成名不能，全都在这一起。如果起头儿一稀松，底下可就不能成功了，你必须深记。我今天先教你两手儿，慢慢练着，一点儿都不错了，再往下学。"说着站了起来，告诉云姑怎么站，怎么走，什么沉肩、坠肘、裹裆、护膝、合胸、拔背，一样一样全都交代清楚，云姑可照着练。

过了两天，一看这手儿行了，又教两手儿。一晃儿一年工夫，鸟儿图全学完了，这才教正式拳术。开手儿先练“摩踪”，摩踪完了，这才形意、八卦、太极、无极。著书的嘴快，山中无事历日，眨眼之间，就是十年，云姑功夫可就学成了，一把宝剑，十二支梅花弩，飞檐走壁，翻江闹海，水旱两路功夫，全都有了八成，人也出挑得十分俊美，真跟画儿上美人一样。这十多年的工夫，跟慈静处得如同母女一样，不用提够多亲密了。

这一天云姑一人早起，正在独自练功，猛见山脚下，远远有一条黑影，风驰电掣一般，直奔这山上跑来。云姑心想十几年工夫，从没有过这样一个人，这是什么人？往这里跑干什么？上下离得太高，也没有法子问，有心下去，又怕慈静不愿意。就在这一犹疑之际，来人已然往上来了，心里不得主意，正要去告诉慈静，猛觉一阵狂风起处，从山洼子里蹿出，两只般大般小黑底白花的猛虎向那人身上扑去。那人猝不及防，哎呀一声，往旁边一闪，不想走得过急，原收不住脚，又加上山道太滑，竟自一跤跌倒。两只猛虎，双尾一剪，吽的两声叫，竟自扑了上去。云姑一急，掏出梅花弩，一拉扣簧，咔吧咔吧两声，分往两虎眼上打去。这种梅花弩，是慈静特出心裁所制，比普通练把式用的虽然显着小，可是力量特别大。云姑一拉扣簧，咔吧，咔吧，两支弩箭就出去了，云姑练这弩箭，还真下过苦功夫，虽不能说百发百中，要说打一个没练过武术的野兽，那准能够是百不失一。一弩箭发出去了，云姑也后悔了，两只老虎伤人本是天性，自己一时气盛，两支箭一出去，虎准成了残废，为救一个人，伤了两只虎，未免总差一点儿。心里后悔，可收不回来了。就在这么个工夫，箭就到了，说着不信，那虎便好像多年老把式一样，一看箭到，只微微一闪，两箭全空，抬起头来，往上头看了一看，吽吽叫了两声，意思之间，对于打箭的人表示不怎么佩服。云姑一看可吓一跳，凭自己的能耐，还打算下山去做一番事业，即如弩箭这一门，也曾用过不少苦功，自问十拿九稳，有点儿把握，如今连一个蠢然无知的野兽都打不着，这算练的什么功夫？再看那两只老虎，二次剪尾一摆，后腿往前一坐，又往那人身上扑去。云姑可就不敢再发箭了，准知道发出去也绝打不着，自己这种箭打造不易，师父说过，不到要紧时候，决不许胡乱用去。可是眼看两只虎又扑了人去，只要让它扑上，绝无幸免之理，干着急一点儿法子也没有。

正在这个时候，只听从身旁发出一声叱音道："孽畜，怎敢在本山伤人，还不退去！"急忙抬头看时，正是自己师父慈静，心里不由好笑。两个无知的畜类，眼看饭食到口，焉能受这一声叱骂。随着往下一看，不由好生诧异，原来那两只老虎，听见这一声，还真个后脚一拱，尾巴一夹，耳朵一抿，无精少采，提着一条长长的尾巴竟自去了。这才知道有降龙伏虎的本事，好生羡慕。

慈静微微一笑道："傻孩子，你看什么？那是我们的客人到了，快快下去迎他上来。"

云姑急应了一声是，走了两步，又退了回来道："师父这股道从什么地方可去？"

慈静噢了一声道："对呀，你到这里来还没有下去过。这么办，你练了这么些年纵跃的功夫，一向也没有试过，你今天何妨试试，你就从这里跳下去，转到前面，我自来接你。”

云姑一听，自己虽说练了不少年，可是这么几十丈一跃而下的事，自己确也没有经验过，但是师父既已说出来，大概也许能够办得了，便应了一声是，来到崖边，提身横着往外一纵，双腿一蜷，身子便凌在空中，只听耳边呼呼直响，一个劲儿直往下坠去。睁眼看看，离地不远，双脚往横着一踹，一挺腰板，便屹然站住，心口只是突突直蹦，再往旁边一看，只见地下趴伏着一个年轻俊美少年，一边磕头，一边嘴里仿佛还在祷告，听不清他说什么。因为师父还在半山坡等着，不能久待，便轻轻说了一句：“我带你去见我家师父！”

那少年仿佛没听见一样，依然祷告不休。这次声儿比方才大了，仿佛是说什么：“女菩萨保佑，有灵有圣！弟子……”

云姑一听他拿自己当了神仙了，不由心里好笑，便提高嗓子，又喊了一声道：“来人随我去见我家师父去！”

这回那少年才听见了，站了起来，又向云姑行了一个礼。云姑在山上这么多年，不用说是男人，除去师父之外，连个女人小孩儿，都没有见过，一见少年行礼，不由脸上一红，一声儿也没言语，往前边那股山道上走去，少年也便在后面紧紧跟随。抬头一看，只见慈静已然在山口含笑点手儿，云姑赶紧跑了过去道：“客人已请到。”

少年一见慈静，又是一阵磕头。慈静道：“魏大官，今天什么事会到了我们这个地方来了？”

那少年道：“老师父，你老人家真是神仙，我家果然应了您的话，我父亲母亲已遭强人陷害，我哥哥现在也身陷监牢，只我偷着去看我哥哥去。我哥哥提起你老人家妙算如神，必能救我们全家急难。因此我便赶到此地，唯有求老菩萨老神仙大发慈悲，救我们一家性命，功德无量！”说着又是跪下一阵磕头。

慈静一笑道：“我既是答应了你，自然帮你的忙，你不必着急，我必有办法。这里不能久待，你且跟我进山来，我有话和你说。”

慈静说一句，少年答应一句，慈静说完，少年已然站起，慈静在前，云姑居中，少年在后，一直走了上去。云姑到了云山这么多年，除去自己住的那点儿地方之外，连前山都没来过一次，如今这么一走，果然看见前面山高地险，绝不是普通人能来的地方，心里不由高兴。走了半天，才转到了上层，云姑一看，前山比后山可讲究多了，有五间北房，房里供着菩萨，院子里也非常干净幽雅。

院子里摆着几张石头凳儿，慈静一指道：“咱们全都坐下，有话好慢慢地谈。”少年先坐了。慈静道：“魏大官你们家里的事，不必提，我已知道了大半，现在令尊令堂在什么地方，你可知道？”

少年道：“我也不深知，据说是被妖人给送到四川雪岭去了。”

慈静道：“怎么会到了那个地方？那一来可真不好办了，你等我想一想。”说着低了头想了一想道：“好了，我这次可是没有工夫，只有派我这个徒弟去一趟吧。”说着又向云姑道：“云姑你来到山中日子已然不少，内功已然有了眉目，只是外功太差，如今有了这个机会，正是你出去立功的时候到了，现在你就陪着魏少爷去一趟。我有三封信交给你，上头都写好了，什么时候什么地方可以拆开再看，不到时候，不到地方，可不许你看。里头一切事，你都不用问，我全写明白了。”

云姑听着，也不敢不答应。慈静到了屋里没有多大工夫，拿着三封信，笑嘻嘻走了出来，递给云姑道：“你就拿了走吧，一路之上，多多留神，处处小心，必须要记住了我这两句话，绝不会有亏吃。你快一点儿回来，我还有事等你去办，现在事不宜迟，你就快快去吧！”

云姑站起来给师父行了一个礼，少年也给慈静行了礼，这才往山下走去。已然快到山口了，慈静忽然又在山顶上出现，喊了一声：“云姑，一路之上，不要拘束，都是自己人，日后自知。”云姑点点头又回头看看山顶，不见了慈静的影子，这才跟随那少年往前走去。忽然心里一动道，这人只知道他姓魏，他究竟叫什么，是个干什么的全不知道，不妨问他一问。想到这里才要张嘴，脸上一红一热，当时又忍了下去。又走了十多里地，天气已然不早了，肚子里也觉得饿了，心里很想找个什么地方吃一点儿喝一点儿才好，可是那少年仍是挺胸叠肚走个不休，云姑倒又觉得不好意思说了。又走了七八里，已然出了山界好远，只见前面黑乎乎一片大树林，心想无论如何，到了那里，我也要歇一歇了，脚底下一使劲，当时就到了。不是什么树林，原是一片大房子，仿佛是个村镇神气，在一块瓦房墙上用白灰写了几个大字是：“雷风堡”。

云姑用眼一看那少年，那少年也用眼一看云姑道：“咱们在这里歇一歇怎么样？”

云姑心里好笑，难得你敢情也会说话，我还当着你是哑巴呢，便笑着一点头道："好！好！"

两个即进了村口，东西的街，南北有些做买做卖的，可也没有大字号。只见前面有一个饭铺，字号是"两全楼"，两个人刚走了进去，却听门外一片声音："拿！拿！别放这一对狗男女跑了！拿住把他们活埋了！"一片声音，喊到门口。这一来可真把云姑吓坏了，心说这可不是闹着玩儿的，怎么这个地方这么厉害，竟不许男女同行，要说自己原不怕什么，不过有一节儿，这个姓魏的叫什么是从什么地方来的，自己全没问过，姓魏的连自己姓什么他都不知道，如果人家过来一问，当时就是麻烦。可是事到临头，也就说不得那些个了，只好听其自然吧。

当下便问店里伙计道："你们这里可有什么吃的？赶紧给我们弄了吃，吃了我们好走。"

伙计道："有，有，有，你要吃什么都随便。"

云姑一向在山上，外头吃的东西，她简直就没有吃过，哪里说得上来要什么菜？拿眼一看姓魏的，姓魏的这个地方可比云姑强多了，问那伙计道："我们吃饼吃饭，随便你给来几个可口的菜就行了。"伙计答应走去。姓魏的忽然向云姑一笑道："姑娘稍坐一坐，我这就来。"

云姑以为他是出去解手，也就没有理会。一会儿工夫，饼也来了，饭也来了，姓魏的依然还没有回来。云姑心里纳闷儿，也没有地方可问，肚子是真饿了，眼看着饭食摆在桌上，既是同行，自己先吃，当然不对，只好是等着，又等了有半个时辰，依然还不见那姓魏的回来，自己肚子里咕噜咕噜一阵叫，真有点儿饿不起了，心说这个人可真是荒唐了，怎么一路出来，把自己一个人丢在这里，到什么地方去也不知道，这可真糟。继而一想，他也许是这里地方不熟，出去走迷了找不回来，也许有的，不管他回来不回来，自己先把饭吃了，等他回来，再要再吃就好了。想到这里，便把筷子拿起来，一则在山上没有什么荤腥可吃，二则饭馆子菜又比山上得味，再加上肚子是真饿了，吃着什么都香都好吃，连饼带饭，还有几个菜，全都不知不觉就给吃下去了，肚子里还没觉乎甚饱，抬头一看伙计。伙计也正在纳闷儿，来了两位出去了一位，这一位还是个姑娘，一个人把两个人的饭全吃下去了，自从懂得事以来，也没有看见过谁家姑娘能够有这么大的饭量，这可真是怪事。

正在瞧着纳闷儿，姑娘一抬头，和他正对脸，赶紧和颜悦色地道："姑娘你吃好了，再给要一个什么汤吧！"

云姑一摇头道："不要汤，你再照这个样给要一份儿。"

伙计一听明白，一定是给那位预备的，这位姑娘既是能吃那么多，那位一定比姑娘还得多要。答应一声，到了灶上，告诉照着前头一份儿，多改大卖，灶上铜勺一响，不一会儿，菜饭又端上来了。这回没等姓魏的，又是吃饼，又是吃菜，饼也热，菜也热，吃着比刚才还香。这个伙计一看，眼全直了，心里说这位姑娘啊，饭量怎么这么大？这可真是怪事！瞪眼瞧着，饭饼菜又全完了，姑娘一抬头，赶紧赔笑道："姑娘你再来一份儿吧！"

姑娘一笑道："行了，已经饱了。我跟你打听点事，你们这里有什么热闹地方可逛吗？"

伙计摇头道："没有。"

云姑又一笑道："我再跟你打听，我们刚才同来那位，你知道他到什么地方去了?"

伙计道："这个我也没理会。"

云姑一听，没有法子再问，只好是等着吧。又等了有一个时辰，姓魏的依然连个影儿都没有了，心里可就急了，眼看着天已不早，他要老是不回，剩下自己一个人，走也不便，住也不便。还有一节儿，究竟现在到什么地方去，自己也不知道，就是再回云山，连道儿也不认识，那也没法子。这一阵着急，猛地想起，临走时候，师父给了自己三封信，告诉到了地头才许拆看，什么地方是地头，也没有说明，如今这里事出意外，也许师父信上写着有，亦未可知，何妨拆开看看。想到这里，便向伙计一笑道："现在没事了，你先到旁边歇一歇，我回头有事再叫你。"伙计答应一声，便自躲开，云姑从腰里把信取了出来，只见头一封皮上写着第一封，在两全楼拆阅。心里好生诧异，师父果能前知，怎么会知道这里有个两全楼?真是怪事!急忙拆开看时，只见上面写的是："云徒知悉，同行魏奇，系我之师徒，有难当援之。彼心高气傲，行经两全楼时，必遇不幸之事，彼必相助，必遇敌，可探取村人口吻，从事探救。必可脱险同行，此去路上荆棘遍地，必须小心，至嘱。"云姑看完，这才明白，原来那个人叫魏奇，论起来还是自己的师哥，有难应当救他，那是不错。不过从村人中探询这一节儿，不易办到，人生面不熟，怎么跟人家说呢?方一寻思，忽然又想起方才在才一进门的时候，街上曾经一阵大乱，先还以为有人要和自己为难，随后魏奇就跟着出去了，一直到现在也没有回来，也许就在这件事上，姑且问一问再说。

想到这里，便向那个伙计一招手道："你过来。"

伙计赶紧赶到笑着道："姑娘什么事？"

云姑道："我记得刚才我们进门时候，仿佛听得街上一阵大乱，不知为了什么，伙计你可知道？"

伙计笑了一笑道："您要问这件事，我倒知道一点儿，不过据我想，这种事儿可不是什么好事，姑娘您最好不用问。"

云姑益发知道里头有了什么情形，便又笑了一笑道："这也没有什么，我一个过路的人，还能管得了什么事，不过我在这里等人心急，能够谈谈，也可以解解闷儿，你说说无妨。"

伙计道："既是姑娘一定要问，我可以跟您谈一谈。我们这个地方叫雷风堡，以前对着我们这个饭铺有一片大宅子，那就是我们这村里的一个首户，老员外姓张叫志广，家里很多几个钱。这位张老员外，待人说话，还是不用提够多和气了，我们这一方的人，都管他叫张善人。这位张善人这辈子虽是善人，上辈子也许不是善人……"

云姑道："这话怎么说，难道你还知道他上辈子吗？"

伙计一笑道："我要能知过去未来，我又不当这份儿伙计了。就说他这个为人，既是善人，就应当有好儿子，他这个儿子，简直就不是东西，吃喝嫖赌，无所不为，还都不算，最可恶的是在乡里之间，只要看见有个年轻长得俊美的大姑娘小媳妇儿，先是派人说亲，说了不行，跟着他就抢。张善人先前不知道，及至知道了他也管不了，因此张善人一病就病倒在床上，这一来他儿子更胡作非为了。方才是有一男一女从我们村子里过，可也不知道是要到什么地方去，让他看见了，先是要留人家进去坐坐，人家不答应，他老羞成怒，硬说那个姑娘是他买的姨奶，那个男的是拐子，过去就要抢人。没有防到，那个姑娘跟那个男的，手里全有两下子，过去三下子两下子就把他弄倒了，人家说了两句俏皮话儿往村外一走，他就把他手底下那群儿狐群狗党召集齐了，就追下去了。我们虽知道是这个热闹，可是谁也不敢出去瞧，依我说，姑娘你稍坐一坐，趁早儿走，免得惹出事来，可不是事。我可不是轰您走，我们没有做买卖拿财神爷往外推的。”

云姑一听，原来这个地方有这种人物，怪不得魏奇一去不回来，一定也是追下去了，这件事可是不能不管，遂点了点头道：“谢谢你，我听着还真害怕，我现在也不等人了，我先走一步，如果那个姓魏的回来了你就告诉他我已经走了，叫他到前边去追我。”说完掏出一锭银子，把账付了。

正要起身往外走，就听饭铺门外一阵大乱：“打进去，别叫他们走了！他们这一伙子，人可不少哪！”一边嚷着，哗啦一声叭嚓一声，门就掉下来了，呼噜一声，从外头拥进足有四五十个。领头一人，獐头鼠目，十分奸坏的样儿，一看云姑，便哈哈一笑道：“好啊！你们都是拿好了时候，一块儿走的，天网恢恢，疏而不漏，天幸家门有德，丑事没得做出来，别走了，快快跟我好生回去，免得皮肉受苦！”

一句话还没说完，云姑单手一指哧的一声，一道白光，扑奔那人面上，哎哟一声，倒退三五步，扑咚摔倒。云姑临下山时候，慈静还嘱咐云姑，梅花弩不到万不得已时候，不许乱用，如今云姑一看恶棍人多势众，魏奇又不知去向，如果长剑一挥，至少也要伤害不少人命，自己方才下山，为的是积修外功，无故害死许多性命，虽说死有应得，自己不是奉官应役，也管不了许多。当时要是一走，一则对不起自己苦练多年，不能给世人斩除恶棍土豪，失了侠义身份；二则魏奇去向不知，生死不明，自己是奉了师父面嘱，要保护他前去救他哥哥，这一失陷，自己回去，也没有法子交代。再看来人声势汹汹，绝不是口舌能够劝回去的，射人先射马，擒贼必擒王，已然看出獐头鼠目那个小子是这一群人首领，只要能够把他制住，那些人不战自退。由此想起，先给那小子一梅花弩，手一抬，一按绷簧，哧的一声，那梅花弩就出去了。那人没有防备，正打在腮帮子上，哎呀一声，往后便倒，果然那些豪奴看主人才照面便受了伤，齐喊一声："风紧！抛锚！下桩子！请掌柜的！"呼噜一声，四五十人就分开了，二十来个人看着云姑，二十来个人去搀扶受伤的，剩下十个已然如飞一般地跑了。云姑明白他们说的话是，事情紧急，把来人围住，看好了四面，请他们的头子去，就知道事情完不了，这个受伤的并不是头子，另外还有人。最可怪方才伙计说他们追下一男一女，现在并没有看见，还有魏奇，始终没看见在什么地方，心里想着十分可怪，知道自己要是一走，便不免要死多少人，爽得沉住了气，等着他们看着他们头子到底是个什么人物。能够好说更好，事情实在不能善解，说不得长剑一挥，杀伤不能避免，也就没有法子了。心里想好，往后一退，依然坐在凳儿上，一声也不言语，瞪眼看着外头。

工夫不大，外头有人喊："那个小妞儿跑了没有？掌柜的到了。"

屋里这些人一听，当时精神一振，全都应声道："没有，跑不了，请教师爷来吧!”说着哗啦一声，人往两旁一闪，闪出一股大道。

这时候外头人就进来了，云姑依然坐在那里，往外头看着。只见先进来十几个，就是方才那一拨儿报信儿的，后头跟着两个雄赳赳的汉子。头一个身高八尺，腰粗膀宽，漆黑的一张脸，凶眉恶目，光着膀子，穿一条紫花布儿兜裆的裤子，大掖把鱼鳞洒鞋，手里提一口朴刀。第二个身高四尺，又瘦又小，雪白的一张脸，鹰鼻鹞眼，穿着一身青绸子裤褂儿，手里提着一条花枪。这两个人一进来，大家便齐声喊道:“教师爷，大爷受伤了，对点子就是那个妞儿，请二位可别让她跑了!”

两个人哈哈一笑道:“小子们放心，不用说她一个，就是十个八个，她也跑不了。”

嘴里说着，那个拿刀的就抢上去了，用手里刀一指道:“呔!你这个小娘儿们，放着官街官道，不好生走路，为什么要到这里来找野火，还把张大爷用暗器给伤了，你要懂得事的，趁早儿过去给张大爷磕头赔不是，念你是个无知女子，也许把你放了，如若不然，你可难免吃苦!”

云姑一看，他这个样儿，以为他一定过来就要动手，手按剑，打算给他一个厉害的让他看看。谁知道别看这个人长得貌凶，说出话来，并不太野，便仍然手按宝剑笑了笑道:“你先等一等，你既出来问这件事，这个姓张的，大概你们很熟了，你来问我，你为什么不先问问他，是他来找我，又不是我去找他的。我一个女人走路，躲事还来不及，怎能无故惹事?他进门来，一句人话都没说，瞪眼就打架，动手就抢人，简直就是一个恶霸。

我不愿惹事，可是我也并不怕事，他既不通人理，那我也只好对不过给他一点儿厉害尝尝。你们要是愿意管这回闲事，你先把话跟他说明白了，叫他从此改过，不许倚强凌弱，我便饶他一条狗命。如果他要不听，你们二位躲开，我今天非要他的狗命，我不能走。倘若你们两个，愿意助纣为虐，那可说不得，刀剑无眼，也许连你们二位全要得罪！”说完了依然笑着坐在那里一动不动。

拿刀的一听这套，一张黑脸全都成了紫脸，一声怪叫道："呸！你这不识好歹的小妇……"

一个妇字没说出来，哎呀一声，往后退了足有好几步，腰上一使劲，才算站住。云姑坐在那里，一脚把拿刀的踢了出去，拿枪的呼叫一声道："别走，接花枪手赵瑚的枪！"唰的一声枪往云姑扎去，云姑可是坐着，一见枪到，一伸手，一换腰，腰往旁边一闪，枪就空了，手往上一翻，一裹腕子，就把赵瑚的枪杆儿揪住。赵瑚使劲往回一扯，云姑先往里一紧，跟着往外一送，赵瑚双手捧住枪，一个屁股座子就蹲下去了。云姑一点手道："起来，再来！"赵瑚一挺身，站起来正在一怔，拿刀的就蹦过去了，嘴里喊着："接神刀将李玉的刀！"一刀当头劈下，云姑翻脸一看，刀就空了，双腿一平，两手一按凳子，腰儿一挺，两只脚就出去了，正踹在李玉肚子上，噗的一声哎哟一声，倒退两三步，扑咚一声，又摔下去了。

云姑哈哈一笑道："好，你们这一群害人的东西，竟敢青天白日，杀生害命，抢掠行人，我今天要不把你们全都劈了，将来你们也是为害不小！"说着双脚一蹬，便和燕儿一般，飞到了先受伤的那个少年面前，锵啷一声，剑就出来了，拿剑一点指道：

“姓张的，我也不知道你以往害过多少人，今天可算恶贯满盈，犯在我的手里，我非要了你的狗命，给这一方除害不可。别走，看剑！”嘴里说着，这剑就下来了。

说时迟，那时快，就在云姑剑才往下要落没落，外圈忽然有人喊嚷：“姑娘，使不得！”嗖的一声，从人群外头跃进一个人来，横腰一掌，就把云姑给推出有一两步。云姑吓了一跳，以为又来了什么帮手，及至一看，不由大喜，原来正是自己同伴，寻找不见的魏奇。正要问魏奇怎生到此，圈子外头又有人喊：“柱儿小子，你今天可遭了报了！”

心里纳闷儿，这是什么人，瞪眼看去，只见从人群里头挤出一个年约六十来岁的老头子，手里拉着一条拐棍，哆里哆嗦，气喘吁吁地道：“好小子，你遭了报了，我今天真喜欢，女菩萨在什么地方？我给你磕头！道谢！谢谢您把我们这个忤逆种给除了！”

云姑摸不清怎么回事，回头一看魏奇，魏奇道：“姑娘，您可别动手，这个老头儿可是好人。”

说着老头儿就到了云姑面前，颤颤巍巍，就要跪下去，云姑急忙用手一拦道：“老头儿，那可不敢，我一时冒犯，您可不要生气。”

老头儿道：“姑娘，你这话可错，小老儿无德，生了这么一个儿子，给我招了无穷的祸害，我恨不得咬下他两块肉来，心里才痛快。只是我不怕您笑话，我不敢惹他，今天也是他恶贯满盈，遇见了姑娘，能够把他制倒，小老儿真是感激不尽。我再求姑娘一件事，姑娘可别驳回，趁着现在他起不来，您过去手起剑落，把他宰了，无论是官是私，都由我去一面担当，没有姑娘什么事，您可别不答应我。”

云姑一听，眉毛就竖起来了，因为云姑生有至性，她一听虎毒不食子，要不是也把父亲平常给祸害苦了，无论如何，他也不能这么恨他，现在既是有此一说，如果不把他除治了，自己一走，老头儿性命难保。心里火往上一撞，向老头儿一点头道：“老头儿不用托付，我给你除害就是。”说着话一提手里剑，往前一抢步立手里剑往下就劈，猛听“呔!”的一声喊，如起了一个巨雷相似，从外圈一先一后跃进两人，一个拦住云姑，一个便把地下躺的少年扯起。云姑凝神一看，只见后头那个身高在六尺开外，细腰窄背，长眉朗目，是一个不到三十岁的英俊汉子。前头这个确是小衣裳短打扮，长得眉清目秀不到二十岁的一个姑娘。姑娘拦住自己，那个少年已然把那个姓张的从地下扯起。

云姑看了看不明白怎么回事，正要去问魏奇，魏奇已然走了过来道：“云姑娘，且听我跟您说。方才我一听店里伙计所说，就知道这里出了坏人，我便趁着工夫，本打算去探听个确实下落，回来再想法子。没有想到刚才出了村子，便碰见这位姓张的追赶下去。那二位朋友，我原想过去帮一步忙，没有想到这个村子外头却有埋伏，一时不慎，同那二位一块儿全都掉在埋伏里，我就知道这下子坏了。这位张爷派人把我们三个全都捆送进庄，到了庄子里头，谁知道这位张老当家的却是好人，敢情他这位少东家在外头办的事，他是一概不知，恰好今天有事出门，迎头遇见，还不知道为了什么，向我们一问，我们全都实话实说，这位老当家的就把我们放了，并且叫我们快到这里来，怕是叫姑娘受了委屈。及至我们到了这里来，没有想到姑娘已经得手。按说像这位姓张的少东家这份儿无恶不作，应当当时就把他碎了，才可以出这一口气，给地面儿上去一害，可是我和那二位在道儿上一商量，这位张老当家的实在不错，我们要是把他除了倒不要紧，不过太对不住这位老当家的。因此我们寻思了一道儿，无论如何，也得想法子把他饶了。我是先来的，所以我头一个进来拦的您，他们二位随后也到了。依我之见，不拘如何，总得看在我们面上，把这张少东家放了，以后能够改过自是很好，倘若再要犯在咱们手里，那时一定要把他除掉才是。这一点儿小事，云姑娘，你大概也可以把他饶过去了吧?”

云姑听了微然一笑道：“就是大哥不说，我也不能那么办，因为方才我已然听见这铺子里有人把细情跟我说了，这位老东家人实在不错。不过放是可以放他，也得让他明白明白，从此改过自新，不可再胡作非为，把那一拨儿狐群狗党当时遣散。好在我不久将回来，还要从此路过，自会调查他的行为，改了自无话说，如果仍是这样，对不过那时就只知道为地面儿除害，别的可就不管了。”说着向张老头儿道：“老当家的我们说的话，大概你也听明白了，现在你可以把他领了回去，劝他一劝，再要犯在我的手里，我可绝不客气了。”

张老头儿道：“姑娘，你这番话我全听明白了，按说这个孩子这种行为，我很愿意姑娘把他除去，我心里倒干净，现在既是姑娘这么说，我暂时把他带回去，如果他还是照样胡闹，姑娘再从此路过，我必把他送到姑娘这里，听凭姑娘处置。”说着趴在地下磕了一个头，带着那个少年走了。

云姑一看那赵瑚李玉依然还在那里站着，便一声喝道："你们二位还不把那些泥腿光棍全都带走，还站在这里干什么，难道还打算比比是怎么着？"

赵瑚李玉两个一听如梦方醒，哪里还敢说一个字，扭头转身撒腿就跑，后头那些也跟着一跑而净。

云姑这才向魏奇道："大哥，这二位都是谁？请你给我引见引见。"

魏奇脸一红道："真格的，我净顾了乱跑，还真忘了请教这二位怎么称呼呢！"

那少年一听，赶紧一抱拳道："岂敢岂敢，在下丁宜，这是舍妹丁雯。我们兄妹两个，因为要到川边去访一个朋友，路过此地，不想遇见这样一件事，幸会两位，还没有请教二位怎么称呼？现在要到什么地方去？"云姑把自己和魏奇名姓说了，看这两个人都是义气同道，便也不自隐瞒，如何受师之命，要到什么地方去，全都说了。丁宜道："那太好了，我们也正是往那条道上去，一路有伴，倒可以不嫌寂寞了。"

当下几个人又弄了一点儿吃的，吃喝完毕，叫店家算账，伙计笑着道："几位请吧，这点小意思，已然由张善人给过了。"

云姑道："怎么平白地倒叨扰了人家。既是这样，我们也不客气了，请你见了张老头儿替我们道谢吧！"

说着几个人出了两全楼，认上大道，便走下去了。这一路之上，又多了两个伴儿，说说笑笑，也不显劳累。这一天已然到了四川边界，魏奇道："前头已是四川边界，丁大哥你们从哪里走？"

丁宜道："我们往西走。"

魏奇道：“我们可要往东走了。”

丁雯脸上露出恋恋不舍之意。云姑道：“丁姑娘，我们这次到这里来，原来是办一件事，事完即回，如果丁姑娘愿意多在一起盘桓时候，尽可以过些天到云山去找我。”丁雯答应，当下分手。

魏奇、云姑往东，朝前边一看，全是些山道，云姑道：“大哥，你这个地方可熟吗？”

魏奇道：“地方我倒是来过，也不太熟，反正认得走。”

云姑道：“认得就成，你头里上，我后头跟。”

两个人说着便上了山道，一边走着，云姑一边问魏奇道：“大哥，这次你到了我们山上，也没说出一个究竟，到底怎么回事，我还不大清楚，可以不可以少些说个大概，我也好明白是怎么回事？”

魏奇道：“这件事说起来太长了，一时也说不清，我现在把大概说一说，姑娘能够明白，也就成了。我们原是弟兄两个，我哥哥名叫魏仇，原是镖行生理，因为父母年老，不愿意他在外头干那行业，便把他找回家来。我们家里虽不宽裕，可是衣食无缺，也颇安静。谁知我哥哥在外头得罪了一个独脚大盗名叫满天飞万仲经。累次找哥哥为仇，却被我哥哥把他打败。他记恨在心，等到我哥哥脱离镖行以后，他便用借刀杀人的法子，在我们县里做了十二条奸杀的案子，全都写上我哥哥的名字，偏生遇见糊涂知县，不问个青红皂白，便去捉拿我哥哥，我哥哥恰巧没在家，那狗官也便把我父母锁拿下监。我哥哥回来听见，便自行投首，那狗官也把他下在监里，叫他招出十二条命案。以我哥哥的本事，原不难一走，只是两位老人家全都关在里边，无论如何，也不敢走了。那时我正在外县一个朋友家里，有人来给我送信，我便私自回去了一趟，白天不敢露面，只有夜晚到了监里，见着我哥哥。我哥哥告诉我，这件事他已明白大概，陷害他的人就是那满天飞万仲经，这个时候，除非把万仲经拿到当官，绝不能洗清这回事，又知道我的能耐，不是那万仲经的对手，才叫我到云山去请慈静大师，说是只要她老人家肯来帮助，事情绝可办到。因此我便到了云山，见着大师，大师即派姑娘下山来帮忙。”

云姑道：“这样说时，我们现在是要去找那个姓万的了？”

魏奇道：“正是。”

云姑道：“这个姓万的住在什么地方？可有一定吗？”

魏奇道：“有一定的，他就住在峨眉山脚雪岭上面回头崖。”

云姑道：“好了，那我们快走吧。”

一路之上，魏奇置了不少干粮，白天爬山，夜晚找个山洞一住，走了足有七八天。这一天魏奇向云姑道：“这前边就是雪岭了。这个地方气候较寒，四时积雪不化，并且里头藏有许多怪兽，一个不小心，到不了山里头，就许把命送了，最好你要多多小心。”

云姑点头，从进山口起，就特别留神，果然越走越冷，越走越难走。走进十来里地，只见前面大山前横，山头上有不少白云，魏奇用手一指道：“那就是雪岭了。”又走了一会儿，已然到了山脚，魏奇道：“这一路道儿可更不好走了，你可特别留神！”

云姑答应，提腰一跃，便上了山头，往里一看，只听得扑噜一声，里头有许多怪鸟，四下乱飞。正要往下跃去，猛听魏奇在身后喊道：“姑娘慢下去，你看那边来的是个什么东西？”

云姑一听，收住脚步，往旁边一看，只见一头怪兽，从老远奔驰而至，云姑可就把脚步止住。往下看时，只见山下这只怪兽，长得十分可怪，长下里有一丈三四，高下里也有八尺四五，长脖子，细脚，脑袋仿佛像马，可是耳朵又特别短，鼻子上带着一个钩儿，两只圆眼通红透亮，脖子上一道绿毛，约有一尺多长，披散两边，周身黄色，有黑圈白道儿，尾巴特别长，足够八尺左右，在尾巴尽头上有一个大疙瘩，仿佛是个大绒球，也是绿的。一边走，一边叫唤，叫唤出来的声儿，就像打梆子一样，不住梆子乱响，加上四围是山，借着山音，这声儿便益发又真又亮。

云姑回头向魏奇道："魏大哥你知道这个玩意儿叫什么吗?"

魏奇摇头道："不知道，不但没见过这种玩意儿，干脆简直都没听说过。"

云姑道："这种玩意儿，究竟是怎么一路，咱们可不知道。它要准是吃草的，就不能伤人，咱们就下去也没什么，倘若也是什么虎豹一类，这个样儿，可比虎豹准得还凶，咱们可不能不防备。"

魏奇道："这个咱们连试都不用试，它准不是吃草的。"

云姑道："你怎么知道?"

魏奇道："这个山里头一年四季积雪不化，哪里能够有草，这分明是个吃肉的野兽了。"

云姑道："说是一点儿不错，不过这样一来，咱们的去路，可就麻烦了。不从这里下去，就必得绕着上头走，一则不好走，走不出路程来，即使能够走出路程，比起底下，也得远出个三四倍，那咱们得什么时候才能到那里？可惜咱们又不能下去试验它一下儿，到底它是哪一类的野兽。"

刚说到这句，不防脚滑，脚边一块石头，竟自骨碌碌掉了下去，正掉在那怪兽旁边。那怪兽本没有知道上头有人，及至这块石头一掉下去，不由往上一看，一眼看见云姑和魏奇，当时尾巴一搅，梆梆之声，比方才更响了，一边响着，一边尾巴不住搅着，一边往上直看，意思之间很有意上来。

云姑道："不用试了，八成儿是个不吃素的畜类了。"

正说着，却听魏奇道："云姑娘，你先不用言语，你看那边又来了一个。"

云姑急忙顺着魏奇手看去时，只见远远如风驰电掣一般，又来了一只野兽，及至来到临近，才看清楚。这只野兽，倒是听人说过，却是一只大人熊，比从前听说的略有不一样之处，高下里是七尺，宽下里也有四尺上下，一身的白毛，两只红眼，在鼻子底下却有一个黑色的月牙儿，两掌扑开，真有头号儿大蒲扇大小，一摇一摆，便到了那怪兽面前。那怪兽一见人熊，倒也不敢大意，正在那尾巴一摆，打算去打人熊，人熊却比它还乖觉，一见尾巴抽到，并不躲开，只把屁股轻轻一抬，那尾巴便抽到了屁股下头。那人熊十分伶俐，往下一坐屁股，不歪不斜，正坐在那尾巴上，跟着一伸双掌，便把那根尾巴掠着，往后一坐腰，使劲往里一带，那个怪兽便不由得跟着歪了过来，想是怒急，嘴里一声怪叫，整个儿身子往后一排，横着一使劲，那人熊竟吃力不过，一撤双掌，那尾巴便躲了出去。但是那个大绒珠已被人熊掠下，只剩了一根光杆儿了。怪兽更怒，一翻身一低脖子，那颗大头便往人熊胸前撞去，人熊不等头来到，轻轻往旁边一闪，那颗大头便戳空了，剩下一条长脖子，横在人熊面前。人熊一声怪笑，双掌一扑，便去夹那怪兽的脖子。这个脖子可是比尾巴有劲多了，虽经人熊极力把住，只用力往上一挑，连那人熊竟会被它一脖扛起。怪兽扛起人熊，正待往下走去，那人熊便好像知道它有这手儿一样，双掌一松，扑咚一声，掉在地下，那怪兽力气使得过猛，脖子一歪，身子便也跟着往旁边歪去。

云姑笑着向魏奇道："这个长脖子家伙，瞧着身大力不亏，既有长脖子，又有长尾巴，仿佛像是那么回事似的，怎么闹了半天，会干不过一个笨熊呢，人熊敢情比狗熊聪明得多。人熊我这还是头一次看见，别瞧它傻傻呵呵的，心里还真有个算计，看今天这个神气，长脖儿是要占下风了。"

魏奇道："这话可也不一定，天生这种怪物，必有一种怪性，也许还没施展出来呢。"

正说着，只见那怪兽猛地一回头，把嘴一张，竟自喷出一股子黑气，直往人熊面上喷来。那人熊想是也知道厉害，先往旁边一闪，跟着一扭身扶头就跑。

云姑道："这一来好了，它们必定一前一后走了。"

再看时人熊已然跑得没了影儿，那只怪兽却一追不追，缓缓地迈开四条腿又走了回来，看着山上两个人。

魏奇道："这个畜生，立意不善，这倒有点儿讨厌了。可惜我不会打暗器，我要是会打暗器，在上头瞄准了给它一下子，倒许能够把它除治了。"

一句话提醒了云姑哎呀一声道："真是的，我就忘了我身上的暗器了。"说着用手一摸，把弩筒子预备好了，往前一探身，正赶上那只怪兽也正到山下。云姑一按手里绷簧咔吧一声，那弩就出去了，再看那怪兽，却依然东西乱转，仿佛没有这回事一样。云姑不由纳闷儿道："这可怪了，我师父教我的暗器，跟人动手，虽不能百发百中，要是对着一个野兽，无论如何，它也跑不了，怎么会一点儿都没理会，这可真是怪事!”

魏奇道：“姑娘先别着急，这里头可单有一个说法。这山上离着底下说不清有多少丈，你这个弩打下去，未必能有那么大的力量，再加上山里风硬，一括一荡，准是没有打在它的身上。我倒有个主意，咱们要是一定非从这块地下去不可，我跟你可以一块儿下去，咱们不求有功，但求无过。我在头里引着它，你在后头可以用弩箭伤它，那个样儿或者还可以得手。”

云姑道：“这可不妥，不是别的，我瞧这个怪兽，十分凶猛，方才跟人熊那样儿手儿，已然看出它的厉害，咱们可是一个人，绝不能像人熊那么结实有劲，倘若它要是也冲咱们一喷那股黑气，咱们应当怎么办?”

魏奇道：“要照你这么一说，咱们就非从上头走不可了，可是咱们事情紧急，如果道儿上一耽搁，就不定又闹成什么样儿。”

刚刚说到这里，云姑猛觉身后有人扯了自己一下，低头看时，连个人影儿也没有，以为是挂在了什么地方，旁边却又任什么也没有，心里不由有点儿怀疑起来，正要叫魏奇躲开这个地方时，只听魏奇一声喝道：“小猴儿崽子，你敢!”云姑急忙回头看时，只见嗖的一声身后纵出一个长约二尺来长的金丝黄毛猴儿，这才明白，方才揪自己的就是它。只见这个猴儿，虽是跳跳钻钻，脸上却带出一种愁苦惨痛的样儿，两只眼睛不住看着云姑，云姑心想这个猴儿为什么见了人不跑，反倒向自己这种样儿，难道它有什么歹意，故意引我们上当。正要提剑过去，只见那猴儿猛然一声惨叫，连跳带蹦，霎时跑得没了影儿。魏奇才说了一句：“真好玩儿。”猛觉一股腥气冲进鼻子，简直要把人熏倒。才要问云姑，却听云姑一声惊喊道："魏大哥，快躲开，后头有毒蛇来了！"魏奇急忙旁边一纵，回头看时，只见一条大蛇，足有大碗口粗细，才现出半截身子，不知道全身多长，周身金黄，有一块一块的红点儿，脑袋上有一个红犄角，通红彻亮，嘴里发出三寸多长的一条火芯，一伸一缩，吞吐不休。云姑急喊："魏大哥，这个东西，可要特别留神，它的毒气一定是很大的。"魏奇答应知道，却一立手里刀，照着那蛇脖子唰地就是一刀。那蛇却好像不知道一样，硬脖子往上一抬，锵的一声，魏奇的刀倒先出手了，蛇身子往前一进，一立那个红犄角，就戳魏奇。魏奇喊声："不好！"往后一退，没防备，脚下一滑，人便往山下滚去。那蛇一见，把腰一拱，也便追下山去。云姑一看，可吓坏了，心想自已被人家约了出来，如今人家的事一点儿没办，倒把个请救的也饶在里头了，自己有什么脸，可以回去见师父，拼着一死，也不能不下去救一救他，该着不死，两个人全有活命，要是该死，这里死不了，别处可也得死。想到这里，把宝剑往手里一横，提身就要往下纵了。

猛听山腰里有人喊："云姑娘，你可别下去！我可没掉在底下！"

云姑一听，用脚钩住地下大石头，探出身子向下一看，只见魏奇并没掉下去，却在一条后山里长出的大青石上跨着，要是打算上来，可也不容易。好在既没掉下去，心里先踏实一半，便也答言道："知道了，你不用着急，我一定想法子来救你。"说话的时候，可就往底下看，只见那条长蛇，已然纵了下去。那只怪兽，本来多少天没有见着人，饿得正在难受，忽然今天看见了两个人，正可大饱一顿。只是两个人站的地方太高，不容易上去，眼巴巴到嘴的东西吃不着，心里益发长气，偏是又来了一只人熊，跟在旁边捣乱，好容易把人熊赶去，却依然没有法子可以把人弄下来，心里正在寻思，忽然看见一个人倒着就下来了，心里这份儿高兴，把长脖子一伸，净等开嚼。它可没有瞧见人后头还有那条长蛇，又没有想到人会没有掉下来。魏奇从上头往下一摔，准知道性命完了，闭眼一抱团，耳边呼呼一阵风响，猛然腰脊上碰着一个东西，好生疼痛，陡然心里一惊，也许是已然掉在地下了，两只脚往下一松，两手一长，意思之间，是打算一挺腰板儿就可以站起来了。没想到脚往前一蹬，正是一块山石上，借劲使劲，脚就钩住了，跟着往起一挺腰，自己这才明白，敢情没有掉下去，不由念了一声“阿弥陀佛!”怕是云姑看见自己入险，一个没瞧清，就许蹦下来，那一来性命可是难保，便大喊了一声，云姑一答话，就知道云姑不下来了，心里也踏实了。那只怪兽，眼看人往下倒着掉下来，心里一喜，挺着脖子一等，呼的一声，脖子上就着了一下，还是真疼，野兽的性子就犯了，吽的一声，一掉脖子，这才看清楚，掉下来的不是人，却是平常引以为敌的恶蛇，心里这个气可就大了。不是别的，它疑心一定是大蛇把人吃了，还来跟它为难。长蛇也是这个意思，眼看着人掉下来，到了底下看人会没了，不用说，一定是怪兽吃了。两个畜类，把事一反想，当时全都气往上撞。怪兽一抡尾巴，叭的一声，就朝长蛇抽来。长蛇往起一纵，尾巴从下面抽了过去，长蛇就势往起一卷，哧的一声卷个正着，就把怪兽的下半截给裹住了，往里头一紧。怪兽一声猛叫，回过脖子来，一张嘴噗噗噗就是三口黑气，那长蛇想是也知道厉害，便陡然把身子一伸头已长出一丈四五远近，那怪兽见喷不着长蛇，心里益怒，往前一扯，抖尾巴要抡，长蛇却依然把下半截一紧，又把怪兽缠了个紧。怪兽两次三番不能得手，两只眼睛急得都要冒出火来，忽然把身子往下一缩，仿佛就是要死的样儿，脖子也跟着往下一垂。长蛇这次却上了它一个大当，以为它真是被自己给缠伤了，便把下半截一缩，把上半截缩了回来，意思之间，人是被你吃了，我也得把你吃了，算是完事，往回一撤，在怪兽的脖子旁边。它可没想到，怪兽是故意来的这么一手儿，正在它往回一缩的时候，怪兽也猛然往起一立，噗的一口，喷个正着，长蛇身子陡然往下一摔，跟着往回一卷，两个又一对面。怪兽见敌人已然中了自己毒气，心里正在大喜，却不防人家又回来了，赶紧一鼓气，又是噗的一声，一股黑气喷了出来。它可没有想到这回长蛇已是拼死来的，一见它的黑气喷到，连躲都不躲，也一张嘴，一股红烟也喷了出来，先把那黑气逼得四散，跟着又是两口，直奔那怪兽脑袋喷出。怪兽也知道厉害，可就是躲不开了，一阵梆梆乱响，黑气就没了。长蛇跟着又是两口红烟，那怪兽想是中毒已深，叶的一声怪叫，顿时身子一滚便一动也不动了。那长蛇才觉制死敌方心里高兴，未料方才自己已经中毒，又加上用力过猛，当时并没觉得，如今这一舒展可就不成了。正在它往起一纵，意思去钩那怪兽的头，身子才往起一挺，跟着往下一歪，便在地下打起滚儿来，滚来滚去，一声惨叫，便也不动了。

云姑眼看这一场恶斗，心胆皆惊，如果自己要是跟魏奇一起下去，只要轻轻一喷，早已完事。如果不是魏奇掉下去，长蛇也绝不会追下去，要是在上头轻轻一口，也是一个完事，越思越想越是可怕。如今一看，这两个东西，确是已经完了。只是魏奇掉在那么个地方，如何能够上来，这不也是麻烦吗。有心叫魏奇往下跳，可是方才还看见一个人熊，这两个虽然完了，难保人熊不再来，看那神气，人熊也不是好惹的，这可不能不防备。左思右想，一点儿主意没有。忽听魏奇喊道："云姑娘我有法子了，我先从这里往下走，我可看不见底下，如果你要看见有什么特别的，你可言语告诉我一声，我好再往上跑。"云姑一听，也不明白，只好说一声："你可留神！"跟着又把石头一钩，再往外边看时，只见魏奇手里拿着的是一根飞抓百链索，一头儿抓住那块青条石，一边往下倒着，倒来倒去，离地不足五尺，双腿一溜，一抖绳子，人就落在平地。云姑一看，这才放心，又怕下面再来什么野兽，自己一个走单了，两个人全都不好办，便不敢怠慢，双腿一蹬，长身一纵，便如飞鸟一般纵了下去。

云姑向魏奇一笑道："今天可真险哪！"

魏奇道："这倒没什么，只要能够托福把那些仇人除去，就是让我一死，我也是甘心的。"

云姑道："现在人已然到了下边，咱们还应当往什么地方去，你可知道？"

魏奇道："我知道。你看前边那股山道，有一片发红的那就是什么燠陵谷，就是那些人住的地方了。"

云姑道："那么咱们就往那边走吧。"

说着两个人迈步才要走，却听身后一阵吱吱的声音，两个人全都吓了一跳，急忙扯家伙回身看时，只见从山上头一直到山底下，全都是些金丝猴儿，一个揪着一个尾巴，从上头一直到平地，嘴里不住吱吱乱叫。云姑一想，难道上头又有什么东西不成，可是瞧那样儿又有点儿不像。心里正在纳闷儿，一看前头那两个已然轻摇缓步地往前来了。云姑一看它那神气并无恶意，便告诉魏奇把兵刃收起，不要伤它。两个人把兵刃一收，那些猴儿便跳跳钻钻全都赶了上来，这个就揪云姑的衣裳，那个就在后头推她的大腿，魏奇那里却一个也没有。

魏奇看不清它的意思，便狂喊一声道："你们干什么？"这一嗓子不要紧，小猴儿吓得当时四散，在远远地看着云姑发怔。

云姑向魏奇道："你别吓唬它，它也许有什么事要求咱们。"说着往前又走了两步。

那些猴儿，又复拥了上来，有揪的，有扯的，有拉的，有推的，云姑因为不明白它们的意思，便也跟着它们走。走来走去，可就走到那怪兽和长蛇的面前了，那些猴儿忽地四下里又是一跑。云姑心里有点儿明白了，一定是这些猴儿早先吃过长蛇不少亏，如今自己代它们除去仇人，它们打算报仇，可是又没胆子，所以才要自己帮助它们出气，这也没有什么，便回头笑了一笑，拔出剑来，过去照着那死蛇一阵乱砍。再听后头又是一阵吱吱乱叫，那些猴儿全都两只小爪乱摆，吱吱乱叫，心说这可真完了我！正在这时，就听空际一阵呜呜风声，霎时天地全黑伸手不见掌，对面不见人，猴儿惨叫益厉。

云姑一边躲着那风，一边喊道："魏大哥，你快到这边来！"

却听魏奇一声惨叫道："云姑娘，快动手，仇人到了！"

云姑一听，把手里剑往上一横，也不管看得见看不见，一阵乱劈乱削。这时候风更大了，鸟啼兽叫，夹杂着还有许多人的声音，也摸不清全是干什么的，手里长剑乱挥，心里还惦记着魏奇，怕是他一个受了误伤，或是被人家伤了，这个地方自己非常生疏，不用说找到贼人窝里，就是让自己再回去，自己连路也不认得，那岂不是大糟特糟。心里这么一想，嘴里便喊道："魏大哥，你在哪边呢？你可躲开我一点儿！”连喊两声，却听不见魏奇答应，心里益发焦急，便又加重嗓子喊了两声，这回却听见一声惨叫：“云姑娘，你快回去吧，我已经受伤了。你回去之后，央求大师，给我们一家报仇，我就是死了，也感念姑娘大德！”声音非常惨厉，简直听着使人毛骨悚然。云姑既是难受，又是焦急，忽然想起，师父说过，遇见江湖上有使这种妖术邪法的，有个法子可破，就是把自己舌尖咬破，滴出血来，向对面一喷也就成了。现在事情已经紧急，何妨试上一试。便一张嘴把舌尖咬住，用力往下一磕，当时觉得一阵血腥，知道血已经流下来了，便运足气力，对着那股风里噗的一口喷去。说也真怪，就在这口血方一喷出去，当时风止沙散，依然露出日光。这可就看清楚了，在自己对面不远，站着有二十来个赤脚披发的男子，神情非常难看，有几个还都受了伤，想是受了自己的误伤。再看魏奇，已经被人捆上，躺在地下，什么地方受了伤，自己可也不知道。当时怒火上冲，手里剑一摇道：“什么地方来的妖孽？怎敢伤我同伴？你要是懂得事的，趁早儿把我的同伴放回，算是你们无知，我也不便和你们一般见识。如若不然，我要叫你们当时全体都受天诛！”

那些人原来奉了他们头子的差遣，知道到了这里，只要能够照法行事，准是手到擒来，及至到了这里，施展邪门法术，看云姑依然神志不变，手里长剑乱挥，有几个贪功的跑了上去，又受了误伤，不自着急，虽然拿住魏奇，回去却交不了差事，原想多耗一时，等云姑自己累了再过去动手拿现成的。没有想到云姑把舌尖咬破，用纯阴之气，破了他们的邪术，更是惊心掉胆，在黑暗中，还算计不了人家，这要是把邪术一破，那更不是人家对手了，心里害怕，可又不敢走。听云姑一阵叫，那里头有两个为头的便走了出来，向云姑哈哈一笑道："你要问我们，我们就是这雪岭燠陵谷大慧禅师门下。只因奉了我们掌教之命，到这里来拿一个和他作对的仇人，现在仇人已经拿获，我们就要回山去了。如果你有什么话要说，你可以到山里去找我们掌教的，他自能告诉你，我们可是全不知道，再见了！"说完了话，拖起地上的魏奇，转身就跑。他们准知道云姑既是跟魏奇一块儿来的，魏奇不放，云姑必不甘休，离着山里已然不远，只要能够把她诱进山去，无论什么事就没有自己责任了。想得挺好，因此说了两句话拖了魏奇就跑，他们以为云姑一定得追，谁知道这下子可是打错了主意了。

云姑见他们一跑，原知道他们必定得追，可是忽然一想，自己要是一追进去，他们必有接应，自己剩了一个人，那如何能够是他们的对手，即便是他们对手，他们全都一跑，自己又当如何，来办的事依然是办不了。唯一之计，是先要把魏奇救下来，那才是个办法，可是救魏奇的法子，也就难想。进了两步，猛然想起，自己身上带着暗器梅花针，可以打到三四丈开外，何妨拿自己针从后头打一针，自要把他们全都打倒，魏奇不救自救。越想越对，把梅花筒子就预备好了，一声儿不言语，先找两个在后头跑的，对准了地方，一捏簧，咔吧一声，就是一支，正打在那人腿上，那人哎呀一声，腿儿一软，就倒在地上。跟着又抬手，咔吧一声，扑咚一声，又是一个。前头跑的，听见后头有了响动，自要回头看看，云姑一抬手，又是一个。一会儿工夫，二十多个，一个没跑了，全都躺在地下。云姑一看这个法子灵了，心里好生欢喜，跑过去用手一搀魏奇道："魏大哥，你伤了什么地方了？还能起来不能起来?”

魏奇道：“云姑娘你可真好俏功夫，原来连他们的邪法都可以破，这一下子，怕不弄死他们二三十个。我受的伤，原不要紧，只是在腿上，被他们用刀削了一下子，我身上带着有药，等我上一点儿药，咱们再往前去。”

云姑一听，可就放心了。魏奇从身上拿出一个小瓶儿来，把药磕出来，上在伤口上，然后又用手拍了一拍，自己勉强站起来，走了两步。云姑看着还是不轻，便一皱眉道：“魏大哥，你的伤可不轻啊，咱们无论如何，今天也不能往前去了，最好是能够找一个什么地方歇上一宵，第二天咱们再想法子。”

魏奇道：“云姑娘你别看我这个样儿，不要紧，我那药非常灵，只要有一个时辰，药行开了，也就行了。这个你倒可以不必着急，还是躲开这个地方要紧。这里离着他们老窝太近，那个妖人他又会算会掐，如果他知道就在这里，一会儿必到。虽说姑娘能为能够胜过他们，可是我已受伤，也是一个累赘，还是躲开的好。”

云姑一听也对，便点点头道：“那咱们还是往回路上走吧，因为这个地方，不只是这班人可怕，还有那些怪兽，也都难防。”

说着两个人便要动身，魏奇忽然道：“云姑娘，你既是把那些人全都制倒了，依我说，可是把他们去掉了的好，因为这些人里没有一个好人，留着他们也是祸害。”

云姑一笑道：“这个你倒可以不必操心了，不是别的，我那针全是用药煨过的，打上之后，子不见午，准死不活，咱们就可以不必多这番手续了。”

魏奇这才点头称快。两个人往回走，虽是着急，可是魏奇腿已然坏了，实在走不动，也没有法子，只好是慢慢地走吧。走了还不到一半，猛听后面怪风又起，魏奇一拉云姑道："云姑娘你可多留神，大概又是他们一党到了！"

云姑道："不要紧，您只在我身后，可也别离我近了，不是别的，倘或被我误伤，那可是太对不过了。"

说话时候，那股风可就到了，魏奇便真往云姑身后一站。云姑掉转身子，一手摸剑，跟着把梅花针也预备好了，凝神往头里一看。只见迎面站着一个人，身量七尺开外，黄头发，散披着，打着一个如意箍，凶眉，恶眼，一脸横肉，大鼻子大嘴，一部连鬓络腮的胡子，披一件青色外衣，光着脚，手里拿着一把蝇刷儿，举手一横道："这位姑娘，从什么地方来，要到什么地方去？因为什么把我们的几个徒弟，全都置于死命？"

云姑微然一笑道："你要问我，我从云山来，要到雪岭去。这些个人我原不知道是大师父的徒弟，你问为什么要把他们制死，你为什么不先问问他们为什么出来拦路伤人？这是我有防身的本事，才能把他们制住。不是这样，我岂不早被他们制死。你既是他们的师长，就该从严约束他们，怎么使他们到处胡闹，我不去找你，已算好的，你怎么倒找起我来了？话已说到这里，也无妨实话实说。人不错是我制死的，你要觉得他们理亏，死得不错，趁早儿收尸回去，彼此各不相扰，算是你的便宜。你要以为他们死得太屈，打算给他们报仇，我现在还没有走，你就使出本事来咱们试一试。你要赢得过我，当然我给他们抵命，你要是输给我，那可对不过，只请你跟他们一块儿走一趟。"

云姑这话还没完，那和尚早已是一声怪叫道："好丫头，你伤了我的徒弟，还敢胡言乱说，真是无礼已极，别走了，你给他们抵命吧!”说着一张手，便是一团黑乎乎的东西直奔云姑。云姑闻得一阵血腥臭味儿，喊声“不好!”扑咚摔倒。

云姑躺在地下，心里可还明白，这一定又是那些旁门左道，想着方才一口血能够喷他们的邪术，现在何妨再来一次试试。想得挺好，往里一吸气，打算咬住舌道，谁知周身微然一用力，当时就觉得又是一阵头晕，哪里还使得上一点儿劲，就知道坏了。二次又一使劲，打算挺腰蹦起来，说也真怪，就仿佛浑身筋都抽去了一样，也更使不上一点儿力，不由暗自一声长叹，准知道自己这条命算是完了。

这时候那个和尚哈哈一笑道：“你还打算起来吗？恐怕由不得你了！你无缘无故伤了我许多徒弟，那是焉能跟你善罢甘休，本当把你一指置于死地，那未免太便宜你。说不得我还得费一点儿事，把你弄了回去，慢慢地收拾你，好给他们那些人出气!”

说着话便真个走了过来，才要伸手去解云姑身上的带子，猛听旁边起了一个焦雷相仿，有人大喊一声：“好凶僧，我与你势不两立!”话到，人到，家伙到，劈头夹耳，一刀就剁下来了。和尚一心只在云姑身上，旁边有人他真没理会，听见喊家伙就到了，好和尚，功夫真不含糊，连躲都没躲，伸手拿蝇刷儿往起一搭，锵啷一声，魏奇那口刀就飞起来了。和尚这才转身，伸腿横着一抽，魏奇家伙一出手，本在一怔，和尚腿到了，哪里还躲得开，扑咚一声，魏奇摔倒，又听见当啷一声，魏奇那口刀才掉在地下。

和尚哈哈一笑道：“我把你这个孽障，无缘无故暗地害人，真是找死，等我把你们全都弄上山去，叫你们慢慢地一个一个死个痛快!”嘴里说着，他也不捆魏奇，也不理云姑，抽身便走。

云姑眼睛瞧得明白，魏奇是挨了一脚，并不像自己是受了毒气，动转不得，便低头儿向魏奇道："魏大哥你想着他没有捆上你，你还不快快回去，给我师父送信，叫她老人家来除恶僧给我报仇，你要再是不走，他再回来，我们同死一处，可是一点儿好处没有。"

魏奇也低声道："姑娘不用说了，我也不知是什么缘故，被他抽了一腿之后，我浑身上下连一点儿劲儿也没有了。我死了倒没什么，总是为了我们家的事，姑娘被我连累，真是太对不过了。"

云姑一听这才明白，原来也是受了人家什么邪术，一样走不动了，事到如此，也就没了法子，只好等着吧。就在这么个工夫，忽听一阵脚步声，急忙往那边看时，更是吓坏。原来方才被自己用针打伤了的那些人，全都欢蹦乱跳的又全都跟那个和尚回来了。自己准知道自己那种梅花针，已然用过最猛烈的毒药煨过，只要打上之后，没有自己配的解药，子不见午准死不活，并且是挨上之后，周身都麻木，绝对不能起来，怎么现在没有拿着自己的解药，怎么又全都一个个欢蹦乱跳全都跑来，这个事情可太怪。如此看来，这个和尚的能耐可是太大，自己和魏奇这条命，无论如何是也保不住了。忽然又一想，看这个和尚这个样儿，绝不是什么正悟参修的和尚，一定是无恶不作，自己是个女子，到了山上，他要是手起刀落，把自己弄死，那倒是没有什么，就怕他到了山上，他一意胡来，那可又糟了。越想越可怕，法子是一点儿也没有。

这时候这些人可就到了，和尚一指道："你们把他们两个抬好了，抬到山上，听我问明白了他们是什么地方来的，我再给你们出气。”

那些人一声答应，便全都走了过来，两个人抬一个，余者全都跟在后面，便往山上走去。方才云姑和魏奇是想到这边山上，如今是想不上这山上，可是既没有法子，只好听其自然吧。这些人脚底下还真快，一会儿工夫就上了山了，到了山上，跟平地一样，哧，哧，哧，一阵乱跑，转过山去，敢情也是一片平地，远远的仿佛有房子。还有一样，山那边是非常之冷，到了这边，特别暖和，一阵一阵风吹到了脸上，还觉得有点儿热呢。又走了一会儿，可就到了那片房子那里了，远看不理会，近看可了不得，这所房子还是真不小，盖得可不怎么讲究。底下是虎皮石的桩子，除去虎皮石就是石板，窗户什么虽有木头，可没有上漆，一色儿全是白的，冲着山的房，一溜儿是十三间，里头还有多少层，虽不知道，可是看那神气，绝不止一层。和尚手一摆，喊声：“抬进去！”大家就全都进去了。里头又是一层十三间，可没有厢房，一直抬进屋里，往地下一撂。

和尚盘腿往石头墩子上一坐，向云姑笑了一笑道：“你这女子从什么地方来？要到什么地方去？怎么走到此地，为什么和我们过不去？你的能耐是什么人教的？你要全都说了实话，我念你是个女子，年轻无知，我把你放了，还要派人把你送了出去。你要不说实话，我这山上，杀一个人跟踩一个蚂蚁相仿，那你可是自讨无趣。”

云姑一心想着无论如何，现在已落人手，打算走是不用打算，事到如今，第一样就是要把自己名节保住最好。一听和尚这套话，准知道他是为套自己的话，他连一句真的都没有，不如借着这个机会，把他臭骂一顿，激起他的火来，至多把自己一杀，也就完了，绝不可打算求活，听他一句无礼的话，自己就是生不如死。想到这里，冷笑一声道："你要问我，我就是为找你来，只因听得你这出家人，不念经礼忏，只知胡作非为，有辱佛门清规，我是久已知道你们的恶名，因此约了我的同伴，特意前来找你。不想你还精通妖法，我们受了你的暗算，被你拿住，你尽管把我们置于死地，下世变人，再想法子除你，给人世去害。如果你要怕事，不敢杀我们，再要多推多问，你可不要怪我们不再理你。"

云姑以为和尚一听这话，一定会生气，吩咐大家下刀，自己也就完了。谁知和尚听完，哈哈一笑道："噢！原来你们是专为我而来的，不用说，我要是被你们得着，你们也绝不能轻易饶了我。那么如今你们被我拿住，我要把你们一放，难免你们将来还来搅我，我要把你们置于死地，看你们两个人这样相貌，我又于心不忍。这么办，我先屈尊屈尊你们二位，到后边先去住上几天，什么时候你们想明白了，能够发誓，不再和我为仇，我就把你们放了，你们瞧好不好?"说着便向身后站着的那些人一努嘴道，"把他们送到后头，分开了押起来。"

云姑一听，可就急了，向魏奇道："大哥，你骂他!"

魏奇一听，明白云姑心思，便向和尚呸地啐了一口道："贼和尚，你真是无法无天，欺心昧己，无所不为，你哪里是什么出家人，简直就是杀人放火的贼强盗。你不敢杀你家小太爷，小太爷我可就要骂你，我骂你上三辈贼祖贼父贼母，我骂你平三辈贼兄贼弟贼妻，我骂你下三辈贼子贼女贼孙子，你们一辈贼，辈辈贼，贼骨头，贼小子，贼灰，贼沫子，贼烟儿，贼气儿！我骂你们贼……"

魏奇这一阵骂，和尚倒笑了：“好，你骂得好。来呀，你们把他舌头切下来，我要瞧瞧他的舌头怎么长的!”

旁边有人答应，先过去一个扳住魏奇的膀肩子，又过来一个，手里拿着一把明晃晃的铁钩子，冲着魏奇左手一晃，右手叭地就是一个嘴巴。魏奇才要张嘴骂，那只钩子就到了，才往里一探，魏奇一摇头，钩子就歪了，拿钩子的冲后边一努嘴，后边扳脖子那个，就把魏奇的小辫给揪住了。揪住了小辫儿，往后一拽，魏奇可就动不了了。拿钩子的又走了过来，用左手大中二指一掐魏奇的腮帮子，魏奇觉乎嘴一酸，可就不能不张开嘴了，魏奇一张嘴，钩子就到了，再打算往左右躲，算是办不到，只好是等着往外钩舌头吧。云姑看得逼真，不由心里一阵急火上攻，师父叫自己跟着他出去，实指望成名露脸，谁知到了此地，会遇见这样凶险，眼看魏奇要受重伤，自己却没有法子前去解救，实不忍再往下看，只得把头一歪，把眼一闭。

谁知她这里才一闭眼，却听凶僧一阵喊嚷：“这是哪位朋友，到这里来寻我开心？怎不出头露面，却藏在背地害人？”

云姑一听，知道出了岔子，睁眼一看，只见那个拿钩子的，钩子扔在地下，两手不住乱甩，想是受了什么伤，但是除去凶僧一伙人之外，更不见一个生人。

心里方才诧异，却听凶僧冷笑一声道：“既是没有胆子，就不该到这里讨野火吃，如今你把我徒弟既已伤了，少不得我就要拿这两个人出气了!”

第七回

纾友难风火入碉堡
报亲仇雪夜走关山

说着往前一抢身，就奔了云姑，叉开两只大手，就奔了云姑的脖子。魏奇心里这份儿着急，眼看着救不了。云姑这时候也明白和尚那头儿又来了仇家，虽说没有露面儿，能耐本事也绝小不了，既敢和和尚对手，就是高人，自己和魏奇这两条命，大概可以保住了。及至和尚一骂，对面人不出来，云姑心里有点儿照影子，知道不好，再看和尚一怒奔了自己，双手一叉竟奔脖子而来，这时候云姑动转挪移，完全不能，眼看双手叉到，只有瞪眼看他打算怎么样。

就在那和尚手才一到，后面有人高喊："大慧禅师不可，那是自家人！"

和尚回头一看，原来是个老尼，笑容满面，站在自己面前。和尚本人能耐既大，经验自多，一看老尼姑年龄已这么大，居然能够来到这个地方，不用说就是高人，便赶紧舍了云姑，转回头来双手合十道："师兄请了，不知师兄怎么称呼？为什么来到此地?”

尼姑微微一笑道:“禅师若问,出家人是云山慈静,只因顽徒有事经过贵山,恐他们不知轻重,有所触犯,特意赶到这里,谁知还是来迟一步,小徒还是得罪了禅师。我想她还在年幼无知,可否求禅师看在出家人面上,饶过他们以往,再叫她给禅师认罪赔不是如何?”

大慧一听,原来来的是大大有名人物,这位老尼姑不用说是出家人,就连一般吃江湖饭的,也没有不认识她的,真可以说是鼎鼎有名,而且知道这个人的脾气,只是服软不服硬,武学一道,内外精功,而且还会五雷正法。自己创设魔道,最怕的就是这路人,从前自己同道有个米八姑,据说就是被她所制,今天无形中相逢,这件事倒真不好办,不听她的势必动手,虽然没有和她交过手,准知道这个手儿不软。如果要是赢不了她,这个地方,从此就不能混了。如果现在一答应她,她底下必定还有事,到了那个时候,她一说出来,跟这个一样,不答应不好,答应不好,趁早儿想法子来个两头儿撒谎,能瞒过去更好,瞒不过去,也就没了法子了。想到这里,便噢了一声道:“我当是谁,原来是慈静大师,闻名已久,今日可称幸会。令徒来到本山,没有特别照顾已是不安,大小又都叫他们受了一点儿伤,益发觉得对不起,现在既是大师来了,什么话都好办。她伤了我们的人,也算白伤,您就是带着他们一走,什么事全算完,您瞧好不好?”

慈静道:“阿弥陀佛,谢谢慈悲,无论如何,我也把他们带走,等到过些天,我一定叫他们登山拜谢。现在可不说客气话了,您的事忙,我也带着他们就走。”

大慧手又一合十道："得，就求大师替我们化解化解吧。"说完把手向那些人一招，抬了两个受伤徒弟，到后边治伤。

这里云姑跟魏奇也看明白了，便都异口同音道："师父救我们出去吧。"

慈静却假作嗔怒道："你们这两个孩子，我是怎么嘱咐你们的，叫你们不要随意乱去，走出乱子来，我顾不了你们，你们不听，还是跑出来了，这幸亏是遇见这里当家的，人慈悲，好说话，要是换一个人，还有你们的活命吗？真是可恶！"说完过去用手在云姑肩上魏奇腰上各拍了一掌，当时两个人腿脚复原，一挺腰便全站了起来。慈静也向大慧一合十道："师兄搅扰了，改日再谢吧！"说完一手拉了一个，头也不回，一口气便跑下山去。

云姑道："师父，要不是你老人家来，我和魏大哥这条命就完了，想不到这个和尚会这么厉害……"

慈静使劲一拉云姑道："别说话了，快走吧！"又过了两个山头，已然不是云岭的地段，慈静才把手一松，长长出了一口气道："好险哪！你们走了之后，我心里就觉不安，总觉得你们要出什么毛病，没有法子，才追赶前来，要是晚来一步，你们一定要受重伤。这个和尚，虽是旁门，论能耐不在我下，不过他究竟是邪法，总有些怕我毁他，所以才留了这么一点儿面子，那也就够悬的了。"

云姑道："要照这样一说，魏大哥这件事就不用办了。"

慈静道："这倒也不一定，关于魏奇的事，我因为我的功课未完，他又心急，便把你们打发下来了。我给你三封信，你大概是没有看，如果看了，也就不会贸然上山了。这山上不但有和尚邪术可怕，就是这山上那些毒虫怪兽，也就不是你们两个所能除掉的。今天不忙，等我再告诉你们法子。你们快去快去，到了时候，我要有工夫，也许会到那里去凑个热闹，可是不许你们事先说出，一切谨慎，快快去吧！”说完把手一挥，长袖一抖，眨眼之间，便没了影子。

魏奇伸了伸舌头道：“好悬好悬，差一点儿把这个玩意儿混没了。”

云姑方要回言，忽然哎呀一声道：“魏大哥，坏了。”

魏奇道：“什么事情坏了？”

云姑道：“咱们只顾方才这一喜欢，枫林渡究竟在什么地方还是没听明白，我不知道是什么，浙江就是一切地方我都不认识，要是任着意儿乱走，那得什么年月，可以找到枫林渡？我就忘了问了。”

魏奇道：“我当着什么大事呢，原来就为的是这个，那不要紧，您放心吧，我认得。”

云姑道：“那成了，咱们走吧！”

于是魏奇在先，云姑在后，手里全都亮着家伙，就走下去了。幸喜这一路之上，居然没有遇见那些奇禽异兽，也没有多管闲事。

这一天，来到了浙江地界，魏奇向云姑道：“云姑娘，你看我虽然知道这里的浙江地界，可是枫林渡究竟在什么地方，我还是不知道，咱们可得打听打听。”

云姑道：“那咱们就打听打听吧！”两个人说着跟人家一打听，还真不错，枫林渡离这里却是没有多远，差着也不过还有个二三十里地。

魏奇道："这就行了。"

云姑道："行是行了，可是现在天气已然不早，就是赶着走，到了那里天也黑了，今天大概也不容易再见着方一爷。"

魏奇道："只要到了就好办，早见一天晚见一天倒是没有什么，咱们赶紧走，到了那里，大概还黑不了天，那不是更好了吗？"

说罢二人各自施展脚下功夫，往前紧走，一则道儿生，二则是小道，不好走，虽说二三十里地，走起来跟百十多里也差不多，等跟人家一打听，脚下已是枫林渡天就黑了多时了。没到枫林渡之先，以为枫林渡，一定是个大地方，准得特别热闹，及至来到了一看，荒凉极了，原来是一道长河卡口，顺着堤岸全是枫树，隔个二三十步就有一棵。枫树倒是不少，住家的人可不多，就着灯光儿看去，离着足有小半里路，才能有人家，再远了什么样儿，可就看不见了。

云姑道："这才不好办呢，打算找个人问问，都没有地方，这位方一爷究竟在什么地方？咱们也可以去找一找，去问一问？"

魏奇道："云姑娘您不用着急，师太不是已经说过，方一爷在这当地很是有名，既是如此，当然是一问便知，何必着急！"

云姑道："魏大哥，我有一句话，不知魏大哥以为怎么样？"

魏奇道："云姑娘，有什么话，您只管说吧。"

云姑道："我想这位方一爷，要据我师父一说，他的能耐可太奇，只是我却一次也没见过，我现在想着咱们先不去当面拜他，却暗中探他一趟，瞧瞧他倒是有多大的能耐？为什么我师父把他说得跟神仙一样?”

云姑话没说完，魏奇连连摇头道：“云姑娘那可办不得，师太临分手时候，还向咱们说来着，叫咱们无论如何，可也别得罪方一爷，又说方一爷那个人爱闹着玩儿，人家不惹还要惹人家，怎么现在姑娘倒想起来要去撩拨他呢？这件事据我瞧可是办不得。”

云姑一笑道：“魏大哥您的胆子也未免太小了，师父她老人家向例谨慎，当然是那样说，可是事情未必便是那样。那方一爷既是师父的好朋友，咱们就是跟他闹着玩儿，他也不一定能急，况且咱们只是打算暗探他一下儿，还不定跟他闹着玩儿不闹着玩儿呢，您干吗那么害怕？走，您跟我去一趟，闹出事来，全有我一个挡着，您瞧好不好?”

魏奇一腔子全是心事，恨不得当时就把方闻请到，想着把自己一家人都救了出来，才是心思，偏偏遇见云姑小孩儿脾气，一定要暗访方闻，既知方闻既是江湖上有名人物，又有慈静师太交付了一片话，绝不是好惹的。如果一个闹出岔儿来，就更不好办了。心里虽说着急，可是又不敢使她不愿意，怕是把她得罪了，事情全糟，左思右想，不得主意，实在没了法子，只好是先答应云姑吧。遂笑了一笑道：“云姑娘话是一点儿也不错，咱们就去一趟。不过有一节儿，既是暗探，就没有拍门去问的道理，现在咱们就是拍门去问，恐怕都不容易办到，何况是暗探。云姑娘您有什么法子，能够知道方一爷在什么地方吗?”

云姑道：“我不知道，不过我看这里，一共也没多少人家，咱们只要去个两三家，大概也就可以问出一点儿头绪来了。这么办，您跟我单走，您进这个口子往东，我进这个口子往西，谁要探出来，可别一个人下去，赶紧照原道往回走，见面之后，约会好了，再一同前去，您瞧好不好？”

魏奇道：“好吧，咱们可各自留神，据我看这位方一爷可不是好惹的。”

云姑点头，当时二人分手，一个在东，一个往西就下来了。天已大黑，又没有月亮，旷野荒郊，连个灯火儿全都瞧不见。单说魏奇，过了口子，心里就盘算，这件事情总是不妥，后来一想，有个办法，自己赶紧跑上一趟，再往西跑，找着云姑就说探不出来，只有挨门叩问一法，那时她也许就没了法子。想到这里，脚底下一加劲，当时一阵急跑，没有多大一会儿工夫，就快到了村子口外，方待踅转，却听有一阵嗖嗖声音。魏奇既是练家子，他可就知道，是有道儿上的朋友下来了，赶紧往道边一闪。先还以为也许是云姑找不着方向，又来找自己，及至一听脚步声儿一近，不是一个人，还是两个人，就知道事情不对了，赶紧往树林子里一纵身，就逃进林子里面。

拿耳朵往外一听，却听这二位还真说上了：“嘿！老二，你慢一点儿，反正咱们已然到了，稍微休息休息再去找那老小子不晚。”

又一个道：“三哥，您别没紧没慢，今天可是个机会，真要是那个老小子在家，咱们还真得不了手，现在就因为他不在家，咱们给个攻其不备，把他一家老小宰上几个，出出咱们心里怨气，也就完了。”

前一个道：“老二，你猜怎么着，虽说这个主意不错，可是真有点儿悬哪，别的不说，就凭人家姓方的，不用说是咱们两个，就是比咱们高个三五个码儿的朋友，来上十个八个，也未必能把人家姓方的怎么样。现在虽说趁着他不在家，给他个措手不及，可是准要让他知道是咱们两个干的，咱们就是跑到天涯地角儿，他也能把咱们逮住，那咱们苦子可就大了。"

后一个道："三哥，咱就爱说这泄气的话，咱们明知道，姓方的不在家才来的，咱们动手时候，又不用提名道姓，他们怎么就会知道是咱们干的呢？你放心吧，没错儿。"

两个人这么一说话，可把树林子里偷听的魏奇给吓坏了，不用说，这个姓方的，八成儿是方闻了，不知怎么会得罪了这么一路人，听他们口气，是明知方闻不在家才来寻仇的。这件事倒真是难办，出手挡住，自己能耐有限，别看这两个人怕方闻，可不见得怕我，再者说自己孤掌难鸣，云姑又不知道跑到什么地方去了，要就凭着自己一个人的力量，无论如何，也绝不是他人对手，这可怎么办？

心里正在着急，一听外头那两个人又说上了："走，事不宜迟，早完事早回去，省得提心吊胆。"两个人说着，一阵沙沙的声儿，就走下去了。

魏奇一想不好，无论如何，自己豁出死去，也得跟他们一拼，一压手里家伙，便也追下去了。敢情这两个人认得方闻的住家，噌，噌，噌，连蹿带跑，一会儿工夫就到了。原来是一所小房子，大约有个十几间小瓦房。这两个人一拍巴掌，喊声："入窑儿！"一前一后，全都纵身上去，魏奇也跟着纵了上去。一看里头还真有人没睡，点着挺亮的灯。这两个人略一巡视，各自撤出家伙，一个是折铁刀，一个是握铁锏，噌，噌，全都跳到当院，一声喝喊：“姓方的，方闻，方老儿，你快快出来，你家两位大太爷要报从前掌击吐血之仇！你要贪生怕死不出来，你可别说我们今天要火烧你这老窝，我叫你子孙尽绝！”说着话各自亮兵刃就蹦下去了。魏奇手扶家伙，心里虽然着急，可仍是不敢露出声色，扒在房上静看两人动止。

这时候屋里连个动静都没有，也没人搭话，也没人出来，这两个可就绷不住了，把手里家伙一磕，又是一声喊道：“怎么你不出来就算完了吗？除去你今天真是死了，别的算是白说。你不出来，我们可就要进屋里去了，别说我们对不过，我们可是要斩尽杀绝。”说着两个人一努嘴，握铁锏一挑帘子，就进去了一个。

魏奇一想，是福不是祸，没有男子汉大丈夫，什么事全怕的，如今既是赶上，就是死也得拼下子，碰巧也许不死，不然的时候，要是叫人家姓方的看出这番意思，不用说帮自己的忙，就是交自己这个朋友，人家也许不交了。心里想到这里，胆子往上一壮，抖丹田一声喊道：“无知小贼，怎敢黑夜之间，前来搅扰方一爷，知道事的，趁早儿快走，是你的便宜；如若不然，可难免眼前吃亏！”说完了一长身，提身一纵，跳到院里，顺手里短刀向对面观看。

这句话还真说凶了，进屋子那位，一听这个话茬儿，赶紧又退了出来，两个人一并排，抖手里家伙一指道：“什么人？”

魏奇道：“这就怪了，我还没有请教二位怎么称呼，二位怎么倒问起我来了？我还是先请问二位尊姓大名，为什么来到此地？我可不是拦二位高兴，方一爷他可不是出了远门，不过是到附近去看一家亲戚，大约少时即回。你们别以为方一爷不在家，你们可以为所欲为。据我看你们二位，可是方一爷手下败将，准要是方一爷一露面儿，你们二位决计讨不出便宜来，莫若趁早儿快去，省得弄得面子上不好看。我这可是良言相劝，二位可别糊涂，以为是谁怕了二位，因为方一爷临去时候，托付过我，告诉方一爷仇人太多，恐怕有人知道方一爷出去的信儿，找到家里来寻仇。其实方一爷家里大大小小，没有一个不是上好的功夫，原用不着我来。不过方一爷为人宽厚，他不愿意多得罪朋友，叫我在这里不过替他拦拦来客的意思。我还以为方一爷是说着玩儿，谁知道今天方一爷还真是猜着了。二位来了，其实与我毫无相干，不过我既受朋友之托，就得尽力朋友之事，现在什么话也不用说，二位就是赶快一走，比什么可都便宜，如果二位一定以为真有能耐，非要斗斗方一爷不可，方一爷既是不在家，我就是方一爷，二位只管亮家伙过来动手，能够把我赢了，两位进这个屋门，不然的话可要对不过了！”说着话一亮折铁短把刀，瞪眼看着两个贼人。

两个人一听就是一怔，这个人简直成了活神仙了，怎么两个人肚子里说的话，全都让他给说破了，这可真是怪事。心里虽是这么想着，可不能就走，干什么来的？让人家两句话一说，当时又跑回去了，那以后还跟人家说什么。可是真要不走，就许栽个跟头，事到临头，可就顾不了那么周全了，把手里家伙一磕道：“呸！那你叫废话，两位大太爷既敢来到这里，就不怕什么姓方的姓圆的，他在家我们杀他报仇，他不在家，我们杀他家里人报仇。现在你既说出你是被他约出来的，对不过，我们就要跟你先拼一下子了，名儿姓儿不必告诉你，你到阎罗殿自会查得出来。别走，吃家伙!”呼的一声，锏带着风就下来了，直砸魏奇两太阳穴，魏奇一坐腰，锏从头上过去，才往起一晃身，要拿刀往回还一招，没等到自己刀去，使折铁刀的刀就先到了，刀扎左肋，魏奇倒身一转，躲过这一刀，跟着一长身，才要还招，锏又到了，双锏砸肩骨。魏奇赶紧斜身一纵，躲过双锏，刀又到了，这一阵就让魏奇忙坏了。要是单打独斗，魏奇不见得输给这两个，现在就吃了二斗一的亏了，只有招架之功，并无有还手之力。工夫一大，魏奇汗也下来了，鼻翅儿也喘上了，这份儿不得劲就不用提了。心里还真是着急，云姑也不知跑到什么地方去了，怎么直到如今，还没有赶来，可别再出了岔子，那可就全都完了。心里着急一散神，手里更乱了。使锏的向使刀的道：“不管怎么样，先把这个交给你，我到里头走一走。”说着话一撤锏，就奔了屋门。魏奇眼看着，就是拦不住，一咬牙就跟使刀的拼命了。

单说使锏的，一看魏奇能耐不怎么样，方闻也没有回来，心里就高兴了，准知道今天事情是行了，刚一挑帘子，就进了屋里，屋里始终也没有吹灯，依然是明灯火烛，举室通明。使锏的心里觉得不对劲，不是别的，就冲方才在院里这么一阵哭喊，无论如何，本家的人断没有个听不见，怎么连灯都不灭，这可是怪事，心里一犹疑，脚步就慢了。方在一怔，猛觉脖子上仿佛有人吹了一口凉气，是真特别凉，不由吓了一跳，撤回身急忙回头看，连个人影儿都没有，知道不好，打算往外跑，才要抬头，腰上有人又掐了一把，更害了怕了，不管看得见看不见，把手里双锏，一左一右，两边一阵乱搅，人跟着就要往外拔步，这回倒是没人拦住了。才往外一迈步，就觉乎有人把自己辫子揪住了，这个主儿也真横，立手里锏，照着自己辫根儿上，咻的就是一下儿，这下子劲头儿大概大了一点儿，人都坠得往前一栽，辫子后头依然没有撒手。这一来可真急了，提身一踹腿，打算跑，往前一蹦。他可就忘了后头小辫子在人家手里呢，往前一蹦不要紧，连头发根儿都像要断一样，疼得连眼泪都出来了，这才知道不好。做贼的可没有喊的，唯独这小子今天他会喊了："合字，风儿紧，入窑，抖扣儿，扯活儿!"这是他们一种行话，合字是朋友，入窑是进屋里来，抖扣儿是解绳儿，扯活儿是跑。

他这么一喊，院子里使刀的这位也怔了，准知道事情要糟。他和魏奇打个平手，可是魏奇吃了方才二斗一的亏，到了现在，虽说一个打一个，也占不了上风，如今屋里一号，魏奇精神可就壮起来了，心说这可是活该露脸，什么话也不用说。他们打算跑，那可不能够，把他们拿住，就算进见一件礼物，这倒不错。心里一高兴手里刀下去就更狠了。使刀的这位，心慌意乱，手底下也没了准儿了，猛然一想，进屋子那位朋友，连声都听不见了，大概凶多吉少，干脆，自己趁早儿走，走晚了也一样儿吉少凶多，这可不是闹着玩儿的。想到这里，虚晃一招，手里刀一扎魏奇哽嗓咽喉，魏奇往旁边一撤身。这小子提身一纵，就上了房了，双手一抱道："对不起，改日再见吧！请!"说完请字，才一转身，就要往下逃了，没防备脚底下有人把脚脖子掐住，哎呀一声，用足全身力量往起一踢，不但没有踢开，脚腕子一紧，彻骨生疼，怕挨疼也不行了，咬牙往下一倒，人就掉在院里头去了。

魏奇原想追使刀的，又一想屋里还有一个使锏的，自己追了使刀的，倘若使锏的在屋里闹出事来了，自己算管的什么闲事，跑的让他跑，总是他命不该绝，没跑的无论如何，也不能叫他跑了。正在一怔，扑咚一声，一看房上的又掉下来了，心里可就高兴大了，过去一抢步，一脚踏倒脊背，解贼的绳儿，就把贼给捆了，捆上之后，一想不用说，一定是云姑也来了，故意地不见面儿，却在背后捣鬼，便急喊一声道："云姑娘，您别闹着玩儿了，这屋里还有一个哪，您帮一帮忙把那个也逮住，可就平安无事了！"喊完了一听，一点儿声儿没有，一个人影儿不见。

正在着急，只听屋里有人说话："真是睡觉睡得死，家里闹得马仰人翻，真会连一个醒的人都没有，这幸亏是有番子手跟下来，不是那样，咱们这一家不全完了吗？真是岂有啊岂有，上差老爷，您屋里请吧！"

魏奇一听，当时就又是一怔，怎么屋里会说上话了？谁是办案的老爷？谁又是番子手？怎么会这么热闹？心里想着十分可怪。正在发怔之际，帘子一响，屋子里有人笑着就出来了："哟！办案的老爷，您怎么这么客气呀？您既是来到我们这里，您就往里请吧。"魏奇一看，出来的原是一个少妇，年纪不过三十来岁，浓妆艳抹，也不像睡觉的样儿，笑容满面地道："走吧，走吧，既来到这里，就不是外人，您方才又提到一爷，那更不是生朋友了，请吧请吧。"

魏奇一听，没错儿，是拿自己当了办案的了。忽然心里一动，这事可没有这么轻省，两个贼直到如今，才逮着了一个，屋里那个，现在藏在什么地方，自己完全不知，如果这一进去，难免受了他的智算，别再上了人家当。心里这么一想，脚底下当时就变了。少妇一见，大概也瞧出一点儿意思，不由又扑哧一笑道："哟！您这个人怎么这么慢性儿？这又不是上刀山下油锅的行当儿，您怕什么？您就快往里请吧。啧啧，还是练把式的呢，真给练把式的泄气儿。"

魏奇一听，当时心火往上一撞，微微一声冷笑道："您倒不必多说便宜话，只因我来到这里，原不是什么办案的，也不是有心来救一爷，只是一时巧遇，所以您那里再三说什么官面儿的话，我始终不敢有答应。二则我还有一个同伴，直到如今没有见着，我正在这里等她。你这里既不是龙潭虎穴，我又有什么可怕的？别着急，我来打搅来了！"说着掀帘子过去。

少妇一挑帘子，魏奇便进了屋里，屋里灯光全都亮着，这一看就大大吓了一跳，原来那个使锏的，也不知在什么时候，早被人家四马倒拴蹄一般，捆了个结结实实扔在就地。魏奇就知道这位少妇也不是寻常人了，便赶紧一揖道："请问您怎么称呼，方一爷是您什么人？"

少妇咯地一笑道："什么称呼？我就是方一爷宅的大姑奶奶方淑，方一爷就是我的父亲，您多照应点吧。"

魏奇一听，这才明白，原来这位就是方闻的大姑奶奶，真是强将手下无弱兵，不用说一定那个贼也是她拿的了，可是什么人把房上那个贼弄下来的呢？这位既是方闻的家人，不必客气，干脆有什么话说什么话，方闻能够请出去固然是好，不能请出去，把方淑请出去，帮一下子忙，也许能够把事办了。心里想着不错，便向方淑一笑道："噢！原来您就是方大姐，这可不是外人，我有什么话，就可要说什么了。"

方淑道："您说吧。"

魏奇才把自己这次来意，照着慈静所说，从头至尾说了一遍。

方淑听了，微微一摇头道："噢！您原来为的这个事，才到我们这里来的，这可太不凑巧了，我们老爷子从前些日子就出去了，也没说到什么地方去，也没说什么时候回来，既没有地方找，也不准知道什么时候回来。您的事情既是很急，我也不敢做主，替我们老爷子答应日子。要据我说，您还是趁早儿去找别人去好，不然把事情耽搁了，反倒对不住您。"

魏奇一听，准知道这不是实话，可是也知道方闻确是没在家，现在要是一个盯紧了，反倒弄得不是意思，不如暂时出去，等找着云姑，再跟她商量个什么法子，下一次再来，也不算晚。想着便笑了一笑道："您说得是，我这次来得真是不凑巧了，既是老爷子不知什么时候回来，我也不在这里久等了，姑娘还有什么话没有？没有的时候，我可就要告辞了。"

方淑道："您这也未免太脸急了一点儿。我们老爷子不在家，还有我呢，无论如何，也不能让您深更半夜再找地方睡觉去。来来来，我给您找地方，您先歇一宵，有什么话，第二天再说，您瞧好不好？"

魏奇道："您这话是不错，不过有一节儿，我们来的，不是我一个，我还有一个伙伴儿，现在不知道到什么地方去了，我还要出去找她一趟，明天好一同走。"

方淑哟了一声道："怎么您还同着人呢？您怎么也不说一声儿？我们这个地方荒僻得厉害，要是走丢了可就麻烦了。现在您可以在这里等一等，我去给您找一趟去。”

魏奇道：“那可不敢劳动。”

方淑道：“那也没有什么，您就在这屋里坐一坐好了，可别满处乱走，因为这院子里有几只恶狗，要是下嘴咬了您，可就更不好办了。”说着一推帘子，便走出去了。

魏奇坐在屋里，看着地下搁着那个贼，心想现在也没事，何妨拿他开心，岂不甚好，便弯着腰低着头道：“喂，朋友，你姓什么叫什么？你为什么来到这个地方？你有胆子说话没有？”那人听了就跟没听见一样，一声儿也不言语。魏奇又问了两声，依然听不见一点儿声息，不由往上撞气，过去用脚踢了一脚道：“嘿！我说你哪！你怎么不言语呀？”那个贼依然躺在那里一声儿也不言语，连眼都不转一转。魏奇不由哎呀一声道：“我错了，看这个样儿，这个人浑身并没有什么，他怎么不打算跑，八成儿是让方淑给点了哑穴了，所以连一句话都没有，这个我也就不用问了。”闷坐了一会儿，忽然又一想起，方才临来时候，慈静曾和自己说过，别听方闻这个人最爱闹着玩儿，也许他是在家，故意说是没有在家，逗的是自己，这个倒不可以叫他瞒过。别听方淑说外头出去不得，其实任什么也没有，即使有几条狗，又能闹到什么地步？干脆出去瞧瞧，也许能够找出一点儿棱缝儿来，亦未可知。想到这里，也不顾屋里那个贼，一转身出了屋门。

来到院里一听，一点儿声儿都没有，四下一看，后院隐隐还有灯光，便一伏身顺着墙根走到后院。一看北屋三间，东西两间漆黑，就是正中的那间有亮儿，便蹑足潜踪，来到了窗根底下，从门缝儿往屋里看时，只见正中间搁着一张方桌，方桌两旁坐着三个小孩儿，两个男孩儿，一个女孩儿，交头接耳，不知说些什么。一看这个神气，屋里绝没有方闻，正待踅转身时，只觉脖子上仿佛有个什么虫儿，恶实实叮了一口，非常疼痛，差点儿没喊出声儿来，用手一摸，任什么也没有，自己暗道一声晦气，不由意兴索然，究竟到什么地方去，也想不出来了。低头一想，云姑现在不知在什么地方，不如自己赶紧走出去，到方近左右去找一找，如果能够把她找着，一个人是死的，两个人是活的，法子也就可以想出来了。脚下一加紧，走出后院。才到前院，就觉方才自己望的那间屋里，有人说话，心说这可是怪事，方才明明一个人没有，有一个贼话也说不出来，即使说得出来，自己一个人跟什么人说话？这倒不可不留神，人家姓方的，为了自己的事，出去找云姑。倘若这个时候，又有贼人羽党，来到这里，不但把人救走，再要闹出点儿事来，可是对人家姓方的不起。提身一纵，就到了台阶上头，顺着帘子缝儿往屋里一看，依然地下扔着一个人，余外再没有人了。魏奇心里可就害了怕了，这是什么缘故？明明听见有人，怎么自己到了临近，人又没了？这可是怪事。方在沉思，就在自己左腿洼子上，哧地就是一下儿，仿佛是被什么叼住一样。魏奇准知道是狗，因为方才方淑说过，这院里狗太多。这条狗也真厉害，一声儿不言语，就把自己腿叼住了，心里一害怕，使劲往后一蹬，意思是把狗踢开。腿才往后一蹬，那条狗更是乖觉，不但没有甩开，右腿洼子上又是一下子，可也不觉乎太疼。魏奇更慌了，斜身往后一看，只见满院子黑摸咕咚，任什么也没有，更害怕了，提身一纵，打算上房，还真不错，狗真没有下口，身子就起来了，两条腿还没有够着房檐，脖子上便跟一根红桶条般的东西正正杵在脖颈子上，一烫一痛一吸气，整个儿就掉下来了。顾不得摔得疼不疼，也不敢往四下里看了，撒腿往外就跑。刚到大门，用手要把门闩，脖子上哧的一下子又烫上了，就这么一来不要紧，当时把个魏奇，简直就吓傻了。烫得还是真疼，也不敢瞧，也不敢问，伸手往门上一摸，根本就没上闩，赶紧把门一拉，开门就跑。这一口气跑出去足有半里多地，听听后头没有什么，这才止住脚步，长长出了一口气，不由得一阵发怔。暗叫自己魏奇，今天真是遇见邪事了，到底是怎么档子事情，始终还没有明白，请人没请着，把自己同来的人也丢了一个，这家子究竟是不是姓方，也不敢说一声。这家子也真特别，除去女的就是小孩儿，始终连个大人都没见着，为了自己家里的事当然没有什么可抱怨的，不过事情一件没办，闹得糊里糊涂，这算怎么回事？再回去，干脆没有那个胆子，不回去，事情办不了。再者说，自己家里的事，非常紧急，也不是可以多耽搁的，如今求人求不着，自己又没有本事，看来是到绝地，不如干脆一死，倒是好办法，反正自己问心总可以对得住家里人了。这一想左道儿，当时就觉得自己除去一死，再无办法。眼里含着眼泪，一咬牙，就把自己的鸾带解下来了，抬头一看，前头仿佛有一棵小树，提着带子来到树前，把带子往上一扔系好了扣儿，心里一阵好惨，想不到自己二十多岁的人，会死到此处。长叹一声，提身一拧腰，就把扣儿揪住了，两手往起一要劲，带子纹丝儿没动，脑袋就钻进去了。要撒手还没等往外撒，咔哧一声，噗一声，带子折成两截儿，人就掉在地下了。地下尽是小石头子儿，摔得还是真疼，心里更难受了，他也不看看那带子是怎么折的，一跺脚道："上吊不成，我不上吊，我往树上撞，树还能折了吗？"往后倒退了两三步，一挺腰，一冲脑袋，直挺挺便往树上撞去。身子才往前一挺，眼看离着树不到一尺远了，猛觉腰上有东西一点，浑身劲就散了，一溜儿歪斜，便往横里去了，扑哧一声，又摔了一下儿。魏奇心想，这可真是遇见邪的了，怎么上吊不成，撞头不成，难道我还不该死？可是我一身急事，全不能办，我不死活着又有什么意思。好！既是老天爷还不让我死，也许家里人还有救，不如等一等，等到天亮，我可以再回去看一看。如果能够有了救星，那才是不该死呢。心里这么一想，当时也就不起来了，就势儿往地下一躺，眼看满天星斗，不由又是一阵难过。人家慈静大师，把云姑派下山来，所为的是帮着自己办事请人，再也没有想到，到了这里，会有这些怪事，别的不说，倘若云姑真要有个好歹，这事情可怎么好，就算自己回去了，又拿什么脸去见慈静大师？等到天亮，豁出一死，也要去找姓方的，无论如何，第一先要请她帮忙把云姑找到，再请她帮忙去找仇人。如果她要一定不答应，就是死也死在她的家里，总算对得起慈静大师跟自己的父兄。

正在怔着胡思乱想，猛听前边有脚步声儿，侧耳一听，正是奔自己这边来的，便把身子歪着坐起。这时候脚步声儿益发近了，只听嘴里叨叨念念地道：“我姓凌的向例也没信过什么叫神，什么叫鬼，今天这事可未免太邪了，我受了这么一套儿，将来要是一出去，我活着也没有意思，不如干脆一死，倒是干净。师父，你老人家教我一场，我也没能够给你老人家挣下一点儿脸，这辈子报答不了您，只有那辈子了。”说着话就也奔那棵树来了。

魏奇一听，正是云姑的口音，不由大喜，可是听着云姑叨念，也不知为了什么事，难道也跟自己犯了一样病？那可别价，我得把她拦住，只要有了她，事情可就好办立成了。一看云姑也奔了那棵树去，正要喊她使不得，就见云姑身后一道白光，直奔云姑腰际。这回魏奇可看清楚了，在离云姑不远，有个穿白衣的人，虽然看不清脸貌，可准看出是个人来了。心说，八成儿刚才也是你，那可不成，人家云姑娘是个姑娘，不能跟我比，要是叫你戳了一手指头儿，我也对不起人家。心里一着急，嘴里就喊出来了。云姑一惊，喝问："什么人？"

魏奇道："我，魏奇，云姑娘您到什么地方去了，倒害我好找！"

云姑叹了一口气道："嗐，别提了！咱们自从分手之后，我就往那边去了。走了半天，才找出一座小户人家，到了里头一看，是个种庄稼的，绝不是方一爷的家，我便打算回来找你。就在这儿往回一走，笑话可闹大了，我向例不懂什么叫鬼，什么叫神，今天可全让我遇见了。我往东东边有东西挡着我，我往西西边有东西挡着我，不但挡着我，他还把我扔了两个跟斗。魏大哥，我可也不是说大话，我真没有受过这个，事情给人家帮不了忙，反给师父丢了不少的人，因此我才一时心窄，我想找个地方，把我自己放倒了完事，省得活着丢人。没有想到又会遇见魏大哥你，魏大哥你可曾见着方一爷？他可曾答应给你帮忙？"

魏奇唉了一声道："云姑娘，咱们全受了一样的病了。"遂把自己如何到方家，如何看见两个人去行刺，如何自己动手没逮着一个，后来怎么遇见有人和自己开玩笑，怎么样烫自己，怎么样咬自己，全都细说了一遍。

云姑不住点头道："咱们所受的全是一样了，只不知道这个人究竟是人不是人。"

魏奇道："据我看，人是没错儿的，至于他是个什么人，我可实在想不出来。”

云姑道：“不管他是什么人，大致是跟咱们有点儿仇，不然他不能够这么毁咱们。这就不说了，您就说您有什么法子能够见着姓方的不能够?”

魏奇道：“夜里去既是吃了亏，爽得咱们等到天亮了，再去找他也不晚。青天白日，见了他看他说什么。”

云姑道：“据我看这件事确是我师父做错了，姓方的既是不肯帮助，也就完了，咱们何必还跟着往下走呢。再者我说一句不好听的话，那姓方的也不够个汉子，他也没有多大能耐，他也不过是虚有其表，就是把他请出来，他也未必能够办什么事，贪生怕死，那还能做出什么事来？就以现在说，他也未必能够敢出去。”

云姑跟魏奇两个，你一句我一句，说个没结没完。正在这么个时候，就听身后有人哈哈一笑道：“好孩子，果然是强将手下无弱兵，二位打算走趟刀山，我也陪着。”

云姑、魏奇出其不意，全都吓了一跳，急忙回头看时，这时候已然天光大亮，看得很清，只见一个老头儿笑容满面，手里拿着一根长烟袋，摇头晃脑地走了过来。这两个受了一夜惊恐，一看老头儿，并不知是怎么一个人物，便全都往后一退道：“什么人?”

老头儿微微一笑道：“你们要找什么人？怎么倒问起我来了?”

两个人一听说话的口气，仿佛这个人就是方闻，可是方闻在江湖上既有那么大的名，无论如何，也得够个英雄样儿。如今一看，简直就是一个乡下老头儿，还怕是背地里把话听了去，故意找便宜。还在犹疑之间，却听后面又有一人笑道："老爷子，我说什么来着？人家瞧不起您，您干吗还往前巴结？这么大的岁数，还是在家里跟着孩子们玩儿玩儿，不比千山万水地乱跑强吗？"

云姑没听出来，魏奇可听出来了，正是方淑，准知道老头儿就是方闻了，什么话也顾不得再说，往地下一趴，咚咚咚就磕了三个响头，跪在地下道："老爷子，我实在不知道是您，您可别见怪。您无论如何，也得大发慈悲，救我一家人性命。"

方闻道："这话不用说了，我冲着拉绊的老姑子我也不能不管哪，走，走。"凌云跟魏奇一听，全都放下心。方闻道："咱们这里也不是说话的地方，走，咱们还是家里去说吧。"

于是方闻领路，又回到方闻的家里。大家落座，凌云忽又站起向着方闻深拜了下去，方闻急忙往起搀扶道："姑娘你这是怎么了？有什么话只管说，我是没有不帮忙的。"

凌云道："我先谢谢您，我这次跟了我师哥来到您这里，虽说是为了我师哥的事，可是我自己也有一点儿小事求你，无论如何，也得求您特别帮忙我。"说着就把自己从前家里遭难的经过说了一遍，说到父母惨死，不由得哭了起来。

方闻一边点头叹息，一边说道："姑娘你这件事我倒是听明白了，不过这件事罪之魁恶之首当然就是那个姓苗的，可是姓苗的当时就死了，别的人跟你们府上既是没仇没怨，当然谈不到什么叫报仇两个字，姑娘你叫我给你帮忙，怎么一个帮法呢？"

凌云道："这件事情，我也知道，凶人业已授首，别人既没有祸害我家，用不着找谁报仇，不过这内中还有一点儿小事，也许方才你老人家没听清楚。我们本是兄妹两个，我还有一个哥哥，自从家人离散之后，就没有见过面，我也曾问过家师两次，他现在是否尚在人世？兄妹还有见面的时候没有？我师父总是对我含糊其词，说我哥哥不但没死，并是现在当着一个什么头子，将来见面是要见面，不过在没见面之先，少不得还许有一场凶杀要战，然后才能彼此见面。我听着这话总觉得有点儿前言不搭后语似的，我哥哥比我大不了多一点儿，既没念过多少书，又没练过多年武，如何就能出去当什么头子？这是第一层叫人起疑。第二我们是兄妹，原是一母同胞所生，彼此又没有一点儿不和的地方，怎么能够在见面之先有什么凶杀恶斗呢？这个话我总听不明白，不过我又不敢不信我师父她老人家说的话，那么大概将来见面的时候，是少不了有一场纠纷的了。我想如果我要跟别人起了纠纷，倒是好办，无妨分个强存弱死，真在假亡，唯独要是跟我哥哥一揭起麻烦，进退全都不免为难。既是我师父那样说，当然不是无缘无故，我听了这话，心里总是起了一个大疙瘩似的，唯恐将来应了我师父的话，兄妹就难免失和了。所以我想在事先多请几位名头高本领大的老前辈给我做个护身符，等到真正事情出现那一天，只有求诸位老前辈特别帮忙，不要叫我们兄妹，都各走到极端上去就好了。这件事可还没有到，我可不能不跟老前辈先把底子垫下，这一节儿只求您答应我才好呢。”

方闻一听噢了一声道：“原来是这么一回事情，姑娘不用全听你师父的，她那个鬼阴阳鬼八卦可是有的是，好在现在还谈不到，反正我是答应你了。等到什么时候，有用着我的地方，你就给我送一个信儿，不但我一个人帮忙，连我们这位姑奶奶都得去一趟。”

方闻话没说完，方淑在旁边一笑道：“得啦，老爷子，您不用滥保举了，您没听见人家说吗？人家找的是名头高大本领超群的主儿，像我这样儿一个女流之辈，我可懂得什么，别帮不了忙再帮了乱……”

方淑还要往下说，凌云早走过来，两只手扯住方淑的衣袖道：“大姑，大姑，您可别见怪我，我本想求您帮忙的，不过我想着咱们娘儿两个头一次见面，总觉着有点儿不好意思，还是又怕您家里有事，离不开身儿，所以我不敢惊动您。如果您要是肯帮忙，我是求之不得再好没有了。方大姑您别生气，您得说我是个小孩儿，您别跟我一般见识才好呢。”说着脸也红了，眼圈子也湿了。

方淑扑哧一笑道：“好姑娘，我跟你闹着玩儿呢。咱们一见面就有缘，我是真爱你，等你有了什么事，不用说你还给我送信，就是不给我送信，我知道一点儿消息，我也立刻赶到，好姑娘你放心吧。”

凌云自从遭了家难，久已离开慈母，从来就没有受过这样的安慰，虽然师父也是女的，但是除去督责功夫之外，向没看见过一点儿好脸子，今天一见方淑，人又长得美，说话又和气，当时不由从心里就起了一种亲爱的心思，自己沉吟，另有打算。就是这么一来不要紧，等到后文书三打宝应湖七探风云塞，那时候方氏父女真为凌云卖了不少的力气，方淑一条命差点儿没送在那里，这是后话，暂时不提。

话说当时，方闻一见这种情形，哈哈一笑道：“得了得了，回头我还另有一点儿意思呢。云姑娘，你放心吧，你的忙我们父女帮定了，暂时可以不谈。我再问问这位魏朋友，你的仇人究竟是谁，为什么结的怨？现在仇人都在什么地方？现在你打算是怎么一个进手的法子？现在咱们没事，你无妨细说一说，我先听个始末根由，究竟是怎样一档子事，我也好有一个准备。”

魏奇一听，正要向前申说，方淑一笑道：“老爷子，您今天大概也是高兴太过了，放着一件大事没办，您怎么说是没事了呢?”

方闻道：“什么事?”

方淑道：“方才那两块臭料，咱们是放走了？总要给他找个安置才好不是?”

方闻道：“哟！老年人是真没用了，不是姑奶奶提起来，我还是真忘了。既是这么说，倒是把他先安置了也好，那么姑奶奶到那屋里把他们弄过这间屋里来吧。”

凌云道：“大姑我同您去吧。”凌云这时候已经知道说的就是方才那两个贼子，所以才自告奋勇。

方淑道：“不用了，你坐一坐吧。”说完话三步两步就走到厢房里，进屋用手摸，不由一声怪叫道：“爸爸您快来吧，这屋里可是出了特别的事了!”

方淑这一嗓子，连声音都有点儿岔了，方闻一声，却依然声色不动地道：“什么事又是这么乱喊乱叫的?”嘴里说着却向凌云、魏奇一笑道，“走，咱们到那屋里去看一看去。”

凌云赶紧答应，便跟方闻，来到厢房。这时候屋里灯已然点上了，看得却是非常清楚。这屋里除去方淑之外，连第二个人的影子都不见了，凌云就明白了一半，大概是把方才拿住的那两个贼给弄丢了，因为究竟是这么回事，不是这么回事，自己知道得不清楚，也就不敢问，只站在一边听着方闻是怎么一个说法。

就听方闻微微一笑道：“怎么了，姑奶奶？干吗这么大惊小怪的?”

方淑道:“丢了人了!方才那两贼小子,全叫我给扔在这个案子底下了,怎么就在这一眨眼之间,会把这两个东西没了。就说咱们这个家,确没有什么看家的、护院的,大概大小是个贼就不敢来,怎么今天他真敢进来了?并且还把两块臭料给运了走,实在叫人有点儿忍不下去。您在这里看一看,我上房去看一看,到底是什么地方进来,从什么地方出去,是哪一路毛贼干的。我就不信这些下三烂的臭贼,会有这么大的胆子!”说着一转身气昂昂地就要往外走。

方闻微笑了一声,一伸手把方淑拦住道:“姑奶奶您先别忙,等我看一看再说吧。”说完了在屋子里上下左右一看,又是一笑道:“姑奶奶你什么事总是这样性急,也不看看清楚,今天幸亏是有我老头子在旁边,不然的话,岂不闹了笑话,还要得罪朋友?”

方闻这句话一说,不用说是方淑听着可怪,就是旁边站的凌云、魏奇,也觉得诧异,也随着方闻目光所到的地方,跟着看了一遍,可以说是连一点儿影儿都没有,并没有一丝半毫可疑的地方,怎么方闻会说出这样话来?这可真有点儿可怪。

正在一怔之间,只见方闻一迈步走到门口,双手往空里一拱道:“老朋友,别挑我的眼哪,实在这两天我是心里有事,没有看见老朋友驾到,没有远迎,又没有等候,好在都是老朋友,无论如何,可也不该怪罪我,来,来,请到下面一谈,也叫我赎赎罪如何?”

方闻这么一喊一嚷,凌云、魏奇觉乎可太新鲜了!四外空空荡荡,哪里有个人影儿?这位方老头儿忽然对着天空来了这么一套，难道来人便有隐身法不成？正在有点儿不信，这一嗓子，可把凌云、魏奇都给吓坏了：“姓方的你不要以为是谁怕了你这糟老头子，藏头露尾，不敢见你。只因某家此来本与你毫无干涉，原是为了两个无名小辈，无缘无故，跑到我的禁地，伤了我无数的娃子，当时我本想全都拿住给我的娃子报仇。一则为了我家里实有要事，不得分身，拿他们事小，耽误了我自己的事大；二则因为神心寺老乞婆忽然在那时赶到，口口声声说那两个小辈是她的门下，我原不怕那老乞婆，不过我已多年不和外人往来，是她门下，不是她门下，虽不可知，但是我却犯不上和那老乞婆无形结怨。老乞婆的脾气，向来是死缠不休，不得面子从不丢手，因此我便做了一个整人情，叫她把那两个小辈带走。但是我回到家里之后，一看我的徒弟被他们伤了一半，很是不少，如果我就是这样无声无臭容忍下去，我的那些徒弟对我难免不生恶感，越想越不是滋味儿，所以我把我要做的做完了，又追了下来。才要把这两个小辈拿了回去，给我受伤的徒弟们报了仇，便算没事，谁知我出来得晚了一点儿，却被他们跑到此地。这个地方，我知道是你姓方的场塌儿，你我又素无嫌怨，犯不上为了这两个无名小辈却来得罪你，所以我没有出头。只想在他们两个离开此地，不在你眼皮之下，我再动手不晚。后来我看见屋里捆着两个人，跟你有什么过节儿我不知道，不过却跟我有些渊源，所以我没有告诉你便把他们两个放了。他们两个才走，你就到了，果然名下无虚，你会看出我的来踪去迹。你既喊了出来，我不便再行隐迹，倒叫你说我是怕了你，其实就是到你屋里坐坐，也自无妨，不过有了这两个小辈在内，总觉得有点儿使人不快。话既是跟你说了一半儿，那一半儿也可以跟你谈谈，你要是跟那两个小辈没有多大的干系，何妨把他们两个交给我，咱们可以订个交情，将来如有用我的时候，我必随时赶到。如果仍要不愿意，我也不敢勉强，只是请你略尽地主之谊，他要离开此地，最好不要多管，免得为了这么两个小孩子，伤了你我江湖的义气。我的话就是如此，我的来历你也都知道，最好还是留个面子的好。”

这条嗓子是又粗又哑，沙沙的声音，刺耳惊心，正是雪岭上那个邪魔作祟的怪和尚大慧禅师。两个人这一惊可实在不小，因为知道这个和尚会一身妖术邪法，在雪岭已然吃过他一回亏了，若不是自己师父赶到，险遭不幸，只不知他怎么知道自己两个人来到此地？他也追到这里。看神气方闻虽是武学精通，却未必懂得这些邪怪的事儿。如果方闻一个不敌，这件事可是真糟，从什么地方再能把师父找来呀！

正在着急，却听方闻哈哈一笑道：“我说大和尚怎么会走低了脚走到我们这块洼地来呢？原来是为了这么一点儿小事儿。这两个孩子和我姓方的，既不沾亲，又不带故，无非是略有认识而已。既是跟大和尚有这样的过节儿，连我听着都恨，当然交给大和尚把他们带走，任凭大和尚去处置。”

才听到这里，大慧早已念了一声阿弥陀佛：“谢谢方爷成全我，现在就可以把他们带走吗？”

方闻道：“当然，说话不算那叫什么英雄，不过我也略有所求，希望大和尚也能给我办到。”

大慧道：“方爷既是如此赏脸，有话只管请讲，不拘什么事，我是无不从命。”

方闻道：“好，我先谢谢。我求大和尚的事，太是轻而易举了，就是我方才拿住那两个贼，他偷去了我的传家至宝还在他的身上，我也不再和他为难，只求能够把我的东西取回，冲着大和尚，就是有一天二地三江四海的仇恨，我们全算完了。就求大和尚把他们两个叫过来，当着大和尚叫他把东西交还给我，算是一天云雾散，我也把两个小孩子交给大和尚，把他们带走，任凭处置，大和尚你看姓方的爽快不爽快?”

大慧和尚一听，脖子也紫了，脸也红了，眼也定了，汗珠子也下来了，怔怔呵呵结结巴巴，只挣蹦出来一句话道：“哟！这下子可真糟了!”

方闻其实早就看见那两个贼是跑了，自己这样一说，他准不能把贼交出来，自己也明白，就是他能交出来，也不能把魏凌两个交他带走，这不过是故意地给他一个台阶儿，省得彼此两个当时翻脸。方闻有了这么一想，所以才给想了这么一个下场儿，这就是好朋友不叫好朋友为难的意思。大慧也明白这个意思，心里后悔自己不该放了别人反倒给自己找了堵嘴，可是又一想方闻这个人，例来有名的难斗，安知不是他故意这样说的？即使自己真有那两个朋友在旁边，大概他也未必肯把凌云、魏奇交给自己，这大概就是这么一句话，好歹先把我搪走了再说。这么一想，不由气往上撞，往起一拱手儿，冷笑一声道：“哼！姓方的，你不要以为姓宫的我不敢惹你，实在因为彼此从前没有一点儿过节儿，彼此又都是这个岁数，何必还要这么苦干不歇呢？所以才和你特别打着招呼，一步一步地跟你说好，你怎么越说越殃，越说越完不了了？怎么样？你以为姓宫的怕了你，那叫你错想了！现在再跟你说一句，方才那两个确实是被我放了，请你不要再提这回事。等到将来，我必把他们找来，给你认罪赔不是，一定让你过得去。你现在可以把这两个小辈交给我，我把他们弄了回去自有办法。姓方的，你要懂得交朋友，你知道江湖上有我这么一个大慧，无论如何，请你把面子给了我姓宫的，我将来对你自有一番报答。如果你要是不答应，不给我这一点儿面子，姓方的，你要知道，咱们都是干这个的，谁也不能叫谁栽硬跟斗，这件事你可得多想一想，免得彼此伤了和气，就不是意思了。”

方闻对于大慧，早就明白了这个意思，不由哈哈一笑道：“朋友你说晚了，我倒要看看你是怎么一个朋友？小孩子在我这里，你上手吧，说白话一点儿用也没有！”

凌云虽然年纪比魏奇小，一则跟随师父日子多，经验阅历虽不多，因为天生来的聪明，慈静大师跟她说什么她就能够记什么。雪岭大慧，在没有下山时候，就常听见师父提起，他是怎么一个人，从前他是个干什么的，后来怎么到的雪岭，他奉的是什么邪教，他的教规都是什么，有哪几种是最厉害，遇上时候应当怎么一个防备的法子，说过了不知道多少遍，隔不多日子，必要提一回，隔不多日子，必要说一遍，日子一多，凌云就记熟了。原来大慧禅师，并不是什么出家的和尚，也是一个吃镖行饭的。他俗家姓宫，单名一个保字，号叫希林，练的是外家拳，实是一身好功夫，擅使一支水磨竹节鞭。这种鞭差不多都练一对，唯独他是单练了一支，并且比普通练武术吃把式的所用分量也差了一半儿。按着规矩这种鞭应当十八节，每一节是二寸四，每到一个二寸四，就有一个疙瘩儿，仿佛竹子节儿一样，所以叫竹节鞭。连头在内，应当是四尺三寸二，靠手六节，粗下里一寸七，中间六节，粗下里一寸二，靠头五节粗下里八分四，剩下那一节，是个圆球相似。左手那支，应当十九斤四两，右手那支短一个球儿，应重十九斤。使这路家伙，必须身高力大，还得有那种身份，身个儿小了要不开，力量小了要不动，不够身份要弄这么两支，能给自己找出祸来。别小看一对鞭，实比花枪单刀难练，说实了这种家伙，并不比宝剑好练。竹节鞭可不能跟什么蜈蚣鞭、七节鞭、十三节亮银鞭、枯骨练子鞭、电钢练子鞭，这路软家伙比。十八样长短家伙，不能样样精通，竹节鞭就叫练不了。宫保真下过苦功夫，经过大名师益友点拨传授，长拳短打，马上步下，高山海低，内外两家，软硬两功，全都练得有了根底，这才练兵刃暗器，十八样大家伙，十八样小家伙，全都练得有了八成，这才单选了这竹节鞭。但是他又嫌一对鞭还是普通的家伙，不足以威震绿林江湖道，更使不出一个特别响亮的蔓儿（名姓也）来，于是他便独出心裁，把双鞭去了一支，成了一支单鞭，并且分量减了三分之一，一则为的是使用灵活，二则他又独出心裁，在单鞭之外，又打了一根儿吕公锥。这种锥形式仿佛是一支镖，可是比镖的尺寸长。镖是一头儿有尖子，锥是两头儿有尖子，当中是一个套筒，用的时候，手拿着套筒，前后左右，一甩就可以出去，讲究是扎、挂、点、刺、撩、兜、推、拿，一分小，一分巧。普通用这种家伙的，差不离都使钩连拐，这两样家伙，一长一短，专讲是锁拿人家的兵器，只要被他拿住，再往前上一步，一欺身儿，点在身上，轻者带伤，重者丧命，十分厉害，可是本人没有特别的软功夫，绝不敢使。宫保他把拐换了鞭，并且把那根锥也特别改了个样儿，比寻常使的又细又小，特意选了一种红铁打造，能够点周身穴道，还破金钟罩童子功，他就凭着右手鞭左手锥，在江湖上响了蔓儿，有名的英雄在他手下伤了很是不少。后来仇越结越多，终于在河南大蟒山青云堡，被侠义把他困中，眼看落败，忽然有新疆火克板一个番人突鲁赫旋用邪术把他救了出来。从此他就离了镖行，入了番教，跟着突鲁赫，又学了许多旁门左道。突鲁赫死后，他就继承了衣钵，主持邪教。他时刻不能忘怀的，就是从前青云堡那点儿过节儿，二次又跑回来，占据雪岭，召集徒众，专门和侠义之徒为难作对，声势很大。一班侠义，本想二次把他除去，不过不怕他动真功夫，只怕他用妖术邪法，大众也在访求能人，预备把他一下子消灭。魏奇的父亲就是因为奔走此事，被他所害。他先时的外号儿叫作多臂尉迟，就说的是他一条鞭足可以赶上当年尉迟恭，更比尉迟恭多了一根吕公锥的意思。自从学会了邪术，宫保改成大慧，外号儿也改了叫火炼金刚了。凌云跟着慈静，时常听得说起，却是始终未见，没有想到，头次经过雪岭就碰见了大慧。如果不是师父慈静师太赶到，怕是早已身遭不测，想着都有点儿害怕，没有想到，他又会追来，又找前场。听他所说的话，实在无礼，要是放在往常，依着自己性情，早就要过去跟他拼个死活，论个高低了，无如眼看他的邪法厉害，自己过去，绝难讨好，这才把一腔子心火按住，听听方闻怎么说再想法子。及至方闻一说出那套话来，当时他一张口结舌，凌云心里还高兴呢，心说这个秃东西，也许自认理短就可以回去了。哪知他说了一句“这可糟了”之后，忽然把嗓音一变道：“姓方的，我今天来到这里，已然给尽了你的面子，你不要不知好歹，以为是谁怕了你似的。你要知道当年青云堡那一段儿虽没有你在内，却有你那老不死的师哥在内，冤有头，债有主，我不给你烦恼也就是我现在的脾气。你要自问不行，趁早儿把两个孩子交给我，免得彼此伤了面子，将来保不定你有用我的地方，我还可以给你帮忙，最好留个见面的地步好！姓方的，我这样跟你说话，可见得我是实在不愿伤你，你就快点儿把那两个小辈交给我吧!”说话的声音是又粗又哑，十分刺耳难听。

凌云哪里听得惯这个，看方闻还是含笑不答，凌云就急了，把“绣花攒”的筒子，一伸手掏出来，比一比，可以够得上大慧的心口了，一声儿没言语，往前一抢身儿，一长胳膊一拉簧，就听咔吧一声，一朵花相似，五根梅花针便奔了大慧的心口。旁边还站着一个魏奇哪，正在提心吊胆怔愣呵呵听着方闻大慧嚼争，唯恐其两个人翻了脸。别看方闻软硬功夫那么好，准要大慧施展左道旁门，恐怕也是找不出便宜来。方在着急，可就把凌云忘了。抽冷子听咔吧一响，出其不意，魏奇会吓了一哆嗦，五根梅花针就出去了。在凌云想着，这个和尚，虽会妖术邪法，可是现在毫无防备的时候，虽不能五根都打上，只要中上一根两根儿，这种针全是师父给的防身之宝，还曾再三嘱咐，这个针是毒药泡过的，打上之后，可是不好解救，非到十分危急，绝不许使。现在可以说是到了危急，先给他一下子再说，只要他挨上一根两根儿，当时度过这一步有什么话再说，一抬手咔吧一声，五根针全都出去了。心里方在一松，就听大慧一声狞笑后怒喝道：“无知娃娃，死在眼前，还敢这样大胆！姓方的我可对不过了。”跟着就见和尚用手向空一指，当时狂风大作，黑暗无光，隐隐之中，仿佛还有一阵哭号的声音，并且又腥又臭一股怪味儿迎面扑来，顺着鼻子往里一冲，天昏地转，一阵恶心，这才知道性命恐要难保。

第八回

大报仇魏奇快意
小结怨凌云失机

就在这么个工夫，猛听方闻哈哈一笑道：“姓宫的，你不要以为你学了这么一点儿障眼法就打算无法无天地胡作非为，你的这点鬼玩意儿，还差得天上头地下头远着呢，你要知道我是给你留着面子，不忍得叫你在我这里丢大脸，趁早儿夹着尾巴滚回你的雪山。像你这样倒行逆施，不久自会伏受天诛，却不愿为你脏了我的宅地，你要一定非要自讨无趣不可，当时不难叫你身受显报，你可不要怪我姓方的没有容人之量，你要想清楚了不要再得后悔不及。”方闻说这话的时候，虽然带着笑的声音，可是语气非常难听，凌云就知道大慧绝不甘伏。

果然就在方闻这一套话才说完，便听大慧一声狂喊道：“姓方的，不用大话欺人，我要不是顾全江湖上的面子，只怕现在你家里早已土平了。现在你既倚仗你的虚名，一定不肯把两个小孽障交给我，为了断绝后患，对不起我可立时要你身败名裂了!”这句话才说完，猛听院里一阵狂风刮起，沙走石飞，天地当时黑得什么都看不见了，并且在这风声之中，夹着有一种惨厉呼号的声音，听着骨寒毛栗，浑身发冷，并不时有一阵一阵的腥风刺鼻，令人欲呕。

凌云在雪岭燠陵谷虽然遇见过这么一次，可是没有这个阵仗儿，虽说仗着方闻，也不免有点儿心惊胆战。因为听人说过，方闻武学确不错，并没听说他懂得这种邪魔外道。听方闻说话，还以为他是这么一说，所为吓退来人，如今大慧已然施展出来，都没有看见他什么表示，看来未必准有什么抵御之法。看起来这次的危机，恐怕比在雪岭还大。如果大慧得手，自己跟魏奇既受他实意来找的，绝不会拿去之后，轻描淡写，像这种形同畜类一样的妖人，他还有什么正经行为。魏奇是个男的，至大不过是一个死字，自己身为女子，真要落在这种人手里，还能有什么好结果，不用说是受到他特别的欺负，就是叫他摸一把，掠一下儿，自己都不干净，不如趁早想法子，把手里剑预备好了。回头一看魏奇，大概跟自己也是一样儿心思，一手拿着一把刀，一手扶着墙，瞪着两只眼看着大慧。这也就是凌云，因为在静室之中，下过一番功夫，黑夜之间，如同亮的一样，可以看得见一切的东西，要是换一个寻常人，早已任什么看不见了。不过有一样纳闷儿，就是大慧在院子里头嚷了这半天，本家的姑奶奶方淑到什么地方去了，怎么会连个影儿不见？她是到什么地方去了，难道她也是害怕躲了不成？这样看起来，这个大慧实在可以说是够厉害了！

自己正在这么想着，就听方闻陡然一声喊道：“姓宫的，你既是这样不知进退，不要怪我姓方的在家里欺负上门的客人了！

淑儿你奉敬这位大罗汉一下子吧！”

就在这一句话说出后，就听屋里有人搭话：“老爷子您就是爱跟他说废话，这又不是三国列国，用不着跟他舌战群儒似的，跟他白糟践唾沫，像这样牲畜似的东西，要依着我早就把他打发走了，岂不省了好些话。一片苦口佛心，落了个对驴抚琴，这是何必呢？老爷子闪开一点儿，等我足足儿敬这位大罗汉一下子。”

凌云一听说话的声音，正是方淑，才知道人家父女，果有特别能耐，不但是武学高强，就是破除妖术邪法，也有这种本领，可惜自己跟着那么一个好师父，只是时间太短，未得师父所长，如果自己也学会师父的能耐，今天岂不是可以大显身手？自己这次事毕回山，定要多下苦功夫，悉心学习，将来好凭着能耐，去找自己的哥哥。才想到这里，猛见方闻往后一退，一只手拿着自己的胳膊，一只手拿着烟袋杆杵着魏奇的腰眼儿，两个人便一动也不能动了。身子虽不能动，可是还能看得见，就在她才一回头，就见从窗户里头吱的一声，放出一道又黄又红的稠汤子，这股味气，又腥又臭，里头还有脓血的怪味儿，比较起来，真比大慧放出来那股味儿还难闻。凌云心说怎么练了半天，全都是这种味儿呀？实在不见高明。她可不知道方闻使的这个法宝，敢情比大慧那个灵得多，就听吱的一声响，大慧就是哎呀一声，跟着一亮，大慧放的那股邪气，当时连一点儿影儿都没有了。又听大慧一声怪叫：“姓方的你竟敢使出这种脏的东西，破坏你家佛爷法宝，此仇此恨非报不可，多容你活上三天两天，姓宫的再来会你！”声音完了，天也亮了，大慧的影儿也没有了，再看地下，只是一些又黄又红的脏水洒了一地。

方在诧异，方闻一松手放了凌云，又一拍魏奇道："这个怪物走了，你们来帮着我收拾院子吧。"

凌云、魏奇如同做了一场噩梦一样，怔怔呵呵看着方闻。这时候屋里方淑也走出来了，一只手拿着一个盆子，里头就是那些花花绿绿的东西，一只手拿着一个唧筒，滴滴答答往下流着又黄又红的汤，实是臭味难闻，依然是满脸带笑地道："这个秃家伙，不到黄河不死心，我还当着他有多大的鬼门道呢，原来也不过如此。早知道他是这个样子，还不如一见面的时候，就给他一下子呢，这一来倒便宜了他啦。"

方闻也一笑道："姑娘得了便宜，就不要再说这路便宜话了。大慧绝不是好惹的，这次失着，还是上了先前那两个鼠辈的当，说我没有在家，不然他也不至于这样大意。他要是早有防备，我们这种方儿使不上，还有不是神刀示警，也想不起来今天会来这么些贵客，也不会收拾出来那种东西。真要是攻其不备的话，别看咱们人多，可绝不是大慧的对手，今天我们可以算是侥幸得很。不过大慧，本来能耐就好，又苦修了这么多年，好生干去，虽说做神仙是骗人的话，至于颐养天年，享些清福，那是很容易的了，无如他交友不慎，误入匪途，又因自己结仇太多，唯恐有人与他晦气，所以才投身异教，为了学习天魔鲜体之法，不愿把自己多年苦功完全扔去，甘受外魔侵凌，就算他藏在雪岭闭户不出，还难免要天灾重劫，何况他还是这样倒行逆施，恐怕及身惨报，是终难幸免的了。今天在这里无形之中受了巨创，他这种人，绝不会幡然改悟，一定会变本加厉，前来寻仇，不闹到身败名裂，绝不丢手，说来实在可惜。我本来厌倦江湖，不想出事的了，不过为了从前受过慈静大师不少好处，她既来委派我，我是自当尽力，但是从此又不免要在外头奔驰了。”

凌云道：“瞧着你老人家所说，这个大慧，能为法术，似乎已然都到了极点，怎么今天一点儿都没有施展开，就凭那么一唧筒又腥又黄又绿的汤子，就把他打跑呢?”

方闻欲说又止，只微微一笑道：“自古以来，邪不胜正，这个原无足奇，倒是你师父派你们来找我办的这件事，有点儿闹手呢。”

凌云一听方闻颇有为难的意思，便笑了笑道：“方老前辈，您倒不用为这件事为难。我临下山的时候，我师父曾经给了我三封信，一封信已然过了时候，可以不必说了，那两封信，因为赶路的关系，还没有拆开看，等我现在拆开看一看，就知道事情该当怎么办了。”说着从身上掏出来那两封信，一看有一封封皮上写着“枫林渡拆开”，不由大喜道：“枫林渡不就是您这里吗？可见得拆开正是时候了。”说着把信拆开一看，只见上面写的是：“云儿知悉，如晤方翁，可恳其去山东芦林坡护卫魏奇眷属，汝同魏奇可去雪岭，我已另求好友金弓怯二郎俞伯玉并汝师姐无情剑奚红雪及木兰花舒紫云同往协助，必可诛除凶髡，救出魏奇之兄魏仇后，并将首恶万仲经除去为至要，一经远扬，后患可虑，慎之，慎之！第三函到雪岭即开视勿误！”

凌云一边看一边念，听得方闻不住点头道：“这个老比丘，实有先见之明，我既答应了帮助你们，不拘什么地方，当然我也要去一趟，至于他们的那几位帮手，个个都有出奇的本领，尤其那个姓舒的姑娘，从前跟着五老四侠八杰七义在江湖上闯荡得很有过一阵子大名，双枪杨花堡，三探冷竹塘，香檀寺比武，野马岭献艺，五打刺儿岛，独进紫禁城，一口宝剑驰名南北（见拙著《碧血鸳鸯》），后来婚姻的麻烦，削发出家，拜了静一师太，跟你也算是同门。静一师太又传授她许多禅门降魔正法，又在外头行道多年，最近听说她还为了云南大理县赈济的事，出了不少力呢。因为她本是大理县旁边蒙自县的人，只不知你师父怎么给你请的？看他们这一去，定然可以把大慧除去，魏老弟的大仇，一定得报，真是可喜可贺。不过叫我到芦林坡是怎么一个意思，我可不知道，难道说魏老弟的府上就是芦林坡吗？”

魏奇摇头道：“我家不在芦林坡，不过离着我家还有三十多里地，有个芦林坡，不知她老人家怎么会提到此处？”

方闻道：“既是说到这里，当然必有应验，现在可以不提，信上虽没说出时日，总以早去为是，我看我明天就走，宁可早去两天，叫他到了那里没有事情，也不可以去晚了叫他误了事情。还有一节儿，我也不怕你们不愿意，既是信上这样说，你们二位最好也是早到雪岭的为是，免得时候到了，再出了旁的岔子，彼此心里不安，我可不是不留你们二位，等到事情完了之后，只管到我这里来住上三年五年，我都高兴……”

将说到这里，旁边方淑搭话说：“老爷子，你这个人就是这个脾气，成年论月，也不来个朋友，好容易来了这么稀客，您不说多留人家住几天，反倒催着人家走，真是个老爷脾气就完了。”

凌云原就喜爱方淑温和慈爱，本就舍不得走，又听方淑这么一说，眼圈儿一红，差点儿没有流下泪来，反是魏奇说出话来了：“凌师姐也别难过，方大姑也别舍不得，只求凌师姐帮我把仇报了，把我父母哥哥救了出来，那时候我不是把凌师姐送到这里来，就是把方大姑凌师姐都接到我们家里去，日子还绝远不了，您二位何必难过呢?”

方闻道：“我不管谁愿意谁不高兴，还是那句话，你们赶紧走。”

魏奇一听感激得说不出话来，趴在地下就给方闻磕了一个头，又给方淑道了谢。方淑又给他们预备了酒饭，吃饱喝足这才起身告辞。方淑揪着凌云的手，叮嘱她事后必来，凌云忍着眼泪点头答应。方闻又嘱咐他们路上小心，不要多管闲事，到了雪岭，别忘了看信，两个全都答应，点头而别。方淑站在门口，直到看不见他们影子这才回去。

再说凌云、魏奇，这次往回走已是熟路，并且没有要打听的，所以走起来比上次要快得多，路上又没有遇见事，走了不到二十天，已然看见雪岭边山。凌云止住脚步说：“魏大哥前边已然到了，咱们是就这样下去，还是把他们叫下来呢?”

这时候两个人跑得一腔子心火，恨不得当时就见着大慧，当时就把他除去，可就把那第三封信忘了个干干净净。魏奇道：“凌师姐您别看着离山不远，望山跑死马，离着山顶还远得很呢，咱们就是喊，山上也未必听得见，我想不如就往上头走，以咱们的时气碰，如果一个人碰不见，就能够到了山上头，岂不省了多少事。见着他们的人，咱们再跟他们说，大概也还不晚，凌师姐您看怎样?”

凌云一听，也是个法子，便点头答应，两个人全都取下兵刃，凌云拔出宝剑，预备好了梅花弩，魏奇在方闻家里借了一对链子金瓜锤，凌云在前，魏奇在后，腰往下一塌，脚打屁股蛋儿，施展出陆地飞行术，一口气沙、沙、沙，跑上来足有二里多地，抬头一看，仿佛还是那么远。凌云才信魏奇所说果然不错，一回头向魏奇道："魏大哥，多加一点儿力，上啊！"说完了一提腰，一换式，两个肩膀儿一晃，就听哧、哧、哧一阵响，再看凌云就像一个鸟儿相似，脚不沾尘如同飞的一样，眨眼工夫，已然上去了有十几丈，自己准知道自己不成，便连声喊道："凌师姐你慢一点儿，我追不上，还是等我一块儿上去吧！"也不是凌云跑得太快听不见啊，也不知道她是不理，只见她依然风驰电掣一样往山顶头冲去，魏奇只好是拔着气提着力往上一阵苦跑。

跑了不到一半，猛听凌云的声音在上面一声娇叱："胆大贼狗，怎敢拦住你家姑娘的去路，快去给大慧妖孽送信，叫他把我好友姓魏的放了出来，如若过迟，姑娘上去，杀你个寸草不留！"跟着又听一声号角声响，听着真是叫人毛骨悚然。

魏奇一拉凌云道："凌姑娘，您可留神，这个真是他们的暗令，大概是正在齐人呢，难道他们已经知道我们到了这里不成？"

凌云一摇头道："绝对不是，你先不用忙，咱们暂时先找一个僻静地方可以看一看。"说着便不再往上去，却找了一个高约一人来的一块大石头，两个人走过去把身子一隐，偷着往外头看，只见山上尘土飞起，人声鼎沸，跟着又是一阵号筒声音，从山上走下一拨儿神头鬼脸的怪人来。在头里是一对长幡，幡上画了许多奇形怪状的东西，也不知道哪是画儿哪是字儿。在这一对长幡之后，后头又是几排长幡，幡上是素的，却是都挂着有纸穗子。在这一排长幡之后，是一拨儿说僧不僧的怪人，头上全都挽着发髻，漆黑的一张脸，脸上还画着许多白圈儿，赤着上身，只披了一件坎肩儿，穿着一条麻布的裤衩儿，在两鬓之下，一边一绺儿白纸穗子，光着两只脚子，有的扛着幡，有的拿着叉，幡一晃，叉盘子一响，再加上他们跳跳钻钻，真跟一群魔鬼相似。也就是凌云从前跟米八姑虽然日子不多，对于这种奇形怪状的东西，究竟已看见过。一拨儿长幡过去，后头又是一队怪物，跟着便见有十六个大汉，手里全都拿着不同的家伙，最后拥着一个人正是魏奇的仇人大慧。大慧也不是那个打扮了，穿着一件黄色多罗麻的直裰，腰里系着一个麻辫子，黄多罗麻的中衣，白布高勒儿袜子，多耳麻鞋，一只手里也拿着一面黄幡，一只手里拿了一条五色短棒，脖子上套着一个十八子骷髅珠，衬着他那个大头大脸，真有点儿像个罗汉转世。只见他满脸的怒容，一身的邪气，嘴里喊叫着一种特别的声音，听着仿佛很是刺耳，手里舞着那条短棒，指挥着那一拨儿奇形怪状的似人非人的家伙，就像流水一样从山上跑了下来。

凌云一看他出来的方向，和自己正是背道而驰，一眨眼的工夫，已然走出多远，便向魏奇道："魏大哥，你看他们走的那股道，好像是没有看见咱们的样子。"

魏奇道："说不定也许是出去操演去了。"

凌云道："这个不一定，我虽没有上这燠陵谷，可是据我们在外头这样看着，里头地势一定不小了，似乎没有一定非要到旁处去演习的意思。依我看着，多一半还是另有仇人，到他这里来了，看他脸上那种皱巴巴的神气，内中一定另有缘故。我们不如跟在他们后头，看看是怎么一个情形？如果真是有了仇人，我们更可以不必出头，他要是打胜了，我们可以趁着他才打完胜仗，心粗气浮的时候，攻他一个不备。如果他要是打了败仗，我们可以趁他心气不稳的时候，再打一下子落水狗，也许会叫我们得着一点儿便宜，你看这个法子好不好？”

魏奇这时候固然是报仇心盛，可是救自己哥哥出险的心也很重，但是凌云是自己约了人家来帮忙的，自不便去得罪人家，便笑了一笑道：“姑娘说得对，不过我想这次上山，第一要紧的就是先打听打听我哥哥的下落。趁着现在他们下山，山上都在空虚之际，咱们何妨到山上去看一看，如果他们防守不严，能够把我哥哥救了出来，岂不更好吗？”

凌云一听，人家这话一点儿也不错，但是自己不愿意扔下那些贼去干那暗探的勾当，可是又不能说是劝魏奇不去，便也笑了一笑道：“这话一点儿不错，还是搭救令兄要紧。不过有一层，我却不得不说，你看这座山，地方可是不小，究竟令兄现在什么地方，大概您也不见得知道，大海茫茫的乱那么一找，恐怕不但找不着令兄，碰巧遇见一点儿什么事，也会使我们陷入险地。要依我说现在倒是有个法子，你我不必都在一起，可以分为两路。咱们一东一西，分成两路往山后去，能够见着令兄，当然是想法子先把他救了出来；见不着令兄，我们见了面之后，再想别的法子。这件事当然是不太容易，总以两个人全在一起还能活便一点儿，这么办好不好？”

魏奇满心里不愿意分开，可是已然不好意思再那么说了，只好是点头答应，又告诉凌云小心留神。凌云只答应了一声，一晃手里剑，说了一声再见，便自往东下去了。魏奇看凌云去的方向，就明白了她的心意，知道她是追下大慧去了，虽然不放心，也没有法子，准知道自己这一点儿本事，到了大慧那里，等于没去一样。救兄的情急，也就顾不得这些事了，便自己一个人往西边绕去，暂时不提。

单说凌云，一看大慧带了那么一拨子神头鬼脸的东西跑了出去，准知道前边是出了事情，她的心里是这样想，这座雪岭的首脑人，就是这个大慧，如果真能把大慧除去，雪岭还不当时就散了吗？到了那个时候，救谁不成，何必一定要在这个时候去救魏仇，救了魏仇之后，是否就是偷偷一走，还是要和大慧见面？准要大慧不除，魏仇绝救不了走，岂不白费一回事。并且山是这么大，准知道魏仇现在什么地方？望空捕影，那绝不是一个办法，因此才想了这么一个主意，既不得罪魏奇，又可以遂了自己心愿，一高兴就跑下来了。工夫原不甚大，大慧他们走了也不甚远，一会儿工夫，就看见他们那些长幡了。凌云追了过去，抬头一看，只见半山坡上，这些似人非人似怪非怪的怪物，已然围了一个大圈子，仿佛当中有人，凌云因为身体不高，却见不清对方是谁，于是拿了宝剑，一转身形，从山旁绕了过去。这才看清楚，里面也是一位姑娘，手里使的也是一把宝剑，正在那里指指点点。忽然心里一动，想起师父所说，派人前来接应自己，也许就是这位。但是在敌我未清之前，不敢上前贸认，恐怕惹出其他纠纷，便站在山坡上远远地偷看。这时那些怪物，声音已然安静下去，虽然离得远，却还隐约可见可闻，自己的身子又正在一块大石的后头，恰好把自己挡住，自己看得清对方，对方却看不见自己。

只见大慧，用手里长幡一指，口里喊道：“什么人这样大胆，敢来到我雪岭找死，大概你是活腻了。你是何人指使，到此何干，快快说了出来，也许饶你不死，稍若迟延，你可知道大慧禅师的厉害，长幡一动，让你当时成一摊清水，还不快说实话，等待何时。”

又听那个姑娘，微微一阵冷笑道：“胆大妖孽，身入释门，跳出三界外，不在五行中，就该一尘不染，万念皆空的才是，怎敢倚仗妖术邪法，无故侵害好人，难道你就不知，明有王法，暗有鬼神，天网恢恢，疏而不漏。今天你家姑娘，来到此地，也因为你平日作恶多端，恶贯已满，特来替天行讨，为世除害。你要打算怕死贪生，趁早先把一干妖魔散去，我念你出身绿林，已然这样年纪，不难饶你一死，从此之后，找一座没人去的高山，痛改前非，洗心剖面，修炼你自己，还许得个善终，免得你粉身碎骨。这也是你家姑娘，法外施人，特别地开恩。你要问我的名字，无妨告诉你，也许你会有了耳闻，你家姑娘，舒紫云，乃金钟湾神心寺慈静大师的门下，你要知道厉害，还是赶快散头逃命的为是，如若不然，恐怕你这条老命难保。”

大慧一听，被气得哇呀呀一阵怪叫道：“哪里来的无知贱婢，竟敢口出狂言，不叫你吃些苦头，你也不知道大慧师法力无边。”嘴里说着，手里长幡一探，说来也怪，青天白日，经他一指，当时变天昏地暗，四外无光，狂风大作，走石飞沙，并且在大风之中，还听见有人哭喊声音，使人汗毛悚立。凌云站得虽远，鼻子里还闻得见有狂风，方才听得明白，那个姑娘的道名姓是舒紫云，正是自己师父所派，又是高兴，又是害怕。高兴的是同门姊妹，一定可以见面，怕的是大慧，妖术厉害，舒紫云遭他毒手。

正在这时，又听舒紫云在黑影里头，放出一阵冷笑道：“胆大的大慧，至死不悟，只敢用这种障眼法，来欺骗你家姑娘，可见你万恶滔天，寿命已尽，虽有慈悲之心，却不能放你这妖魔的性命。”跟着又听哧哧两声响，仿佛像正月里放的烟火，那种起火一样，两道亮光，往上一照，当时狂风便停，依然晴天皎日。凌云喜欢得差一点儿没有喊出来，自己心里想，什么时候能够也学得这样，便算心满意足。

正在寻思之际，又听大慧一声怪叫道：“胆大贱婢，你家佛爷，看在你是一个女流之辈，不忍下狠手置你死地，你倒要无知讨死，休怪你家佛爷心狠。”说着话，手里长幡二次摆动，当时便看天愁日惨，鬼哭神号，连凌云自己都觉得，有些不寒而栗。就是这么，过了足有一顿饭的时候，依然那样黑暗，更听不见舒紫云一点儿声音。凌云可就急了，准知道这大时候，紫云这时候不响不动，一定的凶多吉少，自己一着急，便忘去厉害，一挥手里长剑，往下就跑。万没想到，自己才一迈步，身后忽然有人，把自己一把揪着，又加上天昏地暗，伸手不见掌，对面不见人，也看不清楚背后是友是敌，总以为是魏奇，上山不久，又跑了回来，一看自己要上前动手，他才把自己揪住。及至回头一看，却不见一个人影儿，心里很是诧异，这是何人跟自己这个样儿闹着玩儿？自己又一想，也许是自己衣裳挂在什么东西上头，自己疑心生暗鬼，以为是有谁拉了自己一下儿。这样一想，二次往起一鼓勇气，又往西一抢身儿。这次比那一回还要来得可怪，自己两条腿仿佛是有人从后头把自己绊住，哪里还能往前动得一步半步。低头一看，任什么也没有，用手里宝剑一刷，什么也没有扫着，可是往前一迈步，却依然是寸步难移。这下子自己可真急了，别的不说，上山下来的人很是不少，如果看见了自己，跑了过来，要跟自己动手，自己一动都不能动，那岂不是束手待毙，这可怎么好？心里这一急，真是浑身是汗。再看前边，好像是起了一层黑雾，不要说是那位姑娘，连大慧带的那一班妖人，也是一个影子不见。心里益发着急，明知那片黑雾，是大慧使的邪法，这么大的工夫，那位姑娘是没有把它破去，当然就是被困在里头。据师父说，那位姑娘还是自己的师姐，如今被人家困住，自己却一点儿法子也没有，不要说是同门的义气，不该见死不救，说句切身利害的话，多年入门的师姐，尚且不是人家对手，就凭自己如何能够占上风？魏奇不但父兄之仇不易报，恐怕还要把一条性命饶上，这一来岂不是反倒害了他？越想越难过，越想越着急，就是一点儿法子也没有。到了这个时候，才忽然想起，临下山时候，师父给了自己三封信，头一封信是自己误了，就在枫林渡看了一封，第三封信写得明明白白叫自己到了雪岭拆看，自己怎么会这样糊涂，把这件事忘得死死的，这封信上说不定就有办法，不过到了现在，是不是已经误事？想到这里，用手一摸，把那封信摸到手里，这时候虽然四外黑，但是自己站的地方，离得比较远，固不大亮，却也还看得见，摸出信来，把手里剑往自己面前地下一插，匀出手来把信拿起照了一照，找着封口，沉下气去轻轻只一扯，这下子差点儿没把自己吓坏了。就在那信封口儿才一扯，便听咕隆一声响，好像在面前打了一个大劈雷，手里一震，再看那片黑雾，连一点儿影子都没有了。除去方才那位姑娘和大慧还在那里站着之外，那一班似人非人似怪非怪的东西，却一个个东倒西歪躺在地下一大片，手里那些长幡，也全都七零八落地扔了一地。这一来是心花怒放，试着一迈步，居然也能够走动了，益发高兴，就地拔起宝剑，往前一抢步便纵了过去。

凌云一看舒紫云已然脱险，心里这一痛快，非同小可，正要抢过去找舒紫云说话，猛听身后有人说话道："姑娘不可冒昧，留神他们诡计。似像这种妖孽，留之也是祸害，不如把他除去，姑娘等等，待我来。"

凌云回头一看，原来是一个五十多岁的男子，身背长弓，手挽一把单刀，凌云猛然想起，正是自己师父信里所说，那个金弓怯二郎俞伯玉。只见他往前一舍身，便纵下山头，手里宝刀一指，一声狂喊道："大慧，你这老而不死的贼强盗，胆子越来越大，竟敢杀人害命，今天犯在你家俞爷爷的手里，也是你万恶满盈，活该命尽，不要走，咱们比试比试。"话到人到家伙到，手里一口刀，直奔大慧心口。

大慧这时候又是害怕，又是生气。在他所想着，凌云、魏奇两个人没有多大能耐，自己所练的法术，虽然还未成熟，可是要凌云、魏奇命，毫不费事，不过一看木兰花舒紫云赶到，才知凌云、魏奇已然约了能人。自己催动妖法，丝毫不占一点儿上风，心里已然有点儿先害怕，又听有人喊嚷，正在一怔，俞伯玉单刀已到。大慧心里想，自己辛辛苦苦，好不容易练的功夫，本想指着它闯荡江湖，成名露脸，自立宗教，报仇雪恨，万没想到，还没有出山，便被人家杀得落花流水，自己这些功夫无异于白费。

一看刀到，心火往上一撞，一抡手里长幡，口里喊道："来人休得无礼，你家罗汉爷今天跟你们拼了。"手里拿一把长刀，俞伯玉赶紧将刀撤回。大慧这时候，眼球子却红了，长幡一抡，嘴里一声怪叫，四面八方长幡一齐晃动，那些似人非人、似鬼非鬼的东西，便全都包围上来，顿时天昏地暗，日月无光。凌云这时候，又有点儿先害怕起来，心想在临来的时候，师父是再三地那样说，大慧如何地不可轻敌，可见得大慧厉害，如今虽有木兰花舒紫云、俞伯玉两个赶到，究竟谁胜谁败，还不可知。自己回头胜了，当然没话可说，自是再好没有，倘如一个弱败，自己跟魏奇，不但大仇难报，而且性命有险，这件事情，实在令人放心不下。不过自问能力，所差太多，绝非他人对手，不如暂时先看一看，是否需要自己帮忙再做进退。就在这一眨眼工夫，前头形势已然大变，黑雾沉沉，仿佛一团黑气，不但舒紫云、俞伯玉看不见，连那一切人，都看不见一点儿影子。就是这样，忽有半个时辰，依然不见动静。凌云一想，他们围在里头，不易打破重围，不如自己在外头，给他们打接应，也能够里应外合，能给他们稍为助力，想到这里，拔出宝剑便要向前。

正在这个工夫，猛听山头又有女人声音喊出："舒大姐俞大爷，你们二位不必着急，无情剑奚红雪，前来助你。"一声喊完，又听唰的一声响，一道红光从山头上，直奔到黑团中。凌云一听，心花怒放，知道又来了帮手。凌云一抖师父那封信，当时一道红光，直奔了黑雾里面，只听一声震响，那堆黑雾便消得没了一点儿影儿，凌云这时候只喜欢得心花怒放，师父真是神仙，怎么就会知道今天有这个局面？居然在事先就有了准备，并且这信里还会埋藏着这么厉害的法宝，才一打开信，便显出这么大的灵应，真是未卜先知断事如神了。凌云这样想着，哪里知道这封信是早就读看，如果她进山先看此信，事事都有了一定的步法，也不至于把魏奇分成两塞，魏奇不分，会和奚红雪舒紫云俞伯玉大家都在一起，按着慈静大师指示去办，虽不能说把雪岭这一拨儿妖邪完全消灭，总也不至于失机落败，并造出许多的恶因缘。这个原因，第一是大慧恶孽未尽，还有余禄；二来也是凌云命宫多难，不能就这样平安下去，所以才有这些阴差阳错，等到纠纷缠到身上，自己明白已然晚了。再说凌云看金弓怯二郎俞伯玉，从山上蹦下山去帮助舒紫云，刀到之处，一片光华，看着十分有劲，哪里想到大慧也是急了，手里长幡挥动，霎时又是天昏地暗，日月无光，沙飞石走，云破天惊，又把俞伯玉也围上了。凌云一看这才知道，大慧果然名下无虚，实是能手。自己一想这回奉了师父之命，到这里来是干什么的，虽说俞舒二位赶到，人家不过是个帮助的性质，正责任还在自己身上，岂可在这里袖手不管，如果舒俞两个不是人家大慧的对手，当场落败，自己难道也在这里看着不成？不如趁着这个时候，自己赶紧过去，也加在一起，虽然不见准有多大益处，究属自己总算把力量尽了，不能算是白来。想到这里，一摇手里剑，就要往下蹦了。身后忽然有人喊："不要着急，等我奚红雪来会他一会。"方在一怔，只见一片红光起处，恰似一片火烧云相似，嗖的一下子便弄了那团黑雾，来到临近，一摆手里就蹦进去，果然不愧人称是无情剑，动起手来，确实不是寻常，剑光一到，那黑雾便薄了一层，隐约之间，已然可以看得见人，只见地下已然躺下了好几个，正是那些拿长幡非人非鬼的东西。心里一喜，反倒站住脚步，想着这里事情，看情形不见得会输给大慧，不如趁着这个时候到雪岭上头去看一看，如果能够帮着魏奇，找着他的哥哥，把他救了出来，倒是大事一件，也不枉自己跑这一趟。想到这里，便收住脚步，一转身便奔了雪岭。

这座山看着不高也不远，及至一跑起来才知道离得很远，并且这山也很高，越走越陡，越走越难走。好在凌云轻身功夫，蹿高跳远，并非难事，跑了有半个时辰，这才看见山口。又跑了一阵，才到山口。到了山口一看，并没有一个把守，虽然纳闷儿，却也不放在心上，便一道闯了进去，及至到里面一看，当时可就怔了！原来这座山，是一座套山，在外头看着，只要能够进得来，一定就可以看见里山的一切，哪里知道来到里头看，跟外头还是一样，依然是山连山山套山，不用说是看不出什么地方有房子有人，甚至于连一股道都找不出来，凌云看着，不由得从心里起急。魏奇本来跟自己是在一起的，只因自己一句话，他不敢违背自己，便单人独自进了这座山，到了如今，究竟他到什么地方去了，自己连一点儿影子都看不见，虽说这次师父为了自己的事，请了好几位朋友来帮忙，不过看外头那种局势，自己这方面，未必占优势，即使顺手把大慧除去，把这座山除去，魏奇如此受了委屈，就是把这座山扫平了，于自己又有什么好处？现在四顾茫茫，这件事情究竟应当如何进手，越想越不得主意，越想越不是滋味儿。忽然把心一横道，自己师父虽不能说是善晓过去未来，也不能说是没有神妙的智慧，说是派自己到这里来，又指出魏奇报仇之后如何如何的话，可见得雪岭必破，大慧必除，如今自己还没有看清一点儿眉目，就是这样心灰意懒，要是由于自己把事情误了，如何对得起魏奇？又如何对得起自己的师父？心里这么一想，不由五内如焚，正在百思无计之际，猛听前面山洼子里有了一种号筒声音吹起，凌云不由心里一喜，赶紧一纵身，一塌腰板儿，便奔了前边大山。到了山腿脚底，自己一努力，便上了这座山，一口气儿跑了上去，站在上头，缓了一口气，往下一看，不由喜出望外，原来正是一群似人非人的怪物正在围着一员人，却是自己放心不下遍处寻找的魏奇。这一来凌云既是高兴，又是着急，高兴的是自己好友得见，着急的是这么一群，足有五六十口子围住了魏奇。魏奇的能耐，自己不是不知道，他没有多大的了不得，现在人家人位既多，并且个个凶猛，魏奇如何能够是他们的对手？即使自己过去帮忙，恐怕也未必能占上风。不过事情已然到了这个时候，只能进前，不能退后，不用说什么打得过打不过，只有一拼，绝无别的法子。想到这时，一挥手里长剑，从上头往下一跳，找到了山脚下。到了临近一看，只见这些人并不是生长的这种怪模样，每个人脸上全都是拿白粉画的底子，上头又涂了五颜六色，就仿佛成了戏台上扮出来的花脸一样，猛一看十分凶恶，仔细一看，却觉得有点儿可笑。

凌云这一看清楚，反倒放了心了，一抡手里剑，一声娇叱道：“魏大哥不要把这些东西放走，为首的大慧，已经被我在外头把他除去了。这一拨儿东西，平常作恶多端，今天无论如何，也不能放他们再跑出去，一定要把他们全都斩尽杀绝。”

这一嗓子声音又高，地方又空又敞，借着四面的回音，嗡的一声，真像响了一个焦雷相似。这些贼困住了魏奇，虽然听见有人喊，可是听不出她喊的是什么，不过看见凌云这一下来，当时也有一点儿吃惊，准知道这是山内等闲之人不容易进来，怎么这么一会儿工夫，会进来了两个，说不定还许是山上的头子，出了什么毛病。心里虽是这么想，不过却还不敢说一定，不管头子死不死，反正对于进来这两个人，却不能一点儿放松，总是把他们拿住，比什么都好。头子死了，可以报仇；头子没死，可以报功。这些人一有了这种思想，一边分出几个人来飞似的去报信，一边让出一股道来放凌云进去。凌云到了里头一看，魏奇这时候四鬓见汗，已然将要不支，手里一对单刀拐，使出去只有招架之功，并无还手之力。再看山上这些人，一个个如狼似虎，都是那么凶猛，手里家伙，也是又沉又重，碰上一点儿，都得出手横飞，不用说是让家伙碰在身上，那是准保没命。凌云这时心里就横了，叫了一声："魏大哥，别着急，我来了，外头还来不少帮手，跟着我往外杀。"魏奇经凌云这么往里一闯，当时心里一松，又一听外头来了救应，当然更高兴了！心气儿一壮，向凌云一点头道："凌姑娘，你可要留神，这拨儿东西跟畜类一个样。"说着一抡单刀拐二次动手。山上这些个人，平常就没见过这种阵仗儿，只是凭着大慧使些妖术邪法，就把他们全都镇住了。到了今天一看，来的人是真厉害，并且还有人认得，就是前次来的那一男一女，知道人家是报仇来的，就更不敢大意了。这拨儿全是大慧从苗洞边境找来的，连句人话都不大会说，彼此一说土语，意思是关住，彼此留神。凌云、魏奇全都不懂，正在一怔，就见这些人把手里拿的各种怪样的兵器，一阵挥动，跟着一阵乱叫，真像一种鬼嚎的声音，让人不由一阵毛骨悚然。凌云还怕又跟上回一样，他们又要施展什么妖术邪法呢，便向魏奇低声警告道："你可留神！"魏奇一点头，两个人脊背对脊背一站，一个长剑，二个单刀夹拐，就跟这一拨儿打在一起了。要论能耐，凌云虽不能说是够上义侠的身份，可是手底下太快，臂力又大，眼力又好，跟这么一堆东西打在一起，自然是大能见长。不过所差一点儿，就是这些东西，如同牲口一样，一刀扎上不在乎，一枪扎上也不理会，身上挨了好几下子，仿佛没有挨上一样。凌云一看，这可不行，工夫一长，还是得落败服输，不如给他们一下子厉害的，到了这个时候，就谈不到什么叫仁，哪个叫义了。想到这里，手里长剑一倒手，腾出右手，掏出一把梅花针，往筒子里放好，一看离着这些贼没有多远了，一抬手一扬胳膊，转筒子，盖儿一开，就听咔吧咔吧一阵响，那些梅花针像一阵密雨似的射了出去。这下子可真见着效力了，可怜这些贼，哪里见过这个，针打上哎呀一声扑咚一声，躺下一个，两个针扑咚的声躺下两个，这些贼一声哨子响，意思就要后退。忽然前边山上，一阵锣声，还有一阵牛皮鼓的声音，从上头飞一样跑下两个人来。

魏奇眼快，一眼早已看见，不由怪叫一声："凌姑娘，你留神，我的第一个对头冤家可到了！你可要给我帮忙报仇雪恨！千万别叫他跑了。"

凌云一看这两个人，头一个身高八尺，紫黑脸，穿着一身老蓝绸子衣裳，手里拿着一根丧门棍。后头一个，身量稍微矮一点儿，一张白脸，穿着一身白衣裳，手里拿着一根十三节鞭，带着二三十个奇形怪状的人，手里全都拿着长幡，嘴里还都喊着嚷着，一会儿工夫，来到临近。

魏奇这时候脸上颜色都变了，手里夹钢板斧一挫，一声怪叫："姓万的，今天咱们也有见着的时候吗？今天你的报应到了，快过来领死，是你的便宜，你要是还是执迷不悟，你可留神你的性命！不但是活不了，还是多饶上几条狗命，我跟别人无仇无怨，还是咱们动手，省得多伤他人，姓万的你听明白了没有？"

凌云一听，知道那个穿蓝衣服的就是万福堂，跟魏家弟兄是不共戴天之仇，一看魏奇这种神气，就知道他是真动心了。这种动手打仗的事，就怕是真动了心，唯恐魏奇贪功心急，过去有了失闪，自己是答应助拳来的，到了现在，是自己过去的最好。想到这里，才要过去，魏奇已然迫不及待，一挥手里双斧，就蹦过去了。万福堂一立手里丧门棍，向魏奇微然一笑道："姓魏的，你不用口出狂言，你既是来到这里，最好咱们是动手分高下，论高低，只要把我弄躺下，什么仇都能报，可是说大话当不了真事，你有什么能耐只管使。如果自问能力不行，趁早儿逃命，不要饶在里头，因为我只和魏仇有过节儿，跟你任什么也没有，犯不上多伤你一条命。你还别以为你约了人来了，就能够怎么样，依我看也不过是多搭上几条人命而已，恐怕也未必能够想出什么便宜，你不要无缘无故又拉上几个垫背的。这话并不是对你吓唬，实在真是这样，你要是明白事的，趁早儿跑出去，还可以多活些日，等你练好了能耐，再来也不晚。"

万福堂这么一说这话，把个魏奇可给气坏了，一声怪叫道："姓万的，大太爷恨不得吃你之肉，饮你之血，今天既是遇见你，岂能容你再活下去，你既不肯伸过脖子来领死，少不得叫我多费一点儿力气，废话不用说，你就过来领死吧！"说到这句，唰的一声，双斧就下来了。万福堂斜身一闪，一挥手里棍，往上一磕，正磕在斧刃上，就听当的一声，魏奇虎口一震，半边膀子一发麻，手里双斧就拿不住了，一咬牙往上一抬，算是把斧子就举起来了。还没等到进招哪，万福堂从下边横着就是一棍，魏奇仿佛傻了，棍来了都不知道躲，叭的一声正打腿洼子上，哎哟一声，躺倒在地。

万福堂哈哈一笑道：“姓魏的，放你逃生，你是一定要找死，就凭你这样的能耐，也敢出来现眼，现在可饶不了你，把你也打发了吧！”说着一进步，一抡手里棍，呼的一声，便奔魏奇当头打下。凌云一看这种腹背受敌，当然就急了，一伸手从腰里梅花攒弩，一抬手，就听咔吧咔吧一响，箭似飞蝗一般，便奔了那些贼人去了。可怜那些贼，哪里会想到有这么一手儿，这种针又都是用药炼过的，不挨上是万幸，只要挨上一根，不管身上脸上，只要有一根扎在上头，毒气往里一走，浑身是又麻又凉，头晕心跳，不躺下不算完。旁门的毒药暗器打上之后，还可以挣扎一会儿，唯独凌云她师父配的这种暗器，打上之后，见血封喉，最是厉害不过。这些人眼看凌云、魏奇，就要被获遭擒，心里正在一喜，又都没有防备，凌云这一筒子针，打得是又准又稳又狠，离得又近，这一大群人，一个也没有躲开，全都打在身上。这一筒针是二百来个，这一打出去，离得远的，挨上一根两根，离得近的，有挨十根的，有挨八根的，多少不等。这二百来根针，打了足有百十来个，全都觉得身上一麻一凉，当时四肢无力。这一拨儿又是浑人，虽然知道不对，可也没有想到这种东西这么厉害，才一抬胳膊，胳膊一软，家伙撒了手，才一抬腿，腿上一麻扑咚一声，人来了一个大高鼻儿，这才知道不好，可是再打算跑就不行了，浑身一凉一麻，四肢酸软，连一点儿力气都没有了。这才知道厉害，可是连打算喊都喊不出来了，扑咚扑咚倒了一大片。万福堂一看，一咬牙，手里幡往起一挥，冲着凌云连指了两指，一股黑烟从幡上冒了出来，凌云闻着一股腥臭的味儿，直冲鼻管，就觉得一阵头晕心乱，知道不好，才待二次往外打梅花弩，无如力不从心，天旋地转，六神无主，哎呀一声，身子一软，便坐了下去。万福堂一见，点了点头，又把长幡向魏奇连指，魏奇的禀赋本领，全不如凌云，当然更是抵御不住，也是扑咚一声，先扔单刀拐，扑咚一声，摔倒地上。万福堂把长幡往身后一指，指使手下那些人，捆绑凌云、魏奇，可怜这些人只把眼睛看着凌云、魏奇，却一个也站不起来，并且显出十分痛苦的样子。万福堂不知道他们是受了梅花针，还以为凌云也学会妖术邪法，这些人都是受了她的法术禁制才这种样子呢，不由心里大怒，不过他跟大慧学的日子不多，虽然能够驾驭那杆长幡，发挥它的妙用，说起实在，他还不会破解对方法术，所以心里虽是急躁，却没有法子可以把这些已经受伤的人救起，只有想着把这些人暂放在一边，等大慧回来再行解救，自己先把凌云、魏奇杀了，以消心头愤恨。

想到这里，把牙咬得一阵响，向魏奇一阵狞笑道："姓魏的，你家老子跟你姓凌的，是前世的对头，你们今天死在这里，不要怨我意狠心毒，只怨你们是自找死路。对不过，我今天要使'灭魂大法'，消灭你们的肉体和灵魂，你们要是能够逃得出去，任可你们报仇，我是自当领受。如若不然，再打算报仇的话，那只是说说而已了。并且告诉你们，我这里长幡一指，你们的神魂，便随着我这长幡跑了出来，流到我这幡下，从此受我指挥，多少年后，我看你们心无二意，服务勤劳，也许一念仁慈，解了法术，放你们逃生，可以免出拘禁劳役之苦，不过那却要看你们志念如何了。倘若仍是这样倔强，我就发挥这杆宝幡的妙用，一天分为几回，用水火雷风、冰山大海，刺穿你们的五腑七窍，叫你们受尽痛苦，然后用神火阴雷一震，叫你们尸消骨化，神散魂灭，叫你们成了一堆飞灰。这件事是你们累次三番来找我的，并不是我去找你们的，你们就是到了形神俱灭，也只好是怨你自己，不要怨我意狠心毒。话是跟你们说完了，看来你们是走不脱身的了，既是如此，你们把心神定一定，把眼睛闭上，反神内视，守住心灵，等我用幡穿过，可以少受很多痛苦。如果你们心神一乱，不能免去一死还要多受很多痛苦，那又何必呢，你们就闭上眼睛吧。”

凌云跟魏奇，这个时候，听得清清楚楚明明白白，就是一样，浑身跟抽了筋剔了骨一样，一点儿力气也使不上，除了还能听见之外打算说句话也不能够，心里这份气恼，恨不得把万福堂弄过来活着咬他两口的心才痛快，可惜就是一点儿动弹不了。听说叫他们把眼睛闭上，这两个人反倒把眼睁得更大了点儿，简直两只眼里要冒出火来。

万福堂一看把头点了一点，又是一声狞笑道：“你们这两个小孽种，到了这个时候，还是这样倔强，可见你们是至死不悔，不怕碎尸穿脏之苦，好！你们接着吧！”说着嘴里一声长啸，手里那杆幡不住左右挥动，说来不信，长幡一挥，当时便有一股冷风四外吹起，并且里头有啾啾的声音，仿佛鬼叫，叫得人毛骨悚然，汗毛皆竖。本来有一团日光，虽不太显，却还依稀像个太黄，经他长幡这一挥动，由红而粉，由粉而黄，由黄而灰，由灰而昏，由昏而暗，天地变色，鬼魂呼号，只觉得黑影子里头一阵一阵有东西乱撞乱叫。每一撞到自己面前，便有一股腥臭之气，触鼻欲呕，并且奇寒彻骨，冷不可耐。凌云这才知道厉害，不过已然身入陷阱，也没了法子，自己一想，今天大概是凶多吉少了！万福堂一收手里长幡，哈哈一笑道：“你这两个小辈，现在你还打算走吗？天堂有路你不走，地狱无门自来投，不要怪某家心毒手黑，你只怨你自己胆大妄为，一定要找死!”说到这句，把长幡往身后一插，一伸手把腰里挎着的一口宝剑扯了出来，往前一抢步，手里剑立刻便向凌云头上劈了下来。凌云这时候，浑身软瘫一样，连动转挪移，都是势所不能，瞪着眼看着万福堂，眼里简直要冒出火来，眼看剑锋离着自己头顶，所差不到半尺，剑下来得又急又快，知道自己是完了。

方要闭眼，猛听有人一声娇叱：“胆大凶徒怎敢无礼!”唰的一声，仿佛一道长虹，真比闪电还快，眨眼便到，在万福堂剑上只轻轻一敲，便听当的一声，出其不意，震得万福堂半个膀子发麻，手一松那口剑便当啷一声掉在地下。凌云眼快已然看出来人正是无情剑奚红雪，手挽长剑，满面含嗔地站在万福堂面前怒目而视。万福堂这时忽然清醒过来，赶紧一拔身后长幡，凌云着实暗自着急，知道奚红雪虽是侠义之流，要是八个万福堂，也不会放在她的心上。只是万福堂手里这根幡，并不是什么厉害兵器，却是一种妖术邪法，奚红雪尽管本领高强，绝不是万福堂的对手，如果她再被制，自己跟魏奇就叫绝了生望，不过心里着急，一点儿法子也没有。眼看万福堂把长幡扯下，对着奚红雪一招一展，便又出来一股黑气，直奔奚红雪面门而去。奚红雪毫无害怕之意，反微微一笑道：“你这凶徒，只是仗着跟野和尚学了这么两手儿鬼画符的玩意儿，就敢这样大胆，倚势胡行，真是不知天有多高，地有多厚，我告诉你，也叫你死个明白，不用说是你，就是你那师父野和尚，现在都已经为我雷火所诛，何况是你。按说像你这种东西，原不值我亲手诛除，不过你造孽已多，今天再不把你除去，恐怕留在世上，也是贻害无穷。这么办，先给你一点儿便宜，你只管发动你的全力，看看可能伤着我一点儿，等到你自问不成的时候，我再去你这条狗命，也叫你心服口服，死而无怨的。”说到这里，便把两眼一瞪，看着万福堂手里那根长幡。

万福堂被奚红雪一下子把剑震落，已然有点儿胆虚，又听说大慧已然伏诛，虽是疑信参半，不过这么大的工夫，没见大慧进来，心里也有一点儿疑惧。并且雪岭从前山到后山，地势不近，怎么会接连有人闯进后山，竟是毫无阻挡？说不定也许是大慧真的遭了毒手？若论大慧的能耐，比起自己，相差何止十倍，如果大慧不敌，自己更非敌手，这样看起来，自是凶多吉少。不过事已临头，怕也无益，也许是个女子，趁着山里山外迎敌，中间空虚，她便混了进来，到此用言语相欺，不如豁出死去，跟她性命相拼，能够把她退去，自是再好没有，斗她不过，也不过就是一死，合该今天命尽。现在就是打算躲也躲不开，跑也跑不了，何必多丢那一份儿人呢？想到这里，一声怪叫道：“来人休得大话欺人，这里和你无冤无仇，不愿多杀无罪之人，趁早退出去，彼此不伤，如果你要一定逞强不退，被我拿住，到了那时，只怕你是悔之晚矣！”

奚红雪哼了一声道：“你说得怪好听的，可惜有一样，我这个人，向例是吃硬不吃软，你要真是瞪眼动手，把我打倒，甚至要了我的命我都心服。唯有多说大话，我却不怕，你有什么鬼灵精，只管使出来，也许我觉着敌不过你的时候，自会向你告饶。但就是这么三言五语，无论如何，我也不会退去。依我劝你，还是留着这些气力，去对付阎王老爷子吧，对不起，我是一句也听不下去的。”

万福堂一听，知道再说无益，并且已经是面临危机，心一横牙一咬，把手里长幡加力摇动，那股黑烟也便越来越浓，只是奚红雪站在那里，却如铜浇铁铸一样，纹丝儿不动。万福堂眼珠子都红了，一张嘴把舌尖咬破，往外一喷，噗的一口，如同一阵红雨相似，喷在那长幡上。那长幡上的黑烟，便咕嘟咕嘟一个劲儿往外冒。这样相持，足有半个时辰，奚红雪陡地秃眉一竖，用手里长剑一指道："你闹了半天，除去放出这股黑烟之外，任什么也不再有，大概你所会的也就止于此了，再看下去，也不会再能有什么新鲜招儿，我可有点儿不爱看了，不过叫你收起来，大概你又不肯。这么办，我帮你一场，收拾了这一手儿，再看新的吧。"说到这里，把手里长剑只一挥动，便是一道红光。红光往前一冲，便到了黑烟里头，那黑烟便像遇见克星相似，红光所到，黑烟便自四散，变为轻云薄雾，越来越淡，渐渐就连一点儿都看不见了。万福堂一看，这才知道来人果然厉害，名不虚传，并且证明大慧也确是不在了，不由又急又怒，又气又怕，把牙一咬，一收手里长幡，抹头就走。奚红雪微微一笑道："到了这个时候，你才想走吗？可是放不得你了！"手里长剑猛地往起一扔，一道红光起，跟着就是震天的劈雷，震得地下躺着的凌云、魏奇全都晕了过去。

及至醒来再看，遍山的夕阳，山绿为洗，方近左右，连个人影儿都没有了。凌云陡地爬起，一拉魏奇，魏奇也蹦了起来，彼此瞪眼发怔。正在这个时候，忽然从对面山上跑下一个人来，魏奇抬头一看，不顾凌云，便飞也似的抢着跑着迎了上去。到了临近，彼此一看，互相一拥一抱，竟自放声痛哭起来，把个凌云看得目定口呆，出神发怔。

第九回

无情剑慨传三绝艺
木兰花巧递一封书

凌云看着诧异，可又不好意思去问，正在发怔，却见魏奇止住哭声，同了一个形容憔悴、颜色枯槁的汉子，走过来先对奚红雪早已一头拜了下去，口里还说着：“不是女侠客不远千里而来赶来相助，小人弟兄怎能相见？今世今生，难报恩德，只有等到来生转世，变猫变犬，再报厚赐了！”说完了两个人又磕了三个头，没等奚红雪说话，一转身又向凌云跪了下来。

凌云这时候已然知道那个汉子就是魏奇的哥哥魏仇，一则自己比人家岁数还小，二来这次出来是奉了师命帮忙魏奇，正是自己的出外头一步功课，况且这次自己并没有出多大的力，不是奚红雪几位赶到，自己性命都恐难保，哪里还敢居功，不等魏奇跪下去，便把身子侧过，双手乱摇，嘴里不住连声喊道：“魏大哥，咱们这个可用不着，如果大哥定要客气，我可就要走了。”

魏奇一听，凌云说话非常焦急，知道她是真急了，便拦住魏仇向凌云道：“凌姑娘既是嫌这种俗礼讨厌，我们也就不必故找姑娘不痛快，不过这次不远千里，风尘跋涉，为我们兄弟受了这些辛苦，连头都不许我们磕一个，未免你太君子，我们太小人了！”

凌云还未及说话，旁边奚红雪笑道：“算了，算了，我们行侠作义的人，不要说是这么一点儿小事，谈不到报答不报答，就是比这事情再大，也要脱略这一层，才不辜负侠义二字，如果稍存报复之心，便是恩怨太已分明，绝非应存的心思，况且以后日长得很，谁不许用着谁。到了那个时候，不要忘了今日，多出些力，比这个强得多。如果要是磕个头就是君子，不磕头就是小人，那样一说，要饭的乞丐，都可以说是君子了，那岂不成了笑话。这些事暂且倒可不谈，倒是说说目下要紧的吧。”说着又向凌云道，“师妹头一次离开师父，居然能够这样见义勇为，实不愧师父累次对人说你天赋太好，只是这一次却有些美中不足。据我听说，师妹这次离山的时候，师父曾经交给你三封信，不知道是否真有此事？”

凌云这时把奚红雪看成天神一样，哪里还敢隐瞒，便点点头道：“是有三张手谕。”

奚红雪道：“这三张字条，你都按时看过了吗？”

凌云脸一红道：“这是我太疏忽，实在该死，第一张就被忘了，只有第二张确已看过，剩了第三张，心里还始终在想着。谁知到了这里，一看贼人，胆气一撞，便又忘了，后来想起，才要打开的时候，谁知那张法谕，竟自变了一道金光，夹着一个劈雷便从手里化了去了．直到如今，心里还在不安，不知姐姐何以垂问及此？难道我师父也有法谕传给姐姐吗？”说话的时候，精神非常懊丧，几乎掉下泪来。

奚红雪点头微叹道：“不怪师父说，师妹至性过人，今天一见，确是如此，这也是事有前定，非人力可以挽回，好在还有补救，只要以后多多留神，并不是绝无办法，只是最近期间，不免又要多吃一点儿苦了。我跟你说吧，师父为人，外表虽然和易，实际上确是十分严峻，尤其对于门下弟子，真是言出法随，向无更易，任是平常如何钟爱，一旦犯了师规，绝无丝毫瞻循。这次魏兄之事，师父门人甚多，原不一定非派师妹不可，所以差派你的缘故，正是为了试验你的性情。在你走不多日子，师父便把我跟舒紫云师姐传到山上，告诉我们，如何派你下山，来办这件事。当时舒师姐就说，师父不该派你下山办这样的事，因为大慧和尚行为不法，早有耳闻，并且知道他练有邪法，绝非师妹所能克服，侥幸成功还好，否则伤了师父威名，又白叫师妹多受一番惊险。师父听了，却是一笑，跟我们说，你这师妹天资禀赋太好，可惜一样，就是缺乏定性，这次叫她出去走这一趟，也正为是试探试探。我已交给她三张字柬，她要准能照柬行事，定可以平平坦坦把事办完。不过她性刚气躁，轻浮不稳，恐怕她一离开我就把纸条儿忘得没了影儿，不过其中另有机密，我已安排妥当，绝无大患。你们在这里小住一两日，我出去办一点儿事，等我回来，自能打发你们再去。我跟舒师姐一听，真是替你着急，恨不得当时跑出来给你送个信儿，但是师父的脾气，我们都是知道的，说出话来是向无更改，既不敢多求，又不敢私走。师父一出门，就是三天，回来时候，脸上气色很不好看，说是你果然没有把师父的话放在心上，第一张字条儿你就没有按着时候去看，想着第二三封信也绝不会看，编发给我们两个人每个人三道灵符，叫我们赶到这里，不到时候，不许擅用，到时如法施为，定能发出妙用。幸亏有了这护身符儿，否则这个大慧还真打不倒他呢。在我想着，师妹第一次既是由于大意而遇到了险事，那么第二第三两张字柬，定会按时拆开，怎么依然会忽略了呢？这一来不要紧，至少十年八年的苦，少不了要吃呢！”

凌云一听，原来师父早有安排，自己却在无心之中违了师意，上山几年全为师父深爱，第一次出来，就这样恼了师父，将来前途，定然可虑。想到这里，心里一悲，眼里一酸，竟自嘤嘤啜泣起来了。奚红雪一看，不由也点头暗叹，也是没有法子可想。

正在这个时候，却听身后有人一笑道：“奚妹子，你们干什么呢？扔下我跟俞师叔在外头一阵乱找。说真格的，你告诉师妹我身上带着师父的法谕叫我转交她！”

凌云道：“什么法谕？难道我师父又交给你什么了吗？”

舒紫云道：“一点儿也不错，正是我们来的时候，已然面见师父，临走时候，交给我一封信，叫我这里事完之后，交给你师妹的。只因在前边有事，所以稍微迟了一步儿，倒像我拿了人家什么东西不肯给人家似的。师妹不要忙，我这就给你。”说着从胸脯子前边，掏出一个布包，然后打开布包，从里头拿出一封信来，一个黄纸的封儿，上头有几个字是“云儿手拆”，只道是师父给自己的信绝不会错了，便赶紧规规矩矩恭恭敬敬把信接了过来，一看封口儿并没有封，急忙掏出来一看，没等看它，浑身已然立抖起来。原来上面写的是：“字谕凌云知悉。数载抚育，实期至汝于成，此次外出，为积修外功之使，犹恐少未更事，多致陨越，示汝三札，均为事先知所防范，临时可免失措，可谓期之者深，就之者切，计之者密，抚之者厚，讵意汝外慧内拙，似秀实呆，既疏之于前，复嬉之于后，心粗胆大，怠懈失机，若非事前早有所营，另有所备，几为敌人蹈隙，贻羞师门之罪，纵恶留祸之罪岂可赎。初离师门，已经如此骄妄，以后涉迹江湖，何来善果。如依规训，即当逐出师门，任其堕落，顾念幼失怙恃，初次过犯，从轻惩处，借观后效。见谕速往扬州玉清观，清修三载，如能思痛知改，届期准其回山，倘更执迷，定当驱逐，任汝自省自修可也。师慈手谕。”凌云一边看，一边哆嗦，看到“即当逐出师门”，早已泪流满面，看到完时，竟自失声痛哭起来。

魏奇虽然不知道纸上写的什么，看神气已然料着三分，心中好生不忍，便向凌云道：“凌姑娘为了我们弟兄的事，跋山涉水，受了无穷的辛苦，现在反倒招惹大师不快，我们弟兄实在不安，情愿去到金钟寺，面见大师，面说这次苦况，大师一定怪罪，我弟兄就跪死在山下，也是情甘心愿。”

凌云一听，正说着自己痛处，便转过身来，走到奚红雪面前，双膝一跪说道：“女侠客，你老人家是她老人家心爱门徒，这件事只有求你老人家替我说两句好话了。当然慈谕说的一点儿不错，全是我自己不好，不该粗心大意，招惹她老人家生气着急，但是自己问心，绝非故意违师训，但是无论怎样说，错总在我的身上，她老人家这些年来，待我如同亲儿女一样，要是还能叫我回山伺候她老人家，无论怎样来曲折，我都愿领，只求她老人家不要把我轰下山去，赶出师门，那我只有一死，绝不能再活下去。女侠客，你老人家可怜我这一遭儿吧。”说着啼哭不止。

奚红雪跟舒紫云，本来就是豪侠心肠，哪里看得了这种情形，不过来时已然受了慈静大师嘱咐，知道凌云还有很多事得等她去办，这次不过是借个题目，看看她的心志究竟如何？并非真是言出法随，定要如此。但是已然知道底蕴，既不便当面说破，又不能使她特别难过，便把她拉起来一笑道：“这件事情，你不要这样想，你要知道师父为人，从来是一丝不苟，既是法谕如此，还是先到扬州的为是，你要知不是师父二次试探你呢？你要不去，真的恼了师父，恐怕连扬州这条路都走不通了，不用说是我们两个，敢随随便便向师父说话，就是拼着责罚去说了，也是无用。听我们为你打算，还是先到扬州，师父必有后谕，那时我们等着机会，自会替你说好话，只要你心志坚决，不久自能回师门，现在还是不说的好。我们想师父是收你于前，绝不会弃之于后，你自己就多多努力进修吧，并且事不宜迟早去的为是，我们也还有旁的使命，不能久留，更不能亲身送你。好在魏壮士回家，扬州是必经之地，你们就一道同走，容再相见吧！”说完拉了舒紫云，便要转身走去。

凌云上前一把揪住道：“请先等一等。我师父虽是这样说，究属她老人家，只是一时气愤，我原想还是回去，不怕她老人家愿打愿骂，我都乐意领受，只求她老人家不要把我轰出去，但是听你方才所说，我要不去这趟扬州，恐怕师父越发生气，反而不好，现在无论多大艰苦，我也是到扬州去一趟，不过我自问并没有学到多少能耐，这次出去，江湖上又是那样凶险，恐怕出去不够应付。自己就是死了，原没有什么，反是丢了师父面子，实在说不下去，因此我想求您，给我留下一个地址，等到真是有了急难，我好去找您求救。明知是给你添了无数的麻烦，不过除您之外，我不认识别人，这件事情，无论如何，也得求您答应我才好。”

奚红雪一听，点头微笑道：“这个却是你过虑了！你别看师父不叫你回山，并不是把你驱逐师门，实在是另有一番用意，你在扬州只管放心，你的一举一动全在师父心目之中，绝不会放弃不管，到了时候，自会有人助你。至于叫我帮你这一节儿，我们是同门师姐妹，你的体面，就是我们的好看，你的丢脸，我们也一样难看，当然要尽力帮你。不过我们也正在奉命积修外功之时，不一定准在什么地方，现在答应了你，到时一个来不了，反倒误事。现在不妨答应你，到时能来，自然必到，到时如若我们不来，师父也一定不会看着你失败，自会派人来的，这一节儿你无须放在心上。只是到了扬州以后，遇事要多加小心，能忍则忍，实在到了不能忍的时候，只管放手去办，同门甚多，总不会叫你有亏吃就是了。你跟我说了半天，我固不能随时都在你的身旁，你的事情我都不能忘掉，现在我们初次见面，我也没有什么可送你的，我看你人很精细，我要在这短短期中，教你三手功夫。这种功夫虽不一定能够制胜不败，但是到了没有办法时候，都可以用来防身，解救危急。现在时候不多，我只把大概跟你一说，你到了扬州以后，有了工夫，就要下心练习，熟能生巧，久而自通，将来必有用处，你可不要拿它当了儿戏。”

凌云一听，喜出望外，便连连说道：“您的话说得太远了，您既是教给我救命的功夫，我焉有不用心学习之理，只怕我太笨，一时学不会，却辜负了您传我的好心。”

奚红雪道：“咱们既是同门姐妹，我对于你绝不能有丝毫客气，只要你肯学，你的天分绝不至于学不会。现在我先教你这第一手，叫‘燕子翻云式’。这手儿功夫，要两肩下垂，顶劲凌空，两条腿把劲都泄了，腰上要下功夫，只要腰上一使劲，两条腿一蹦，脚尖儿一点，肩膀儿一扭，便要凭空起了一丈多高，起来之后这股子气可别泄，一泄就掉下来了，提住了气，左脚一蹬右脚面，一提气，再上第二层，跟着一提气，右脚一蹬左脚面，再上第三层。每层按一丈说起来就是三丈，无论什么人在底下把你围严了，你就使这个法子，纵起来之后，横身一蹚腿，两只手往前一扑，一斜身出去就能在四五丈开外，能打就再打，不能打就走了，这是第一手儿。第二手叫‘卸骨法’。这种功夫，原是一种玩意儿，谁家练把式的最好也是别叫人捆上的好，等到叫人捆上了，无论怎样脱险，也不光彩。不过一个人在江湖上闯荡，可是保不了一定不丢脸，倘若有个失手，这种功夫可就有用了，并且使起来非常容易，你只把左大股用‘折络法’第一手儿卸下来，其余就可以随你的便了。这个玩意儿有一本儿书，写得很是明白，你要有了工夫，我自派人把书送到扬州去，你就照旧去练，绝不费难，这是第二手儿。第三手儿比较上难一点儿，可也以它最有用，这手儿功夫，叫作‘正气功’。这种功夫专能破除一切邪魔外祟，以及左道旁门诸般邪法，最是灵验不过。现在江湖上什么事情也有，你以后要精修外功，还有许多事情要做，你把这功夫练会之后，对你很是有益。”

凌云无意之中，得着三种绝艺，心里自是高兴，当时便默记了一下，紧紧记在心里，又向奚红雪舒紫云两个人谢过。

舒紫云道:“你大师姐传了你三样能耐，自是应该道谢，我什么也没有教你，你给我道什么谢?这不是安心臊人吗?”

凌云道:“您这话分得太清楚了，您二位还不是一个人，谁教给我能耐不是一样?再说您从多远跑来救我们的性命，论理也该给你磕个头呀!”

一句话没说完，旁边魏奇魏仇道:“真的我们哥儿两个，就成了傻子!”一边说着早跑了下去。

奚舒便往起拉道:“这是怎么说的?这一来倒像我们是争礼来了的。功夫也教完了，时候也不早了，我们都还有事，不能在此久待，先走一步，咱们改日再见吧!”

才说到这里，便听前山洼子上有人喊:“二位姑娘，别尽叙家常了，你们不走，我可要走了。”

舒紫云道:“是不是?俞二叔已然等急了，咱们走吧!”说着把头一点道声再见，眼前一道红光一道白光，一闪一晃，再看这两个人竟自踪迹不见。

凌云暗自羡慕，什么时候自己也练到这种地步，那就于愿已足了。正在想着，魏奇道:“她们二位已经走了，我们也赶快到前边去看一看，要是凶孽全除，我们也就可以走了。”

凌云点头，这时候两个人精神一壮，当时步履为轻，一会儿工夫，便到了前山，到达一看，一片平原，任什么也没有。魏奇还在诧异:“就是二位把这些东西都杀了，也该留个尸首，怎么连个尸首都不见，真的全都跑了不成?”

凌云听说，往地下看了一眼向魏奇道:“咱们可以不必猜疑了，这二位料理得太干净了!”说着用手一指那片地道，“你们看地下是不是有一片一片的黄水?那就是人家道门里用的化骨丹，不拘是什么人，只要在血肉上弹上这么一点子药，当时就能连皮带骨化去。这一定是他们几位怕是留下祸根，杀完之后，用药把他们化了。”

凌云跟魏奇一看，果然地下有一片一片的黄水，并且在黄水中仿佛有些头发指甲之类的东西没有化净，还混在里头，看了之后，不由毛骨悚然。魏奇道：“一个人真是不要多做坏事，就拿万福堂说吧，原和我们没有什么深仇大恨，只是为了一点儿小事，几乎没有闹到我们家败人亡，幸亏有人出来行侠仗义，救了我们全家，他们反倒尸骨不存了，少说着也有百十来条人命，这是何苦呢！”

凌云道：“这话虽是不错，可是我想着，大慧他们这一拨儿人，不定害过了多少人呢，否则仅仅是为了你们这一点儿小怨恨，绝不至于闹到如此惨局。这个自作自受，我们也不必去管他了，只是每人应当看着他们这种下场心怀警惕，从此起努力向善，不要无故结怨，不要任意结仇，不要安心害人，大概一辈子不但没有这种惨痛临身，并且定能平安到老的。”

魏奇道：“这话不错，从此应当引此为戒。”

说着已然走出山口，认上大道，忽然平地，忽然坐船，忽然又要爬山，如是者走了有半个月，这一天已然到了江苏地面儿。凌云向魏奇道：“魏大哥，这里已然是人烟稠密之处了，彼此已然不便再同径走了，好在这里已然离扬州不远，我们就在这里分手吧。没有事的时候，再到扬州来找我。”

魏奇道：“就是吧，因为我们弟兄的事，使您不但受累，而且为了我们，还受了师父责罚，实在使我们不安。姑娘多多保重，我回家看一看，只要没有什么事，我一定到扬州来看姑娘的。”说着跟魏仇弟兄两个上前全都是一揖到地。凌云也自还礼说声保重，便自分手。

单说凌云，别了魏氏弟兄，一个人顺着江岸走了下来。这时正是五月中旬天气，南方早热，凌云走了一阵，觉得身上很发燥，看见前面柳林子里，隐隐挑出一角红旗，知道里头有卖酒的，自己虽不吃酒，但是很想喝一碗水，吃一点儿东西，便向前走去。到了临近一看，恰是一个酒馆儿，坐北朝南的三间茅草屋，正中间开了一扇小门，门前摆了几条木案，一边一溜儿板凳，上头却没有一个人，心里大喜，便走了进去。才待招呼，屋子里却步出一个老头子，上下一打量凌云。凌云也一看这个老头子，只见他年纪总在六十开外，长眉毛，圆眼睛，闪闪放光，高鼻梁，四字口，一部白胡子，又长又润，满面通红，红中透亮，脑顶上挽了一个白发髻儿，穿一件白夏布对襟的小汗褂儿，黄葛布的裤子，光着脚，穿了一双草鞋，手里拿了一把蒲扇儿，看了凌云一眼道：“姑娘，怎么想起到这个地方来了？家里怎么也没有跟人。”

凌云这时候早把长剑用包袱包好，知道老头子拿自己当了什么本地的女孩儿，一个人出来散步，便笑了一笑道：“老人家，我不是到这里闲逛的，因为有事从此路过，走到这里，实在口渴身燥，看见这个地方很是凉爽，想在这里喝一点儿水，解解渴。老人家要是有什么吃食，能够卖给我一点儿，吃喝完了，还要走路呢。”

老头子一听凌云说话和气，又不是本地人，便把狐疑之心去了一半儿，笑了一笑道：“噢！姑娘是远方来的？真是难为！这个地方，正在当路，一会儿便会有人坐满，姑娘虽是不在乎，究属跟他们那一班人坐在一起，吃喝多不方便。小铺子后头还有地方，姑娘挪到里头坐好吗？里头靠江，比这里要凉快呢。”

凌云一听，便点头微笑道：“那太好了！只是又要多麻烦老人家了！”

于是老头子在前边引路，凌云跟在后面。原来这中间这间，是个穿堂，走过去一看，果然坐临大江，别有一种风趣。凌云连日奔走，已然感觉十分疲乏，忽然今天在无心之中，得到这么一个安歇处所，当时就觉得神清气爽，心旷目怡，十分畅快，找了一个挨近窗口的桌子坐上。老头子和颜悦色地走过来道：“大小姐是从公馆里来吗？怎么也没有带个下人？”凌云只含糊答应着，却问他有什么吃食，老头子笑道：“这里能够有什么上好吃食？摆了这个摊子，一则是无事可做，消磨岁月；二来是家境不好，在这年头儿，也可略得一点儿补助。这个地方离城太远，豪华富商绝不涉迹，到这里来的，只是些进乡村民，或是做小生意的，在这里泡一壶茶，吃一角酒，谈今说古，到晚才去。因为是预备的这一班主顾，所以吃食也只有些什么麻饼、油条，最好的也不过有些自己煮的肴肉、干丝、米粉、汤圆类的东西，小姐平常珍馐吃腻，怎能吃得下这些东西……”

他还要往下说时，凌云早已拦住他道：“你不要再往下说了，我肚子里已经很饿，你去拣那好吃的先端三盘两盘再说吧。”

老头子连连答应，转身自去。一会儿摆好了筷子杯碟儿，端上一盘干丝，一盘肴肉来。那干丝切得又长又细，雪白粉嫩，浮面上撒了一层紫红油亮的火腿末儿。那盘肴肉切得都是三分厚薄，在晶莹的冻汁里头，可以看见里头细嫩酥烂的肉块，上头摆了一堆焦黄的姜丝，另外一碟醋，一碟酱油。老头子把菜摆好，向凌云道：“小姐你先尝一尝这乡村的粗味，我已然给小姐蒸了一屉松毛包子，一会儿就得，小姐是难得来的，好不好多吃一点儿。”

凌云早已馋涎欲滴，又见老头子人很诚实，便向他笑了一笑道：“看样子就很好，一定不会错的，我一定要多吃一些。”说着便真个大嚼起来。果然吃到嘴里又是嫩又是香，越吃越觉好吃，眨眼工夫，竟把一盘肴肉、一碟干丝，吃个干净，倒把个老头子看呆了。凌云吃完才向老头子一笑道：“果然做得好，请你每样再添一盘来。”老头子答应着赶紧又去端了两盘来，跟着又端来一屉热腾腾的松毛包子往桌子上一摆。凌云早闻得一股子松叶清香，送进鼻管，顾不得那盘肴肉跟干丝，筷子一起，一连气就是三五个汤包下肚，老头子益发稀罕。一会儿工夫，一屉汤包吃得不剩一个，才住了筷子向老头子笑了一笑道：“实在吃得痛快!”

老头子这时大概也看出这位小姐，不是什么普通小姐，越发恭敬起来，满脸赔着笑道：“小姐真是赏脸，还要吃什么米粉汤面吗?”

凌云一摇头道：“够了够了，再吃不下去了，留待下次再来吃吧。老人家有茶水没有？再讨一碗吃。”

老头子连连道：“有，有，你小姐先等一等，我去取来。”

说着才要往外走，却听屋外一片连声喊道：“单环儿，这个老小子哪里去了，大爷上门，连个人都看不见了，招恼了大爷，我不放把火把这个破茶馆都烧掉了才算怪呢!”

凌云猜着一定是熟客人到了，便没有在意。再看老头子听得外面这么一嚷，当时连脸上颜色都变了，走过来向凌云道：“小姐只在屋里坐，千万不要出去，这一班东西狼犬不如，小姐见了，免不得生气，最好是坐在里头，不要出去，等我打发他们走了，小姐再走。”说话时候，声音既小得听不见，神气也非常难看。凌云虽不明白是怎么回事，准知道来人必非安分之辈，便连连点头道：“是了，是了，你不进来，我绝不出去，你只放心好了。”

老头子脸上一阵苦笑，点了一点头转身飞跑而出。方在一怔，却听外面哗啦一响，仿佛是什么倒了相似，跟着又有人喊叫：“单环儿，你这老骨头不想活了吗？大太爷今天有要紧事，打算在这里吃饱了好去办事，偏是你害了疯病似的，这样磨磨蹭蹭，你知道要误了你家太爷的事，你就是死上三个五个老命，也赔不过来呢！

一边又听老头子道：“噢！噢！原来是荀大爷。我在后头正在预备酒菜呢，所以来得慢了一点儿，荀大爷不是外人，你老要多包涵一点儿。”

又听那人喊道：“什么大爷二爷，外人内人，大爷们今天有急事，叫我先下来的，你快去预备，他们一会儿就到。至少要够十个人吃的，先拿两壶酒来，我先喝着，你再去预备。”

那人说一句，老头子答应一句，那人声音住了，老头子从外头走了进来，神色张皇向凌云低声道：“祸到了！祸到了！今天要活不过去。小姐，你听我一句话，这班人就是披了人皮的畜类，不要说是不会干人事，连句人话大概都不会说。不是我胆小，你一个小姐人家，叫他们看见，多有不便，要依小老儿说，小姐就从这片短墙后头跳了出去躲了他们吧。”

凌云一听，眉梢一挑道：“老人家，难道就没有王法了吗？为什么就要这样怕他们。你先告诉我他们是干什么的，姓什么，叫什么?”

老头子道:“来的这个人,姓荀,他叫荀湜,有个外号儿叫水耗子。小姐你想,人要有了这种外号儿还能有什么好人吗?他既不是好人,当然他那一拨儿,就会一个好人没有,我虽不知道他们底细,看他们平常举止言谈,大概短不了做杀人放火的行当儿,今天不定又是什么人倒霉,叫他们想上了。像姓荀的说,他是前站,后头一定还有不少人,我这个买卖就是叫他们烧了,也是我命该如此,没什么可怨。只是要连累你小姐,那却太对不住了,无论如何,小姐你走了吧。如肯赏脸,过两天没了事,请小姐再来照顾我,小姐您看如何?”

凌云一听,一股怒气陡然而生,恨不得蹦出去先把姓荀的杀了再去杀那一拨儿。但是只听老头子一面之词,一个杀错了,只是后悔,最好还是多看一会儿再说。想到这里便笑着向老头子道:“老人家不要替我担心思,我稍坐一坐就走,你去张罗他们去吧,这里不要紧的,我绝不至于给你招出事来,你只放心好了。”

老头子一听凌云不肯就走,心里很是着急,却又不敢高声说破,才待再说两句,却听外头一片人声笑语,老头子脸上当时吓得变了颜色道:“现在再走都来不及了!他们已然都到了,小姐在这里稍坐一坐,千万不要出去,我一会儿就来。”说着便慌慌张张跑了出去。

凌云这时已然饭饱食足,越想越是有气,把包袱提起来,打开之后,把宝剑拿到手里,又把包袱围在身上,蹑足潜踪,绕到房后往外头一看,只见大道柳树上拴着有十来匹马,靠着前面一排茶桌上,约莫着坐了足有二三十个年轻的汉子,都是高一头宽一臂，自名英雄的朋友。内中单有一个，瘦小枯干，小头，小脸儿，小鼻子，小眼儿，拱肩缩背这么一个人物，在人群里头，一会儿东一会儿西，仿佛就是他一个人事情多的样儿。正在看着可笑，却听他扯着一条嗓子喊道："诸位大哥，今天这档子要是做下了，别的不用说，就是这四通轩单环老小子，咱们就不能白了他，别的不说，连吃带喝，这老小子，就赔了不少了。咱们得拉拔他一步，不要把他饿跑了，咱们这个歇处也没了！"

凌云一听，这个人说话的声音，跟头一个来的一样，猜着他一定就是那荀滉了。凌云一则是艺高人胆大，二来天生侠骨柔肠，看不惯这路人，自己正要走到他的当面，对于他这种无知叫嚣，先给他一点儿厉害尝尝，继而一想，这种事不太稳当，这个单老头，就是这一个人，开了这么一个小买卖，指着维生糊口，自己又是过路人，何必多给人家惹事，自己走起来确是容易，可是剩下单老头子，强龙不压地头蛇，终究也不是一个办法，不如装作没有听见也就完了。正在这个时候，忽听前边一阵哭喊声音，再听一听又没有了，心里不由疑心起来，这里是个江边，又没有什么人在这里住家，如何会有哭喊声音？这事真怪，再听一听，连一点儿声音都没有了，自己便依旧回到自己座位上。恰好单老头从外头踅进，脸上含了无穷忧惧，到了自己面前，轻轻地说了一声："姑娘，只在里边静坐一会儿，叫他们这一拨儿杀坯吃完了走去之后，小姐再走不晚。这班东西，真是越来越无法无天了！但盼天公睁眼，把他们收去，也省得叫他们魔害这一方的好人。好小姐，你千万听我话，不要出去，否则惹出事来，倒叫小老儿负罪对你小姐不起。"

凌云一看单老儿念得这个样子，知道他惹他们不起，一定是被他们给吓坏了的，心里便益发气愤，但又不愿在可以不出头的时候向一个陌生人说出自己来历，更不愿增加老头儿着急，便点头微笑道：“老人家只管放心，他们不走，我绝不出去就是了。”

单老儿这才高兴，又低声说道：“小姐这样才好。我不陪小姐，且把他们打发去了再说。”说着便又慌慌张张从桌上拿了笼簏，假作收拾东西走了出去。

凌云心里想，这个老头子真是有点儿可怜，就被这种人欺负，今天他们要是早点走了，是他们的便宜，一定惹我火起，说不得我非把他们杀净，我就不是慈静大师门下！想到这里，一伸手把包袱提到手里打开结扣，意思是把宝剑取了出来，放在手边。谁知这一打包袱，只见在宝剑把儿上裹着一张白纸，上头有些黑道子，仿佛是字，心里不由一动，赶紧拿过来一看。只见一点儿不错，上头写的是字：“具是同门，恨无长物把赠，从师略明玄法，聊寄数语，用代赠言。吾弟天资卓绝，又能坚苦，自必大成，唯初涉荆棘，鬼贼可虑，虽无大害，不免小忧，偈语倘能补记，定可履险如夷，直步康庄，他日业成功满，畅聚师门，抑何畅也。同门紫云。”知道是舒紫云所写，只不知她在什么时候把纸条放在自己包袱里，自己会一点儿都不知道，可见技艺之高，不知自己什么时候才能学到这般境地？心里好生羡慕。再往下看时，只见上头写的是：“逢林莫入，遇单莫留，宵小寻事，魔障当头，卖花声里，具大隐忧，乘龙归去，血溅扬州，官吏贼盗，如出一丘，小施身手，嘉誉传流，南山有虎，匪媾好逑，如足如手，白刃相仇，谨记谨记，月临当头，谨防谨防，海底铜牛！”凌云本没多深学问，仅仅能够认下字来，只是揣测不透，念到“逢林莫入，遇单莫留”，猛然心里一动道，这两句话怎么就像是说我现在的境况一样，难道我这顿饭吃出不是来了？我只拿定主意，不拘什么事，我绝不多闻多问，大概也就可以没有事了。又往下看了看，简直一句也不懂，一赌气不往下再看，折了一折，放在身上。正要探听外头这班人走了没有，自己好打走的主意，却听远远传来一声："卖花来卖花！卖栀子球哟！"凌云一听，却是个小姑娘声音，嗓子非常娇嫩，当时也未在意，只是寻思自己怎样出去，可以躲开这一班人的眼光，免得给老头子招事。

略一沉吟，却听外边一阵大乱："你们为什么把我的花全都揉碎了？你们又不买，我这怎么卖？我家里还有病人躺在床上，等我换回钱去，请医生吃药，如今你们把我的花都毁了，我还怎样去卖，你们不如把我杀了吧。"说着便又嘤嘤啜泣起来。

凌云听着正是那个卖花的女孩子声音，想着一定是外头那一班无法无天的狂徒，欺负了这个小孩子。心里方在一动，又听外头哈哈一笑道："你这个小丫头子，几天没见，一张嘴倒学得会说话了。几朵草花算得了什么，不用说是这几朵草花，就是你身上那朵花，将来还不是几位大爷玩儿的吗？依我劝你，趁早儿不用这么假张假智，陪着我们乐一会儿，大爷们还苦得了你。等过一两天，大爷们事情顺手，多赏你三百两二百两，吃也有了，穿也有了，不比你提个筐，一天跑到晚卖不了几个钱的强得多吗？"

凌云听着，简直有点儿怒不可遏，心想这伙东西，真是畜类一样，为什么和一个小女孩子说出这种无情无理的话来，真恨不得自己蹦出去杀上几个心里才觉痛快。但是又一想，自己这次所以撇了恩师，跑出这远，就是因为自己做事太不谨慎，才找这些麻烦，如何自己还没有到得地头，便又惹事。这样一想，便又忍住。却听外面那个女孩儿喊道："你们这些人难道就不是父母生的？为什么拿我一个小女孩子开心，你说你有钱我不稀罕，你不会拿去给你姐姐妹妹用……"叭的一声，跟着哭声大作，里头还夹着怒骂声音，还有单老头儿央告声音："几位大爷，却是出来找乐的，何必跟她这样一个小孩子怄气。得了，众位吃酒吧，等我把她轰走，省得诸位大爷看着她不痛快！小玲子，你还不快走，这么一点儿小孩子，出来就得罪客人，回头我告诉你爹妈，不叫你挨顿好打才怪呢！""老狗，今天用不着你管，大太爷今天高兴，偏偏叫她陪我们玩儿定了。你再多话，不把你这破草棚烧了才怪。"跟着又是噼啪声音，女孩儿哭声越惨。

凌云这时如同油煎火烧一样，哪里还忍耐得住，把衣裳掖了一掖，又蹬了一蹬鞋子，一伸手把长剑扯了出来，一只手倒提着藏在身后，从屋里蹑足潜踪到了门口往外一张。只见柳树上拴了有十几匹马，这一堆也足有二十来个人，围了一个大圈子，里头那个叫荀湜的，正在揪着一个小姑娘在打。那个小姑娘，至大也就在十四五岁，身上一件花布小袄，已然撕得成了一条一条的，满脸是泪，连哭带嚷，单老头子却夹在里面，左一个揖右一个揖在那里劝解。又见那些人有的站在桌子上，有的骑在椅子上，有的在喊打，有的在叫好，还有的口里吹着响哨儿。凌云一看，真的是怒火三千丈，一提手里长剑，反倒放慢了脚步，又用手摸了摸梅花弩，袅袅婷婷走了出去，一声娇叱道："什么事？要这么打？有什么话，可以好好说呀。"

这些该死的匪徒，谁也不知道屋里还有这么一个人，这一听声音，全要回头看，一看凌云真跟出水芙蓉洛神仙子一样，反倒全都怔了一怔，只见凌云一脸是笑，又没有拿着什么东西，更欺她是个女子，一怔之后，恶态大作。头一个就是那个荀湜，他把小姑娘一推，小姑娘就地一跤，他全不管，却把手一拍向单老头子一指道：“你这个老小子，倒真是会找乐儿，怪不得直要把我们对付走呢，原来你还藏着私货呢，早要叫我们见见，这个小丫头子何至于受这么大热呢?”说着往前一抢身，一伸脖子，向凌云做个鬼脸儿道：“这位大嫂，你这是从什么地方来到这里？我在城里钓鱼巷竹竿巷一带怎么没有瞧见你一回？今天真是凑巧，会在这里遇见了，真是有缘。来来来，咱们先喝一盅吧。”嘴里说着一伸两手便来揪扯凌云。

凌云这时一肚子气，都快气破了，也不知他嘴里说的都是什么，反正准知道不是好话，心里却在寻思怎么处置这一班人，长剑一挥，看来定可了账，又怕给单老头子找了麻烦，不过眼看他们这样张狂，又十分忍不下去。正在想怎样能够万全，该死的荀湜却一伸两手向自己扑了过来，无论如何，再也忍耐不住。身子原来在门里，长剑也还未露，一看荀湜已然扑到，心里着急，我真要叫你摸我一把，我这凌云就算糟了。荀湜他哪里知道，只以为凌云是个什么野妓之流，最大也不过是单老头子乡亲朋友之类，他哪里会放在心上，因此他敢胡说八道，打算找便宜。往前一抢身儿，还是真急，眼看差一步就够着凌云了，心里方在一喜，却见凌云斜身一跨步，双手已空。正待进步再扑，却听凌云一声怒喝道：“你是什么东西，哪里来的这样大胆，真是找死!”听着就像黄莺儿婉转啼叫一样，正在心花一放之际，就见这个大美人冲自己把右手一抬，就听咔吧一声响，一道银光直奔荀湜哽嗓而去。

第十回

诛狗兔巾帼大义
杀豺狼师徒小隐

凌云冷笑一声："叫你高兴死吧。"可怜苟湜这一寻事，从此殉世再不寻事，只听见前半儿说了一个你舒服，后半截儿没听见，就觉着自己嗓子眼儿上哧的一声进去一个冰凉挺硬的东西，把自己两股子热气扎得一散，就这样糊里糊涂地舒服过去了，扑咚一声，往后一仰，咧了咧嘴儿，蹬了蹬腿，急奔极乐世界去了。

这一下子不要紧，哗的一声，那拨儿人就乱了："可了不得啦！这个小姑娘儿可会妖术邪法，咱们苟老八可叫她给迷过去了，可别叫她走了，众位哥儿们，上！"呼噜一声，这十几口子就全都把这座酒馆围上了。急得单老头子拦又拦不住，劝又不敢劝，一视这些人全都像凶神附体一样，哪里还敢出大气，抽个空子，拉起了卖花的小女孩儿，躲到树林那边嘴不住念佛。

凌云知道事已如此，不硬干是不行了，索性一跃，跳到院中，手里长剑一挥，便是一道绿光，向这些人一点手道："我看你们既敢在青天白日之下，聚众违法，想必都是练过两天了。这么办，你们一个一个过来也可以，大家一齐拥上也可以，我只单人单剑，咱们凑回趣儿。如果你们赢了我手里这口剑，你们要怎么样便怎么样，如果自问抵不住这口剑，趁早儿抱头一滚，还可以多活些日子，不然宝剑无眼，难免当时做鬼，你们哪个先过来试一试宝剑快不快?”

一句话未说完，早有一个粗壮黑汉，手里拿着一对夹钢板斧，一声怪叫道：“哪里来的野丫头，伤了我们的好友，就是你打算跑，却不能够，你还要叫阵吗？不过有一节儿，你却不许仗着妖术法制人，我定要你这条狗命。”说着板斧一分，早已蹦了过来。

凌云一看，虽是粗壮，不过是血气之勇，哪里放在心上，便把剑尖轻一点道：“你先不用忙着死吧，你姓什么叫什么，你也敢说一说吗?”

那个黑汉子哇呀呀一声怪叫道：“你这个丫头胆子真叫不小，你连我都不认得，还敢在这里等死。你家大太爷恨地无环小霸王唐猛，小娘儿们既是不愿说出名姓，等我捉住你咱们再问吧!”说着手里双斧一挥，左手斧一晃，右手斧横着往里一推，唰的一声，双斧带着风就进来了。凌云一看他真有个猛劲儿，从心里还是真爱，又看他是一个一勇之夫，心里绝不会有什么算计，比起他们这一拨儿人来，似乎是个可以为恶可以为善的人，便存心不想伤他，叫他略吃一点儿苦头，知难而退也就成了。一看他的斧子到了，斜身一闪，将手里剑，横着往上一翻腕子，就听锵的一声响，斧子头儿就掉了一个。唐猛一声怪叫：“野丫头！你敢伤我的斧子，你再接这一下儿。”说着身子往下一低，斧头儿往上一钩，从下面上下这一手儿叫作大撩阴，唰的一声，斧子就上来了。凌云看他这一斧子莫是拼了命了，自己为了伤人一斧，不惜把整个儿身子献给人家，要不是真急了，他绝不能这么干。心里始终不想把他治死，看斧子到了，双腿一绷，两脚一点，哧的一声，起来足有一丈来高。这一斧子当然是又空了，不等他往回撤斧，趁着自己脚往下落还没有着地，双脚横着一扫，这一手儿功夫叫作“双摆莲”。唐猛要起还没起得来，这一腿正扫在他的肩膀儿上，唰的一声，一歪一晃，哪里还站得住，咚咚咚，横着出去了有七八步，才扑咚一声，当啷一声，哗啦一声，来了个人倒东西碎，斧子也撒手了，桌子也挤碎了，人也倒下了。这一倒下，真跟半堵山墙似的，摔得他吭哧一声，挣蹦半天，才爬了起来，一边揉着自己的脖子，嘴里还直嚷：“嗬！可摔着了我了！你们哪位愿意过去，哪位过去，反正我是不过去了！还有一节儿，就是你们几位，不拘谁过去，可也别伤人家，谁要叫这位姑娘受点伤，可别说我姓唐的不懂交朋友，我可是跟他闭眼拼命。”

大家一听，要乐也不好意思乐，闹了半天，他敢情叫人家给打服了。就在大家一怔之际，又听凌云微然一笑道：“你们一拨儿里头，自问比姓唐的强再过来，要是自问不如姓唐的，可以不必送死。”

一句话说完，便听有人呸的一口嚷道：“不用大话欺人，且接我云里翻宋大功一刀！”

凌云一看这个云里翻宋大功，就知这个主儿，能耐绝小不了，不是唐猛可比。这个人身高七尺壮，细腰扎背，膀尖儿宽，小眼睛儿，短眉毛，嘬脑门儿，扁太阳穴，小鼻子，翻鼻孔，薄片子嘴，嘴上嘴下有个七八根黄胡子，一身青绸衣裤褂儿，上头满扎着白丝线的蝴蝶儿，白绸子汗巾儿，打着裹腿，鱼鳞大掖把洒鞋，头戴马尾透风巾，迎门慈姑叶儿，在左鬓角边插着雪白的绒球儿，斜跨镖囊，上头绣着一个宋字，手拿一把红铁雁翎刀。凌云一看，不由暗赞一声好样儿，可惜怎么会落到他们这一起了呢？这个人软硬功夫一定错不了，不要轻敌，真要输给他，可也真是麻烦。想到这里，把丹田一贯一声喝道：“来人不要逞强斗胜，且容我再说一句话好吗？”

宋大功把刀往地下一杵道：“有什么话可以快说，反正你要打算平安过去，那就算办不到。”

凌云道：“正是打算平安过去。我可不是怕了你们，因为我自己看你们这一班人里头，仅仅有一两个是自作威福无知的小人，其余全都并非十恶不赦，我才要跟你们说几句话。想你们身为男子，更有这一身的气力，准要投到军营，报效国家，一旦边疆有了事故，上马杀贼，包围社稷，干夺旗，立功异域，封侯挂印，耀宗扬祖，名垂远近，受人景仰，岂不是好。即使无心功名，凭着这一身艺业，在镖局里保个镖，在买卖家里护个院，至不济还可以教个徒弟摆个场子，也可以混个丰衣足食，何必非要干出这种行当。惹不起你的人，受了你的害，表面虽是惹不过你们，难道你还要他们从心里恨你，怨毒越结越众，总有敢惹你的那一天，也便是你们完了那一天。谁无父母，谁无妻子，今天我害人将来人家就会害我，冤仇相报，何日是了，每天在外头打家劫舍，偷鸡盗狗，上辱祖宗，下累子孙，一生一世，永无翻身之一日，临死还要落个贼名儿，叫人家骂，那又何必。我虽是女流，不敢说是深明大义，像你们这所作所为，我是绝对不敢。就拿今天的事说，人家一个未成年的女孩子，出来抛头露面，卖几枝花，已然可怜极点。稍有人心的，便应当帮她个忙儿，那才是个人，没有力量帮她，已应内愧，怎么竟敢在这光天化日之下，拦住一个小女孩子，信口胡说，还要动手动脚的，这还够个人吗？你们要是听我的良言相劝，趁早儿大家散去，从此改过向善，将来不愁发展。如果一定倚仗着你们那点儿能耐，非要施展施展不可，你们就挑你们里头能耐大的本事好的，只管上前来拼一下子，或者一拥齐上，我一定奉陪，只要你们能够把我制住，这里一切一切，全都归了你们，自是再便宜没有。可是你们要是败在我的手里，可就没有那么好说话了。话要说到前头，省得说我意狠心毒，不告诉你们一声，就把你们伤了，话是已经说完了，你们自己看着办吧。”

云里翻宋大功站在那里把话听完，微然一笑道：“你这句话倒是不错，可惜说晚了，在一见面时候，当然可以有个办法，到了现在，我们给你已经打了。知道的说你这说话很好听，大家不愿太伤面子；不知道的还说我们怕了你，你要知道我们到了现在，也是没了办法，明知道火坑不得不跳。说起我们的个人出身，也都相当好的朋友，今天要是再这样一走，实在不是意思，无论如何，我们也得比画比画。你既是话这样说，我们可以点到而已，我绝不伤你就是了，不过打算不动手就走，这件事却有些办不下去，你就亮招吧。”

凌云本来就看这人不错，所以才不惜口舌说了那么一套，又听他说的话，实在是个汉子，心里便又存了一个不重伤他的心，把手里的剑向前一拎道："说是这样，你有什么本事，只管施展出来吧，我绝不伤你致死就是了。"

宋大功说了一声："好！接刀！"唰的一声，这口刀挂着风迎头砍来。凌云斜脸往上一看，这口刀便从上边滑下去了。跟宋大功动手，就跟唐猛差了，一看刀空，用剑搜着一找，宋大功刀早就撤回去了，手一捧刀盘，分心便刺。凌云剑一压，宋大功一反腕子，刀从剑下滑过，并且向凌云盘上扎来。凌云踏步坐腰让过这一刀，心里吓得直蹦，想不到这班人里头居然会有这样的好手，实在不可轻敌，稍一大意，难免落败。这一来凌云加上小心，宋大功一看凌云身法真快，也是暗自点头，左手一晃，右手刀扎肚子，凌云一斜身，刀一偏着"拦腰斩"。凌云一跨步，刀劈左膀，凌云垫脚一逆，这才躲过。这一手是中盘三刀，凌云虽是听见师父说过，可是一向没有见过，想不到今天会在这里遇见。这才知道师父所说遇人不可轻敌，这话一点儿不假。今天这个姓宋的确是高手，自己要不施展绝技，恐怕难以取胜。想到这里，恰好宋大功单刀直入，奔了凌云胸口，凌云这回已然打定主意，她可就不躲，含腰一长胳膊，手里宝剑哧的一声，便奔了宋大功的哽嗓。宋大功一看，剑光一闪，剑就到了，心说这可不行，我的刀够着她的肚子，她的剑也扎到我的嗓子上了，这叫真拼命，我可不干，往回一撤刀。其实凌云这手儿是虚招，准知道自己剑一出去，他必往回撤刀，只要他一撤刀，自己这手儿可就使上了。果然自己往前一递剑，宋大功赶紧往回一撤，凌云一看这回成了，不等他再变招，唰的一声，便向他头上劈下。宋大功也知道不好，方才那是虚招，可是再改就来不及，只好是跨步一闪，人倒是让过去了，刀却留在后头，宝剑就下来了，咯的一声，刀头砍下，宋大功往外一纵，一回手就是一镖。凌云方在心里一喜，只要能够把这个弄倒了，其余就不怕了，方在一怔，镖就到了，一律白光，直奔凌云哽嗓。凌云一看镖到了，陡地往下一折腰，哧的一声，镖从上面滑了过去，当的一声，掉在地下。这一镖不要紧，当时把凌云的怒火全都撞上来了，心说这叫人无害虎心，虎有伤人意，鸟兽不可与同群，天生来的贼骨头，你打算放他活命办不到，一不做，二不休，不如我先把你们打倒了再说，真要受了你的暗算，那才冤呢。

心里正在这么想着，要用梅花弩打他们这一拨儿，要打还没打，猛听身后一声娇叱道："你也敢，姑娘你看后头！"凌云一听大吃一惊，回头一看，正是那卖花的女孩子小玲子伸着一只手在指。顺着她指的地方看，原来是两个长大的汉子，手里拿着一根粗绳子，正要兜向自己后面。凌云一看，不由勃然大怒，本来预备打宋大功的梅花弩，却改了方向，一伸手一按箭，咔吧一声响，一筒梅花弩打出去有一半儿。这两个汉子，是亲兄弟两个，一个叫吴常，一个叫吴寿，原是个大户子弟，交了许多狐朋狗友，把一份家业完全糟掉，后来爽得他们也投到这一群人里，跟着一起胡作非为，专做伤天害理的事。尤其有一件最可恶的事，只要有个妇女，稍有姿色，他就安上贼心，无论如何，也要图谋到手，因此在他手里坏了名节的妇女不知多少，大家都是敢怒不敢言。今天这两个小子，一看凌云实在厉害，唯恐一时失风，从此就没有法子办了，可是这两个人又没有真实能耐，这才想这么一个主意，找了一根绳子，打算趁着凌云注意前面，他们在后头一兜，凌云一定会倒，那岂不是奇功。一面万没想到会被一个感恩图报的小玲子看见喊了出来，又赶上凌云杀机陡起的时候，一回头一抬手，梅花弩就打上了，挨上一根都活不了，还用说是半筒，这亲哥儿两个给他生身父母找完了骂，居然携手同归，找阎王爷去算那前辈子一笔清账去了。在起初的时候，凌云没有想伤他这一拨儿的心思，及至说出多少好话，他们都是执意不听，并且居然还有人要暗算自己，女儿家的心性本来就有点儿气傲，如何禁得一再撩拨，这一下子都把自己火儿勾起来了，抖手之间，梅花弩已然伤了两个：一个吴常，一个吴寿。这梅花弩原是慈静大师自己配的，虽然细如毫发，里头都是用极毒的药水煨过，只要挨上一针，便顺着毛孔钻进穴道，催劲甚快，打上之后，子不见午，午不见子，准死无疑。又加上凌云在气恼头上使劲一按簧，这一下子出去足有二三十根，就凭吴常吴寿两个血肉之躯，如何禁受得住，只啊呀了一声，两个便摔了下去，连第一声都没出来，一咧嘴一瞪眼便跟这拨儿朋友告假而去。

这两个人一死不要紧，这些个人可就凌乱了，本来全都围着，呼噜一声，顿时四散，嘴里还直嚷："风紧！扯活！留神走果的冷子！"（来人厉害，快跑，留神那个女子的暗器）连蹦带跑，当时便没了影儿。

凌云看了微微一笑道："我当你们都是能够吃日头吞太阳的主儿，原来不过是些鸡毛蒜皮。早知如此，我还舍不得丢去这些东西呢，真是可恶，就是这样，也敢出来丢人现眼，真是有点儿不知自爱了！"说着把宝剑二次入鞘。

这个时候单老头儿跟那卖花的小姑娘早已走了过来，单老头儿早已拜了下去道：“姑娘，我可实在没有看出你是位女侠客来，你千万恕我眼拙，我这里给女侠客磕头了！”旁边那个小女孩儿也跟着跪了下去。

慌得凌云不住跺脚道：“你们这是怎么了？有什么话咱们慢慢地说，你们再这样，我可要走了。”

单老头子跪在地下还没有听见，反是那个小女孩儿听出话语，赶紧过去把单老头儿一拉，两个人全都站了起来，却还直着两个眼睛看着凌云。凌云知道他们害怕，便和颜悦色地问他们道：“你们不必害怕，像他们这路东西，素行不法，不定害过多少好人，今天遇见我也是他们报应临头。我要不是怕累你们，一个也不能叫他们活命，这总算便宜了他们。”

这一句话却提醒了单老头子，说着向凌云指着吴氏兄弟死尸道：“女侠客你可给我们当地除了害，单老儿自是感恩不尽，只是他们这班人，平常是无恶不作，总走上风，今天吃了这样大亏，绝不肯善罢甘休，一定还要想出法子来和姑娘为难，强龙难压地头蛇，姑娘好人犯不上惹他们这一班无赖鬼亡命徒，还是早点儿离开此地为是。就这两个死尸，也要想法子把他消灭了才好。不然的话，就是他们不来，被走路人看见，一报地面儿官，这场人命官司一时也打不清。就是小老儿我这买卖也不能再往下做了，姑娘一走，我也收拾收拾，我有一个女儿姓林，嫁在清江镇，我也只好暂时投她去了。”说着又用手一推那个卖花的小孩儿道，“玲子，今天这场祸，全都出在你的身上，你还不快点儿想主意逃跑，还在这里等死不成。”

那个小孩儿一听，当时脸上颜色一变，神气慌张，百忙中却看了凌云一眼向单老头道：“单伯伯，你有地方可去，你只逃命去吧。我这个苦孩子，怎么样也免不了一死，我倒执意他们再来，豁出死跟他们拼了，弄死一个够本儿，弄死两个我赚一个，我倒不一定是想活着，单伯伯你只管你自己好了。”说着眼圈儿一红，眼泪早滚了下来。

凌云本来就爱她长得秀气，心里还怪为什么这样一个女孩子，就叫她出头露面在外头做这种不三不四的生意，今天如果不是遇见自己，只怕说不定闹出什么毛病。现在听她一说，知她必有说不出来的苦楚，便向单老头子一笑道：“这位单掌柜的，你不要难过，说起来这件事全都怨我，不过杀人的偿命，欠债的还钱，人是我杀死的，如何能够拖累你。你只管放心，不拘什么事都有我呢。就是他们官人来到，也自有我去应付他们，绝不会使你吃到苦楚。不过据我看，你这里买卖似乎是不能再做下去了。我这里有几个钱，你可以拿了去，找你女儿也好，另投生路也好，总之这里你不便再待下去了。”说着从身上掏出一块银子足有十来两，递给单老头子叫他拿去。

单老头子一看那块银子不住把双手乱摇却不肯接道：“姑娘，你真是菩萨心肠，你不要怪我胆子小，实在是他们那班人确是无法无天，我现在只有一走。我那女儿家虽然不是什么财主人家，却还过得下去，这里离清江镇并不太远，这一点点盘费，我还拿得出。女菩萨受了累还要破费钱，实在不忍这样办。况且这个钱数太多，小老儿开这个买卖还没有用这许多钱，怎好叫女菩萨如此破费，不才不敢。如果女菩萨一定可怜我，赏我钱，我也不敢十分推辞，只是求你换一块小些的，有个一两八钱足可以够了，如此厚赐，我是决不敢领。”

凌云一笑道：“这几个钱何足挂齿，虽然路不甚远，你这逃荒一走，什么也不能带，哪里不要用钱。我既给了你，如何还能拿回去，你倒是快快收了，我还有别的事呢。”

单老头子见凌云十分诚恳，便接了过来张着一张大嘴笑道：“我这一来倒赚了。”

凌云这时候没有工夫跟他说闲话，便提起长剑装在包袱里头，转身要走时，那个姑娘喊道：“大小姐你就是这样走了，不管我这苦孩子了吗？”

凌云道：“我这次出来，原有要事，从这里经过，已然耽误了不少事情，岂可再在这里，更多耽搁。况且你是一个小孩子，究竟家里怎么样子，我是全不知道，又不能够为了你去打听，更不能为你几句话就以为实。况且我又没有家，我把你带走之后，应当放在什么地方？以后你是怎样维持生活？这一切的事，全都没有一定办法，我是怎样把你带走？我看你这个孩子家境大概不大富裕，所以家里才把你打发出来做这个小生意，贴补贴补家用，这也不是什么过分为难的事，你只管暂时吃一点儿苦，将来不怕没有好日子过。这样一点儿年纪，就要背了家里人，跟一个陌生的人走，这幸亏是遇见我，要是遇见一个坏人，岂不把性命丢掉，家里养你一场，难道不要难过吗？你不要胡思乱想，还是好好地回家去吧。我这里有一锭银子，虽不能救你们穷困，但是拿回去可好生花用，也可以略微补助。”说着一伸手又掏出一块银子来递给小玲子。

小玲子满眼含着热泪，却往后一退道："大小姐既不肯带我走，这个银子我却不敢要，还是请你收回吧。"

凌云还没有说话，单老头儿却走过来说："这个孩子也真是可怜，不是时候太急，我倒可以跟小姐说个详细，不过现在这里人命关天，晚走一步就怕走不成了。玲子你把银子接过去，回去之后，只不要说起今天的事，就可以不受委屈了，等过一两天，稍微风声小一点儿，我还要回来，到了那个时候，我想法子把你找出来，再给你想个地方大概也就可以了。"

小玲子听了，也不言语，一边擦着眼泪，转身就走，连地下放着那个花篮子她都不要了。凌云才要说这个孩子好大的火气，就听见单老头子说声"不好!"急忙往前面一看，只见小玲子紧走几步，到了江边，跃身一跳，便听扑咚一声响，两个浪花儿一打，再看小玲子踪影不见。凌云一看，急得直跺脚，但自己既不会水，一点儿法儿也没有。正在着急，猛见上流头，飞也似的来了一只渔船，船上站着一渔郎，手里是一杆长叉，拿着叉柄，当作长篙，在水皮子上一点，便哗的一声响，那船便像风驰电掣一般，顺流而下，眨眼之间，便到小玲子落水之处，一手托叉，双脚一蹬，哧的一声，便自破浪入水，那只船失去驾驶，当时便乱转起来。凌云喊了一声好！便见那浪花翻两拨，哗的一声响，在下流头一两丈以外，那个渔郎钻了出来，手里却用那叉柄托着一个人，正是那个小玲子，不由得念了一声佛。只见那渔郎，托着小玲子，双脚踩着水皮儿，三晃两晃，便把小玲子托上岸来，一手夹住，一手推她胸里的水，只几推，小玲子便已嚷声出来。单老头子这时候也忘了人命关天了，三步两步跑上前去，凌云只得跟了上去。一看小玲子已然醒了过来，只是浑身衣服湿透，泥水淋漓，看了不觉心里凄恻万分。再看那个渔郎，至多不过二十多岁，长得眉清目秀，膀阔腰圆，非常英俊，赤着背，披了一条花布长巾，一条黑绸子裤衩儿，却也是湿水滴答。这时候单老头儿已然过去帮着把小玲子放在地下，把她两条腿盘住，小玲子虽已清醒，浑身却是不住乱抖，并且嘤嘤啜泣起来。

凌云忙上前一步道："谢谢这位壮士把她救下，实在是功德无量了！"

那个渔郎把眼一抬道："噢！噢！这倒算不了什么，哪有见死不救之理，只不知道这个孩子她为了什么，姑娘你可知道？"

凌云一听，好生难过，心想这话叫我可怎么说呀？这个孩子究竟为了什么，连自己也不知道，可是自己要不拒绝太甚，这个孩子也许不至于就走到这一条道儿上来，如今这话可跟人家怎么说呀？想到这里一为难就没有答上来。

那个渔郎又向单老头子道："老丈，你可知道吗？"

单老头子本来也是一腔子心事，要说没说出来，几条人命一倒，当时他就傻了，哪里还敢多说。如今见这渔郎一问，可就把他一肚子牢骚全都招上来了，遂一边摩着小玲子，一边申说，直把个凌云恨得银牙直咬，那个渔郎脸皮气得发了青。原来这小玲子，就是这本地的人，住家不远，地名儿是黄花镇。她姓平，单名一个玲字，父亲平嘉国，是个秀才，母扈氏，也是名门的女儿。夫妻两个只生下小玲子一个姑娘之后，便不再养。平嘉国虽非富有，但是也还不愁日子，夫妻两个或织或读，很有一点儿乐趣，小玲子长到五六岁，已极活泼可爱，夫妻两个真看得如掌上明珠一样。嘉国无事，教她念书识字，又是聪慧非常，一部《唐诗三百首》，念得滚溜熟，声韵不倒，嘉国自是益疼爱。一家三口，本是融融泄泄其乐无穷的，哪知天上不愿见人平安享福，那扈氏却时常多病，虽然延医吃药，只是一点儿起色没有，活到三十二岁，便自因病去世。那嘉国虽是伉俪情深，不愿续娶，无如一个男子，带着一点儿没有成年的小孩儿，不用说是穿衣裳，就是这每天的三顿饭，也弄不完全，实在没了办法便续娶了一个丁氏。这丁氏原也是大家子女，长得不但俊美，学问也极好，却是喜动不喜静，能说会道，特别能干，抚养小玲，似乎比扈氏生前还要周到。嘉国无意之中，又续了一个良伴，自是高兴，便把家中事务，不分巨细，完全交给丁氏掌管，却又办得井井有条，并且一年以后，在原来产业之外，又多添了不少地，多收了不少的租子，嘉国益发欢喜。这年小玲子已然长到十岁，不但身个儿长短十分窈窕多姿，面貌也非常秀丽，嘉国日对贤妻，抚摩爱女，真是其乐融融。谁知祸福无常，几年清福享过之后，厄运忽然来到，先是厨房不慎，一把大火，烧得房子只剩了两间，尤可痛心的是五六十箱藏书，也被这一火而焚烧了个干净。跟着麦田不收，先旱后涝，米贵地贱，几十亩田地颗粒无收，一家三口却混不到两个饱。田里尽管不收，而钱粮丁课，却是一点儿也不能少，催税小吏一天能来三趟五趟，嘉国又不会对付这班人。反是丁氏，不怕出头露面，出去跟他们周旋一切，嘉国虽是不愿，但又没有办法，只好是听其自然。日子一长，便觉身上不适，先是神倦身嗽，饮食不香，以后便气促微嗽，肢体无力，后来便是头晕身烧，心跳神昏，白天吃得少，夜里睡不着，吐出痰来，或粉或白，臭味难闻，后来爽得连起都起不来了。虽然请了几个大夫诊看，有名气的有交情的，只开一方，明天任你再请，只是推脱不来。来的那些，既不能断定究属是什么病，下药又是漫无定法，忽凉忽热，忽补忽泻，甚至一方之中，补泻凉热，一应俱全，吃下去之后，不但毫不见功，眼见日益沉重。

后来有人介绍了一位老名士到这里来看。这位名士，虽不挂牌行道，但是医道甚高，医学也好，对于嘉国，平常也有个耳闻，经人推荐，到了这里一看，一边诊察脉息，一边看着嘉国脸上气色，却不住摇头道："平老兄，这句话我不该说，你这个病却是请晚了，虽有和缓，也难续命了！"

旁边丁氏道："老先生，我们一直没有断着看哪。"说着又把某人某人一一说了出来。

老名士鼻子里哼了一声摇了一摇头道："啥！真是罪过，这话我本不想说的，不过每一想到此辈草菅人命，无殊操刀而屠，虽说死生有命，人力不足回天，但是像他们这一班人，不过是读书未成，学剑未成，经商没有资本，做官没有路子，在万不得已之中，才想出这么一条图财害命的营生。不是我嘴上刻薄，大概这些位明公，连书都没有读通过，充其量不过是看过几篇药性赋，记了几条验方新编，背熟了几个汤头，居然便敢自称什么'第十一人''青囊济世'，混充起神医良相，不用说别的，就是有人当面骂他，他都看不懂。这是我们常看见的，有人送医生匾额，上头却写着'品端术正'，这叫什么话？世上人不论富贵穷通，三教九流要其心不端，其术不正，还能算个人吗？送了匾便是'品端术正'，要没有这块匾不算个人吗？医药传自神农皇帝，逐代演进，各有著述，非博学大儒，精心研讨不在书里下过苦功夫，没在人世走过艰险路，哪能便胡乱提起笔来开方子。上应天时下接地利，病人的先天后天，饮食起居，喜恶憎爱，脸上的神色，舌上的苔腻，脉的浮沉迟数，阴阳表里，药的君臣佐使，补泻升降，得起征证，查其便弊，参酌虚壮，定其质量，审色、辨声、问证、切脉，一切完全无疑。是表？是吐？是导其滞？是弥其阙，肚子该大要大，心思该细要细，一人有一人之异，一病有一病之变，不可不信古方，不可拘过古方，随机应动，相时制宜。一个医生尚能够如此，不过是仅结少过，少杀无辜，还不能说是治一个好一个，全无遗恨。若像方才所说那些人，我那佩服他们的只有胆子而已，其实我却不敢恭维，即便煊赫一时，也不过是他个人一步邪云而已，谈到行医，尚离太远。我要送他们匾的时候，却要把'功同良相'改成'功同良将'，因为一将成名万骨枯，他成名不成名，虽不敢必，但是万骨之枯，总可办到的了！"说着微笑了一笑道，"我这牢骚，已然装了一肚子，都快流出来了，不期一触即发，倒像我是排挤同道了！其实要说的这还不足万分之一，今天我是为了看病来的，不管如何总是有缘，姑立一方，但久为医药锢禁，只怕是来未必便生效，但是平兄如能依我的劝告，说不定也许能收不期而效之功，亦未可知，只好是尽人事以听天命吧！"老名士说完，提起笔来，很费了一阵斟酌，才开出一个脉案，然后才开上十来味药，写完之后，向平嘉国微微一叹道，"平老兄，你我既是同为读书人，当然性命二字，一定可以了解，这不可为讳的事，总还是不讳的好，因为讳绝无益，甚至为害。老兄这个病现在已到不可为讳的时候了，所以我在方案之上，已然据实写上，虽然纸上空谈，无补实际，但是以老兄一生忠厚，似乎不该短命，也许吃下这一剂药去，或许能稍得一点儿好转，亦未可知。只要脉气略有好转，就能得出生机亦未可知。不过有一节儿，这张纸上所写，老兄不要完全把它看成医生末技老生常谈，必须一字一字切切记住，方能收得万一之效，倘若一个大意，便陷深渊，纵使和缓亲临，也难挽回了。谨记谨记，容再相见吧。”说完起身告辞。

丁氏送老名士出去，平嘉国拿起药方一看，只见上方写的是“禀赋原为砥石，惜为他山攻错，以致真阴耗丧无余，相火遂复冲动，肾气不能固守，金水尤难充达，肺液枯滞，胶结不宣，早已痈疽之象，由于水火不能互济，郁阴因之上冲，肝叶怒火，血漏失其常态，摩磋胃脘失运，血难巡径，气不驭血，枢互全无生动之力，气血既亏损难复，人将失其性命，谨拟方，救其阳而挽其阴，阴阳能互共生长，或可支将倾之大厦，挽既倒之狂澜，是在未定之天，殊不可必也”。后头开的只是几味草药，又在后头写了几个大字，浓浓地画了几个圈子，写完便自去了。丁氏把药抓来，煮好了给他灌下去，吃下去有一个时辰，平秀才肚子里一阵咕咕乱叫，当时脸上颜色也转红了，丁氏一看，心里很是高兴。又听平秀才说是肚子有点儿饿了，打算吃一点儿东西，丁氏益发心喜，因为平秀才已然好几天没有吃东西了，好在家里预备得有现成的粥，赶紧给盛了过来。谁知平秀才只吃了两口，便说不吃了，家里人把东西拿下去，自去安歇。睡了不到两个时辰，忽听丁氏在屋里怪叫起来，大家急忙进去一看，却见丁氏穿了一条裤衩儿，一条对襟小褂子，趿拉着两只花鞋，头上脸上胸口上，全是鲜红的血，再看床上平秀才一个头歪在枕头旁边，两只眼睛似闭似睁，脸上却像一张白纸一样。一个下人走过去一摸，却已冰凉，便急惊喊一声道："老爷大概走了吧！"一句话提醒丁氏，走过去叫了两声，又晃了两晃，平秀才却一动不动，知道果然是身归阴世去了，当下也顾不得什么叫肮脏，抱住了死尸，便大哭起来。一哭一嚷，不想把被子带开，有眼快的看平秀才原来在被子里赤身露体，就那样一丝不挂地走了，究竟是个秀才出身，临走时候，那一杆相依为命的人笔，却还是那样横扫千人，刚直不屈呢。这些人一看，恍然之中出了一个大悟，才知道平秀才就是死在这杆笔上的呢！平秀才却对不住那位老名士，那老名士药方子后面写的四个大字"河魁在房"，还密密地加了不少圈子，只可惜平秀才没有看到这一句，终于是找了河魁上应天宿去了。

丁氏这一哭闹，旁边房里的小孩子，早已为哭声惊喊，岁数虽然不大，也知道这种哭声不祥，便三步两步跑到屋里来了，一看丁氏浑身是血，趴在平秀才身上，她就急了，走过去一把一拉。丁氏一个没留神，真被她一把揪了下来，身子一歪，便掉在地下，她只往床上看了一眼，便扑了上去，两手一抱平秀才死尸叫了声："爸爸！"便哇的一声也哭了起来，一边哭一边说："爸爸你就是这样走了吗？你不管你的小玲子了吗？哎呀爸爸呀！"丁氏一听，正要上前去揪她，又听小玲子哭喊着："爸爸，你是怎么死的呀？你方才不是还说话吗？怎么这么一会儿就走了呢？爸爸是谁害你的？你可以告诉我，我虽是小孩子，我也拼命给爸爸报仇，爸爸呀！你怎么不说话了呀？爸爸呀！好狠心的爸爸呀！”

小玲子这一哭，把一屋子人都招得流了眼泪了。正在难过，谁也没有听出来，丁氏却早已从地一跃而起，上去一把把小玲子扯了起来，瞪起两只眼道：“什么？你说什么？谁害死了你爸爸？你看见了没有？告诉你吧，你爸爸是我害的，我看你有什么法子，你只管使去吧！哎哟，我的天哪，你怎么撇下我去？你把我带了走吧，我可不能再活下去了，我的天哪！”嚷着便是一头撞了过去。

旁边的人这才听明白，原来她们母女又犯了心思了，赶紧过去，拦住丁氏道：“内当家的，你别跟孩子一般见识呀！尸骨未寒，死丧在地，你得想法子办大事要紧哪。”好说歹说，算是把丁氏劝住，又有人把小玲子抱到她的屋里去了。治丧办事，这些个过去之后，小玲子却是终日不欢，丁氏心里又挂着前仇，轻勿说话，连些笑容儿没有，又借着家里没有收入，把用的人全都散了，却把她一个表兄弟弄到家里来，管理一切事。这个表弟姓郎，单名一个贝字，为人很是精明，对于他表姐尤其是体贴入微，不但是屋里屋外办得尽心，就是床上床下，也办得无微不至，只是苦了一个小玲子，不看又不成，看又看不下去，人是一天比一天大，这种怪模怪样，也就越发看不下去。

这一天吃完了晚饭，正要到屋里去睡觉，解了一个小便，打从丁氏窗下经过，听见屋里正在说话，无心中听见丁氏说了一句，声音不但大，而且还很气愤，侧耳一听，正是郎贝，打算收拾自己的话，不由吓了一身冷汗，呆在那里，半天工夫，才缓了过来。走回自己屋里，越想越是危险，如果丁氏听了郎贝的话，自己难逃魔手，不如趁早想个法子，留个清白之体。想了半天，除去上吊一死，更无别的办法，把牙一咬，把心一狠，找了一根带子，往窗户上一拴，爬上了凳子，手拉着绳子不由一阵难过，暗叫了一声："去世的爹娘，你们的苦命女儿来找你们来了，你们来接我一接吧！"叨告完了，脖子往绳里一钻，脚一离凳子。才觉得身子一悬，猛听咔哧一声，绳子忽然一断，自己掉在地下，方在一起，人影儿一晃，早有一个人从腰里一把夹了自己起来。小玲子一猜一定是那郎贝，不顾丁氏劝告，跑了过来，想把自己挟了出去，强行无礼，不由大怒，才要开口喊嚷，来人早有防备，只把手在肩头一拘，当时便出声不得，自己知道这下子可是完了。正在着急，猛觉那人身子一耸，当时呼的一下子便往上纵去。这一来小玲子益发害怕，以为是遇见了妖怪，但是喊又喊不出，挣又挣不动，只好把牙一咬，听其自然，反正到头有个一死了事。

心里正在想着，那人忽然把自己放了下来，恰好正有一点儿月光，看得见一点儿影子，只见身旁站了一个年老尼姑，正在看着自己点头微叹，这才知道不是郎贝，便赶紧跪倒磕头。说来也怪，这时候忽然又能说出话来了："老菩萨，你老人家是人是神？把我弄到这里，可是要救我不死吗？"

老尼笑了一笑道："小姑娘，不要害怕，世上哪有什么神仙？我是个出家人，今天从你家里门前听见里头有哭闹的声音，我在家的时候，学过一点儿拳脚功夫，进去一看，哭的声音已然没有了，只看见你在窗户上有个人影儿，我怕是你要寻短见，便把你请到此地。你究竟心里有什么委屈？你可以跟我说一说，我活着能帮你一点儿忙儿，亦未可知。”

小玲子也是福至心灵，一看老尼神气非常庄严，说话非常慈祥，知道绝非普通僧尼，当下二次磕头，把自己所受委屈从头至尾一说，末了哀求老尼把她带走。老尼点头一笑道：“听你所说倒是一点儿假没有，不过我还有事，却不能把你带走。但是我可以指你一条明路，明天午前，你可以赶到大江前边，有个单老头子开的茶馆，你到那里，可以卖花为名，自有机缘，那个人也是个姑娘，你只求她把你带走，可是不要提出来在这里见到了我。我知道今天还无住处，你就在这里陪我一夜，到了明天，我自引你去。”

小玲子一听喜出望外，哪里还敢多求，连答应几个是，便坐在老尼身旁，心思一定，不觉便自睡去。也不知睡了多大时候，忽然惊醒，一看老尼还坐在身旁，旁边却多了一捆子鲜花，也不知什么时候、什么地方拿来的。老尼看她醒了，便告诉玲姑叫她不要害怕，拿了这束鲜花，找到江边单老头茶馆，自会有人出来帮你，不过不要说出自己来历。嘱咐完了，长袍一挥，当时便没了影儿。玲姑无法，只好拿了这捆鲜花来找单老爷子，没有想到会又遇见方才那么一件事，不是姑娘救起，早已没命，求姑娘把我带走，只想逃生，为死去父亲留下一点儿骨血，并没有一点儿别的意思，既是姑娘不答应，早晚不免一死，还不如死在姑娘眼头里。只有求姑娘把我留下，我便不死，否则就是背了姑娘，依然还是不免一死。说完又哭了起来。

凌云道：“那是另一回事，等将来再说吧。”

正在说着，旁边单老头儿搭了话了：“小姑娘，你只顾跟了凌姑娘说话了，你可就忘了旁边还站着位救命的恩公呢，你倒是问问人家姓什么？住什么地方？现在虽不能报答人家，将来也总不能忘了人家才好。”

凌云被这一句话提醒，心里也很不是意思，无论如何，不该对一个素不相识的人就是这样大意，知道的人，是因为自己只顾了生气，忘了这个过节儿，要是叫人家看着，岂不是自己太过于自大了吗？单老头儿告诉玲姑，安知不是暗示自己呢？心里这么一想，当时脸上一红，正待向那渔郎打招呼，玲子早已拜了下去。那个渔郎不等玲子拜下去，早已一把扯了起来道：“你这是干什么？这还是你不该死，才叫我遇见你，一个人哪有见死不救之理，这原算不了什么。我本想听你说完受害经过，替你想个法子，如今既有人在这里，对于你以后的事早有打算，这里已然没我的事，你既用不着谢我，更用不着问我姓字名谁，我也不便告诉你，咱们再见！”说完一甩玲子的手，提身一纵，便到了他那条小船上，连头也没回，长篙一点，如同破浪一样，眨眼之间，便没了影儿。

这事出乎凌云意外，她根本没有出过远门的一个女孩子，哪里知道江湖上尽多异人，像渔郎这样的，并非奇特，她却疑心这个渔郎是挑了自己的眼，所以才不发一言，拨头而去，心里很是有气，心说我不过是少向你打了一个招呼，你也犯不上对于我就是这个神气，难道除去你，我就办不了这件事？真是十分可恶，不过少年已经去了，说也无益，便向玲儿一笑道：“他去了，便任他走去，有他不多，没他不少，我对于你的事自有办法。”说着向单老头儿道：“单掌柜，我跟你商量一件事，这位平姑娘，今天晚上，无论如何，是不能再回去了，你家既是离这儿不远，不拘什么地方，都可以住一夜。单掌柜，你能答应我这一点儿事吗?”

单老头儿现在看凌云已同天人一样，当然说出什么话来，就是有什么话，况且凌云又给了他那么多的钱，焉有不应之理，当时一口子答应下来。

凌云大喜，向玲子道：“你今天暂时跟单掌柜去待一夜，等我今晚把事办完，明天一清早我自来找你。”小玲子也答应了，凌云又问了单老头儿住在什么地方，玲子他们家住在什么地方，全都打听清楚，问明白了，这才分手。

一看天气还早，便自己一个人往玲子指的那个村子走了进去，才进村口，走了不远，迎面来了一个人，慌慌张张，一脚正踩在凌云脚上，凌云没有理会，踩人的人，反倒回过头来恶狠狠地盯了凌云一眼，凌云也没理会，却依然往里边走去。到了村子里头一看，这个村子还是真不小，里头大概也有个七八十户人家，虽然问了玲子路程，却不知道究竟是哪一个门儿，正要找个人去问，却见对面来了一个獐头鼠目的男子。凌云一看这个人长得獐头鼠目，明知这个人绝不是什么好人，自己既是到这里来打听事来了，只好忍耐在心里，却向那人一笑道：“真对不过，我是到这里来找一个人，因为只听人说，他的门口是怎么一个形象，我是初次到这里，并不认识这一家，所以只顾找这个门儿，却没有留神，碰了你一下儿，没有碰着吧，实在对不过。”

那人正是郎贝，他从平家走出来，也因为是玲姑忽然失踪，丁氏却跟郎贝一阵大吵，说一定是昨天晚上说的话，全叫她听见了，所以她才出走。虽是不怕她一个小孩子，不过却怕她出去乱说，难免传到旁人耳朵里，究属不是意思，一定逼着郎贝出去寻找。郎贝一肚子鬼胎，本不想出去，怕是玲子跑到什么官厅里去报了，无论如何，自己也是个黑人，真要闹起来，却没有什么人能够帮着自己说话。但是他又拗不过丁氏，怕丁氏一翻脸，当时便会人财两空，所以只得捏着鼻子从家里跑了出来。本想出去不拘到什么地方去绕了一个弯儿，回头告诉丁氏，遍找没有，也就完了。谁知道才一出门口不远便遇见凌云入村，他一看凌云穿装打扮，绝不是本村子的人，又见凌云长得十分俊美，他本是色中恶鬼，如何肯放过去，便往前一抢步，假装一个没留神，撞到凌云身上。及至凌云一说找人，他认为更是机会，便问凌云找的这家，姓什么叫什么。凌云本是心口一说，原没想找人，听他一问，忽然想起何不如此如此，便向他一笑道："你要问我，我就跟你打听打听，我找的这家，姓平，是个秀才。"

郎贝一听，越发大喜，向凌云笑道："你问这个姓平的，我倒是知道，只是你找他家什么人？有什么事呀？"

凌云道："我也是受人之托，因为这位平秀才，从前有个朋友，姓凌，多年不见。这回因为我到这边来，托我来看他一看，另外还有一点儿要紧的事，得面见平秀才才能说。平家住在哪一个门，请你指给我，我自去找他就是。"

郎贝一听，心里这份高兴，这真成了想什么能有什么了，便向凌云一笑道："姑娘，你还真问着了，这个平家，正是我们舍亲，来吧，你跟我来吧。"说着话，就要接凌云手里拿的包袱。

凌云往后一撤道："你先慢着，你贵姓啊？"

郎贝道："我姓郎，你说的那个平秀才，是我的表姐夫。"

凌云一听，知道他就是郎贝了，已然假作不知道："噢！原来你跟姓平的是至亲，那可太好了！你带路吧，包袱可不敢劳动。"

郎贝这小子，一听凌云说话的声音，真跟出谷黄莺一样好听，心里这份高兴，暗想人要该着走运，什么现成的便宜都有，怪不得前两天那个王铁嘴给我看相，说我最近印堂红得透紫，一定有步喜运，照他这么一说，还真是一点儿不差。这个姑娘，胆子也真大，居然敢一个人在外头乱跑，这也是前世的缘法儿，老天爷注定，会给我送上家门来了。到了家里，或软或硬，总得把她弄到手里，虽是那个讨厌的娘儿们（指丁氏），也许犯个酸，吃个醋儿，好在她的短处，都在我手里呢。说好便好，要是一句话说翻了，对不过，我把她往外一轰，我跟这个姑儿在家里关上门过日子，那该多美。那个娘儿们要是一捣乱，我把她那一点儿乱七八糟的事儿，全都给她揭出来，叫她打场人命官司，平死鬼有的是钱，连一个人毛儿都没有，这一份绝乎产，还不是全都归了我吗？这小子越想越对，越想越乐，张着一张大嘴，伸着一个舌头，乐得笑出声儿来了。凌云看他那怪样，又是可笑又是可气，准知道这小子必是没安好心，真恨不得把他弄过来，亮剑把他杀死，给玲子出气，给世上除害。不过在这光天化日之下，来往的人多，杀了他自己虽是走得了，可是玲子托付的事，不算办完，不如暂时忍下，等看好道，晚上来的时候，先把他宰了，反正他还跑不了。心里这么一想，便把一腔子怒气强压了下去，但是十分看不惯他鬼样，便一声喊喝道："你倒是走啊！"郎贝这下子真没留神，凌云声音又大了一点儿，抽冷子一嚷，这小子一哆嗦，把个伸在嘴外的舌头正正地咬了一下子，当时舌破血流，一边点着脑袋，一边哼哼着，哪里说得出话来。凌云一看，才略出胸头之气。这样想着，走了没有几个门儿，郎贝止住脚步，凌云一看，是个灰泥道冠儿的门儿，比起旁边那些门儿，确是整齐许多。郎贝用手轻轻一弹，里头出来一个粗工模样的人，把门开了，一看是郎贝，便一声儿没言语，又看了凌云，脸上却露出一股子怪相，说不清他是诧异是惋惜是惊叹。

方在一怔，郎贝早已向他发话："你看什么？奶奶在哪间屋里？有贵客到了。"

那人满脸苦笑道："奶奶才进正屋去了。"

郎贝向凌云一笑道："姑娘跟我走吧。"

凌云点头，正待转身儿，忽听后头一阵脚步声，一个人影从身后瞥然而过。凌云陡然一惊，仿佛那个背影看去很熟，只是想不起是什么人来了。略一迟疑，郎贝早又肃客，凌云只好是跟了进去。

才进二门，郎贝便喊："表姐，表姐，有位小姐来看你来了。"正房屋门一开，从里面走出一个中年妇人，虽是全身缟素，却是体态轻盈，一见凌云，脸上先是一红，继之又是一白。郎贝怕丁氏说出什么话来不好听，得罪凌云，当时一走，自己的主张就完全没用了，便抢着说道："表姐，我才出门，就碰见这位小姐叫门，据说是受了一个朋友之托，到这里看我表姐夫来了。我既不知道究竟是哪位朋友，问这姑娘，她说非要见了平家的人才说，我便把这位小姐同进来，表姐你可记得表姐夫有一位姓凌的朋友吗?”

丁氏一听，也是茫然，她初意以为是郎贝在外头又做了什么缺德的事，不定把什么人家姑娘弄到家里来了。本来自从玲儿一走，丁氏就觉心神不安，想着自己和平嘉国原是恩爱夫妻，并没有一点儿不好，不幸他半路死去，死的时候那种情形，偏偏又叫玲儿看见，她是一个小女孩子，这件事怎样跟她说得明白。她却疑心自己有谋害她父亲的心思，纵使身有百口，也无法分辩，只有等她将来长大，才可以跟她说个清楚。只是这个孩子，自从她父亲死后，始终认为她父亲是死在自己手里，无论如何解说，她也只是解不开这个扣儿，没昼没夜整天哭泣，并且话言话语之中，她总要替她父亲报仇。孩子是越来越大，难保她说出做出，或是传到人家耳朵里，一个死无对证的事，岂不是越闹越大？自己就是一死，也说不清这杀夫的罪名，死要死了，却给自己父母留下骂名，真是罪恶难遣。由忧生怕，由怕生恨，由这一恨，便想起怎样把玲儿除去，不怕一死，也愿同归于尽。自己总是一个女人，这种事却一个人办不了，家里虽有粗工下人，不要说他们心粗气暴，干不了这种事，就是说出来，他们一向感念嘉国在世时待他们的好处，也绝不肯。况且自从嘉国死时，玲儿一闹，大家对于自己，已经有了疑心，跟他们一商量，不管这是小事，弄不好反倒证实了自己确是谋害亲夫的罪名，害人不成，自己反受其害。越想越怕，越怕越窄，在没人的时候，也不知哭了多少回。偏是前生孽缘太重，伤出逆事，恰巧郎贝来看他这表姐。平秀才活着时候，郎贝便不断地到这里来摘摘借借，平秀才看在亲戚分上，倒也时常接济他。无如郎贝是个没底儿的口袋，肩不挑担，手不提篮，游手好闲，不务生计，自从有了这条路，便三日一来，五日一来，后来爽得一天一来，一天两来了。平秀才一看他是个拉不起的草，提不起来的鞋，又知他吃喝嫖赌，无所不为，便给了他一次钱，叫他找个小生意做做，家里收成不好，劝他从此不要再来。郎贝吃惯花惯，这几个钱哪够他尽力挥霍，没有几天，便自一钱不名，却又找到平秀才。平秀才却老实不客气，给他一个人不见钱不见，只叫粗工一口回绝不再接济。郎贝他不怨自己不知上进，反恨平秀才不顾亲戚，不念情，一阵臭骂。气是出了，钱在人家柜里放着，他又没胆子去抢人家，只好是气在心里，恼在肚里，把从前平秀才待他的好处一字不提，见了人便是兜着根子乱骂。好在他的那一肚子鬼话，这一村子里无人不知，无人不晓，骂人也不过口头上痛快痛快而已，总也没有人理过他一回。他这一口气闷在心里足有一二年，正赶上平秀才困于阴兵阵亡，他才出了这一口气，又想起到平秀才家里去了。丁氏正在孤掌难鸣，一见郎贝，仿佛见了亲人一样，除去留酒留饭之外，又给他不少的钱，并且告诉他家里没有人，愿意他常来走动走动。在丁氏说这话，原无深意，郎贝却听到斜处去了，自是十分高兴，从此便时常来往。日子一多，丁氏便露出自己求他帮忙的意思，郎贝本已心邪，一看丁氏有点儿移转就教，不免拿出在街上拈花惹草的本事来向丁氏进攻。丁氏本是个没主意的女人，又在急于用人的时候，明知郎贝没安好心，不但不去疏远，反而更跟他说起心腹话。为了除去心病，便许他在事成之后，自己绝对舍身布施他。郎贝非要先钱后酒不可，于是乎丁郎一变秦晋，叔嫂却成了夫妻，关系既是深了一层，当然更是无话不说了。说来说去，话到本题，还是怎样把玲儿除掉。郎贝的意思，是他自己跟丁氏把这里家产一变卖，两个人远走高飞，另找个地方，去求百年偕老过那平安的日子。丁氏虽是因为结援引来外人以杜内患，但是对于这位郎贝表弟，知他素无品信，自己跟他出去，他要一变心，就许把自己也卖了，背她一跑。到了那个时候，一点儿办法没有，因此对于他第一条秘计，并未采纳。郎贝又出了主意，打算把玲姑由他拐到外县去一卖，不但可以永除后患，而且玲姑长得甚美，还可以大大得一笔身价。丁氏也认为不安，因为平秀才虽没有什么亲戚本家，但是在本地也是住了多年。乡村里不比城市，谁家有多少人，有多少地，有多少钱，却是谁也瞒不了谁。平秀才有个姑娘，是尽人皆知的事，现在突然宣告失踪，难免人家不加猜疑，倘有爱多事的一问，当时岂不露出马脚，这个法子也不妥。后来郎贝突然想出一个断子绝孙狼心狗肺的主意出来，他说最好是把玲姑也拉下水来，她也就无话可说了。丁氏一听，才知郎贝果然不是个人，当时便跟他纷争了几句，谁知郎贝把眼一瞪，就要把已往一切全盘托出，求大家做个公论。丁氏这时太阿倒持，哪里还敢跟他多加争辩，反倒极力劝慰，叫他不要声张，慢慢地再做商量。郎贝从此便大作威福，每天喝酒吃肉，喝醉了便是乱吣乱骂，丁氏既怕外人知道，又怕他真干出什么事来，越想越怕，越怕越悔，有时见了玲儿，愧恨交加，恨不得抱过玲儿来大哭一阵，说清自己苦楚，以及如何受人挟制，然后再自己寻思，以清宿孽，但是自己却没有这种勇气，背地里也不知哭了多少回。昨天郎贝酒饭之后，忽然兽性大发，坐在屋里乱嚷乱叫，吓得丁氏劝又不成，拼又不敢，心里着急，却一点儿法子没有，只好自己躲在家里，暗打算盘，如果郎贝再要执意胡闹，自己情甘拼受众人斥骂，也要把这件事说开出去，教大家帮着把郎贝轰走。听了一会儿，郎贝已然趴在桌上睡着，自己本想去看一看玲儿睡了没睡，只是自己也因哭乏，一头倒下，睡入甜乡。等到第二天一觉醒来，再看郎贝，却不在屋里，心里轰的一下，怕是他真去找玲儿去了，连人都顾不得叫，三脚两步便到了玲儿住的屋里。进去一看，床上被褥未动，玲儿已然不知去向，又大大吓了一跳，及至仔细一看，又看见窗棂上拴着绳子，知道昨晚郎贝所说，这已尽为玲儿听去，才有这上吊一举，但是现在人既未死，一定她是跑了。这要是一出去，自己这点儿丑事，全都不免张扬出去，这都是郎贝给找出来的，无论如何，也得跟他要个主意。

想到这里，便三步两步走回屋里，一看郎贝正在背着手儿哼哼自在腔儿呢，不由上气，冷不防走过去照着郎贝脸上就是一巴掌，叭的一下子，打个正着，跟着就骂道："都是你这个东西出的好主意，现在孩子也挤走了，咱们完不了，我跟你先拼了！"

郎贝挨了一下子，本来要瞪眼发威，一看丁氏样子，大非往常那种软弱无能，知道是出了大事，他也不敢横了，却满脸做着苦笑道："哎哟，什么事也不值当这样儿呀！我不过是那么说说玩儿罢了，谁真还想对付那么一个毛头女孩子怎么样啊？你也犯不上生这么大气呀，也用不着说什么孩子走没走的来这一套啊！"

丁氏呸地啐了一口道："放屁！我干什么把她藏起来？你不会到屋里看去？"

郎贝真的到屋里一看，果然玲儿连个影儿都没有了，这才知道果然是出了毛病，但他却依然沉下气去道：“真走了，真走了，我可得给你道喜！”

丁氏道：“废话，你给我道什么喜？我告诉你赶早儿去给我把她找回来，不然的话，我也豁出去了，我到官里去报一声，叫他跟你要人！”

郎贝一看丁氏声色俱厉，知道她绝不会说玩话，真要是嚷出来，固然没有丁氏的便宜，自己绝活不了。这样一想，胆气又馁了一点儿，便仍然笑着道：“你先不用着急，等我慢慢去打听打听去。”头一次出去任什么没打听出来，第二次出来，恰遇凌云打听道儿。郎贝是疤瘌没好就忘了疼，一见凌云，他也不想想一个乡村里怎么会突如其来地来了这么一个姑娘，穿装打扮，说话的语气，哪里会是普通人，无论如何，也应当打听清楚，哪知他色令智昏，便把这个杀人不眨眼的恶魔王引到家里来了。

丁氏一见，以为他又在外头伤天害理，把一个素不相识的姑娘引到家里来干那禽兽行为呢，自己焉得不狐疑生气。郎贝一看丁氏脸上神气，知道她又起疑心，这要放在往常，自己一瞪眼就能办事，现在已然不是这行市，再说必定没脸。不等丁氏说话，便把凌云来意代替表白过。丁氏这才知道他们是门口相遇，又见凌云虽然长得天姿绝色，眉宇之间，却有一种说不出来的英俊之气，非普通姑娘所有，便益发相信，赶紧改了一副笑容向凌云道：“实在不知道姑娘来，也没有去接一接，真是太对不过了。”

凌云也一笑道：“不敢当，你大嫂既不知道我到这里来，怎能去接我？客气的话不必说了。我这次路过这里，有个朋友托我给带个口信儿，并问候一位老朋友，就是这儿主人平秀才，现在可在家吗？请出一见，我交代两句话，还要赶路呢。”

丁氏一听，一阵心酸，泪珠儿早已洒了下来道：“姑娘，你说的平秀才，那便是先夫，不幸已经下世了！”

凌云明知情里却假作惋惜道：“怎么说？平秀才仙逝了？真是风云祸福，令人难测呢！临来时候凌老先生曾嘱咐我，如果见不着平秀才，他有一位小姐，名叫玲儿，叫我见一见她，把几句话告诉她也是一样。既是平秀才仙逝，玲小姐想必在家，就烦请出一见，说完几句话，我还要到旁处有要事去办呢！”

凌云这一句话，却把个能说会道的丁氏给说得木在那儿。还是郎贝这小子，一看事情不好，赶紧站起来道：“这位小姐，真来得太不是时候了！说也真巧，我这位外甥女，前天还在家里呢，昨天一清早，她的一个姨母姓贾的派人来把她接了去了，好在离着这里，住得不远。如果小姐肯在这里住两天的话，我可以派个人去把她找回来，不知道小姐是不是非要见她本人不可？能不能跟我表嫂谈一谈？”

凌云一看丁氏脸上红一阵白一阵，知道这个人底子并非坏人，不过是软弱无能，受了别人算计，现在未必不后悔。最可恶的就是郎贝这个东西，他既施展种种手段，威吓丁氏逼胁成奸，现在他还敢当着自己心口乱说，希图蒙哄自己，并且一双鬼眼闪烁不定，说不清他安的是什么心。这种东西，原不难拔出剑来，一下子把他脑袋砍下，给世人除害，不过自己在这地方，还有许多事情没办。如果闹出人命，一时走不开身，也是麻烦，不如暂时忍下，反正这个东西，绝出不去三天之内，总是死在自己手里的，现在何必跟他捣这种乱呢。心里这样一想，当时把自己心火往下压了一压，然后又向丁氏一笑道："其实这件事，原无妨和大嫂说知，就是从前平老先生在世的时候，曾和凌公合伙做了一笔生意。这个买卖，竟是大得其意，很赚了不少钱，约莫一算，两下里平分每人也要分到四五千银子呢。这次前来，就是带了那本账簿，和从前二位所立的契约，到这里来交代清楚。临来时候，凌公嘱咐，叫把这些东西交平老先生，如果平先生不在家，说是平老先生有一个小姐小名玲姑，把东西交给她也是一样，只要给我一个收条儿，我就可以回复凌公去了。谁知千里好歹赶到这里，平老先生既是已经仙逝，这位玲姑娘又没在家，真是不巧得很。我想彼此总是初见，总也有缘。方才这位说是去找玲小姐回来，其实也没有什么不可。不过我这次出来，另外还有别事，却不能在这儿久等，我想先去办些别的事，过去三两天把事办完，我再来一次。如果玲小姐已经找回，自不必说，我必将所有东西交代清楚，然后回去复命。倘若到了时候，这位玲小姐依然未回，那时我自回去复命，不过所有东西，当时不便再交，只有等第二次请示过凌公再作区处了。"凌云这一套话，本是临时想起，多待无益，想到这里，不等郎贝开口，便向丁氏一点头道，"话就是这样说住了，我还有事要办，就不打搅了，三五天里再见吧！"说完一点头从地下拾起长包袱转身就走。

郎贝一看就急了，过去用手就拉那个包袱，嘴里才说出一句："小姐慢走。"

凌云已是怒不可遏，用了一个解势，只把手里包袱轻轻一颠，郎贝便像挨了一杠子一样，哪里还揪得住那包袱，只觉从手到胳膊上一麻，浑身一抖，整个儿身子便向后边直摔了过去。凌云只说了一句："不劳远送。"人已走得没了影儿。

先不提丁氏跟郎贝怎样见神见鬼，且说凌云一出了平家，才长长出了一口气，却见身旁人影一晃，方疑是郎贝又追了出来，不由大怒，正要转身发作，猛见人影儿一闪而过，急看时也只看了个背影儿，竟自扬长而去。看那背影，好生眼熟，仿佛在什么地方见过，却又想他不起，仔细一想突然想起，正是方才自己进门时候见的那条黑影。心里好生疑惑，但是事情眨眼过去，再想无益，便赶紧走出村子，找了一个树林子，席地一坐，闭目养神，又吃了一点儿干粮，直坐到天黑，这才站起来，活动活动腰腿，又把家伙暗器全都拾掇好了，这才走出树林。

到了村子里一看，已是一片漆黑，只有远远还听得有狗叫的声音，好在白天来过，路是熟的，到了门前，一纵身便上了房，往里一看，只有白天来的那间屋里隐有灯光，绕到屋后，恰好是个纱窗，一看屋里桌上摆着油灯，灯旁坐着一个人，正是丁氏，只不见郎贝的影子。

正在想着，屋里有人说话："你趁早儿不用犯醋劲，我明天还是找定了那个雏儿了。"一听正是郎贝的声音，不由心火怒发，一提腰跳了下来，一伸手把纱窗打开，跃进屋里，丁氏却吓傻了。凌云本不想杀去丁氏，却恨她无廉无耻，一挥手里长剑，丁氏便自身首异处。跟着用剑一挑里屋帘子，忽闻一阵血腥气，方在一怔，却听屋外有人叫了一声："这位女英雄，你来晚了一步，这个郎贝却叫我闵玉虎替你除去了！姑娘请回，等我把房烧了，省得给别人留祸。"

凌云一听，知道就是白天见的那个渔郎了，轻身功夫实在可佩，赶紧追出来，外头连个人影儿都没有。方在一怔，猛见窗户纸一红，顿时火起，知道再站无益，被救火的看见，反而麻烦，赶紧把宝剑入匣，一直又回到树林，等到天光大亮，才走到单老儿家里。

单老儿道："姑娘多辛苦了，二位每位杀了一个。"

凌云一听很是诧异，一问单老头子，才知那个渔郎杀了郎贝放了一把火之后，又早回到单老头儿家里，把夜里的事早已告诉了他们，所以才知道那么详细。单老头儿又说，那个渔郎很是钦佩姑娘为人，只是男女有别，不便相见，留下一百两银子，叫我转交姑娘，这次带了玲姑娘，少不得要用钱，他人不能出力，出几个钱力，无论如何，要求姑娘收下，他才心安。凌云一听，方在一怔，玲姑早已跪了下去。凌云到了这个时候，也就无法了，只好答应，把一百两银子拿了一半儿，那一半儿也给了单老头子，带了玲姑自去扬州。以后练艺行道，访兄灭寇都是后话，容俟稍暇，在下当再续写下文。本书到此，暂告段落，倒是那单老头子平地得了无数的银子，把个凌云直感激得像活神仙一样，一家大小都不叫凌姑娘而称呼铁观音。

（完）

附　　录

徐春羽家世生平初探①

王振良

在民国通俗小说作家中，徐春羽的名气不算大也不算小。他长期活跃于京津两地，其以《碧血鸳鸯》为代表的武侠小说创作，虽然无法与还珠楼主、白羽、郑证因、王度庐、朱贞木等“五大家”比肩，然亦据有一席之地。探讨民国武侠小说尤其是“北派”的创作，徐春羽总是个绕不过去的存在。台湾武侠小说研究专家叶洪生先生认为：“徐氏作品‘说书’味道甚浓，善于用京白行文；描写小人物声口，颇为传神。尝一度与还珠、白羽齐名；唯以笔墨平实，未建立独特小说风格，致不为世所重，渐趋没落。”其褒抑可谓中肯，堪称对徐氏之的评。

关于徐春羽的家世生平，目前学界所知甚微，各种记录大同小异，追根溯源均来自天津张赣生先生：“徐春羽（约1905—?），北京人。据说是旗人。他通医术，曾开业以中医应诊；20世纪40年代至天津，自办《天津新小报》；50年代初，曾在北京西直门一家百货商店当售货员。”

① 原载2015年《苏州教育学院学报》第4期，略有删节，此为全文。

今距张赣生氏所谈已有二十余年，可对徐氏家世生平之认知，大体仍停留在20世纪90年代初的水平上。而且现在看来，就是这仅有的认知，仍然存在着重要的失误。笔者以一次偶然，有了“接近”徐春羽的机会，因将前后过程琐述于下，或可对研究通俗小说作家的手段有所启发，同时兼就访谈考索所得徐氏家世生平情况做粗浅报告，以呈教于民国通俗文学研究的方家。

一、“发现”徐春羽

2010年7月16日，笔者拜访天津地方文献研究专家高洪钧先生，见书桌上有巢章甫《海天楼艺话》，谈论京津文林艺坛掌故，颇有可资文史研究采掇者。7月27日，笔者自孔夫子旧书网购归一册。7月31日闲读时，发现有《徐春羽》一目，以徐氏生平资料罕见，因此甚是欣喜。今全文抄录如下：

> 吾甥徐春羽，少即聪颖好弄，未尝力学，而自然通顺。好交游，又喜济人之急。索稿者盈门，而春羽则好以暇待。每喜朋友相过共话，风趣横生，夜以继日，必待客去，始伏案疾书，漏夜成万言，习以为常。盖其精力饱满，不以为苦。人或不知也，其所擅为武侠小说。人亦豪爽，笔耕所入，得之不易，然到手即尽，居恒不给，燕如也。又传医学，悬壶问世，而不取人钱。能作细字如蝇头，刻竹刻玉，并能之。

旋即仔细翻阅全书，又见《周孝怀》目也涉及徐氏：“诸暨周孝怀名善培……尝出资创《新小报》，约吾甥徐春羽主其事，氏亦时撰评论发布。旋以日寇入天津，不获继续。”

《海天楼艺话》由人民美术出版社出版，署曰“巢章甫著，巢星初、吕凤仪、方惠君、翟启惠整理”。又细阅该书序言，知整理者之一巢星初乃巢章甫先生三女。

2010 年 8 月 5 日，笔者通过“谷歌”搜索引擎，检索到人民美术出版社办公室电话，联系上《海天楼艺话》的责任编辑刘普生，又从刘先生处获知巢星初的电话号码。笔者立即拨电话给巢星初，简单说明意图之后，她热情地介绍说，徐春羽是巢章甫之表外甥（具体姻亲关系不详），但两家已多年不联系。因巢星初无法提供更多情况，笔者对此甚感失望。

8 月 12 日，巢星初女士打来电话，说迩来询问其叔叔（在台湾）等，对徐春羽亦不甚了了，仅知其擅写武侠小说，在报纸连载时很是走红，常有亲友问他小说中人物结局，他多以“等着看报纸就知道了”来搪塞（其实他自己也不知道人物该如何结局）；又说徐工医术，会唱戏，善联语。巢星初还介绍道，她小时随父亲住天津市唐山道，河北大学数学系毕业后，在汉阳道中学教书，其间与徐春羽的两个妹妹——徐家二姐（嫁洪姓）、徐家四姐（嫁张姓）时常过往，但迁京后已失联多年。虽然所述视初次通话有所丰富，但徐家的面貌仍旧模糊不清。

8 月 16 日，巢星初女士又来电话告知，徐家四姐曾住天津市哈密道利安里（具体门牌号码不详），并说线索得自新近翻出的信封，不知道循此追寻能否有所收获。

9月3日午后，笔者思忖到外面走走，就骑上自行车，直奔徐家四姐二十年前住过的哈密道，并期待着某种奇迹的发生。初秋的津城最是舒适，气温不冷不热，让人十分的惬意。因为事先核查过地图，故此顺利地找到利安里。这里的巷道并不长，只有二十几个门牌，从哈密道入口进去，前行三十来米右拐，再走三十来米就是河南路了。因徐家四姐的丈夫姓张，笔者就向住户问询利安里是否有张姓居民。问了几位年轻些的居民，全都不得要领；这时里巷转角处的院里，走出一位七十多岁的大娘，笔者马上迎了过去，问利安里有无张姓老居民，曰“有”。“爱人姓徐吗?”曰“是”。“年纪有九十多岁?”曰“对”……随着基本信息的不断重合，笔者已经按捺不住惊喜，接着发问：“您与张家熟悉吗？住几号?”大娘麻利地跨了十几步，把我领到斜对面的利安里17号。“有人吗?”随着大娘的话音，出来位六十岁上下的先生。因为已有若干前期铺垫，笔者径直问道：“您知道徐春羽吗?”曰“是我舅舅”。“您老爷子老太太都好?”曰“都好”。这位先生名叫张裕肇，其母徐帼英，就是徐春羽的妹妹，即巢星初所说“徐家四姐”。

2012年1月12日，笔者与张元卿先生通电话，他特意提醒我说，在《许宝蘅日记》（许之四女许恪儒整理）中发现徐春羽的踪迹。当晚笔者就翻出许氏的日记，检索并析读有关徐春羽的信息。

2012年1月13日，通过解读《许宝蘅日记》了解到，徐春羽的父亲徐思允，与许宝蘅是儿女亲家。许的三女许富儒（小名盈儿），嫁与徐思允之子徐良辅。在日记中，常出现徐良辅之子

“传藻”的名字，根据日记中的各种线索，可推知其生于1940年左右。笔者对徐传藻这个名字，当时很是感兴趣，就打开“谷歌”搜索引擎，同时输入“徐传藻”和“电话”两个关键词，本来是未抱任何期望的随意之举，没想到收获的结果却令人振奋，在一份20世纪60年代初中国农业大学毕业生名录中，赫然列有徐传藻的名字，后面还附有联系电话。经过初步判断，1940年左右出生，20世纪60年代初大学毕业，时间上可以吻合，于是笔者给这位徐先生拨通电话，经过小心翼翼地核实，此徐传藻正是徐春羽之侄，他称徐春羽为“大伯”。

利用既有的些微线索，通过城市田野调查和网络搜索引擎，笔者每次都用不到十分钟时间，联系上徐春羽的两位近亲——妹妹徐帼英和侄子徐传藻，为初步解开徐春羽身世生平之谜找到了突破口。

二、父亲和祖父

徐春羽祖上世代业医。父名叫徐思允，字裕斋（又作豫斋、愈斋），号苕雪，又号裕家。徐思允生平脉络大体清楚，但细节则多难得其详。他生于1876年2月13日。[①] 1906年入张之洞幕府，任两湖师范学堂文学教员。1907年初，调充学部书记并与编

① 民国乙酉正月十九日《许宝蘅日记》载云“愈斋七十生日”，据此可推知徐思允准确的出生日。又2011年6月29日徐帼英接受笔者采访时述，徐思允享年七十五岁，与日记所云正好相合。

译局事。[①] 徐思允有《忆广化寺》诗云："千金筑馆辟蒿莱，却锁重门未忍开。湖上清光余几许？春来风信又多回。事经变幻忘初意，土失雕镌定不才。此局废兴争属目，宁论吾辈寸心灰。"此广化寺即学部编译局所在地。1909 年张之洞病危之际，徐思允至少两次进诊。张曾畴《张文襄公辞世日记》记云："十九中医进诊，前广西柳州府李日谦，号葆初；学部书记徐思允，号裕家，即徐士安先生之子也。"又云："廿日晚……畴与徐医进视问安。"1911 年徐思允受聘京师大学堂法政科教员，主讲《大清会典》。

1912 年中华民国成立，10 月许宝蘅任北京政府铨叙局局长，徐以许的关系出任勋章科科长[②]。10 月 30 日，铨叙局又呈请国务总理批准，以调局之徐思允、吴国光二员作为记名佥事分任办公。[③] 其后，又外任安徽省宿县县长等。[④] 1919 年，徐思允拜在武术名家杨澄甫门下习太极拳，后又拜李景林为师学武当剑。1925 年，为同门陈微明所撰《太极拳术》作序。嗣后经周孝怀介绍，成为溥仪之侍医。1931 年溥仪出逃东北后，徐思允追随赴新京（今长春），充任伪满宫廷"御医"，并教授皇族子弟国文。溥仪的《我的前半生》、秦翰才的《满宫残照记》等书中，都留有徐思允的诸多痕迹。

---

① 1907 年 3 月 22 日，任职学部的许宝蘅首次在日记中提到"徐茗雪"名字，24 日亦称"徐茗雪"，再后则径作"茗雪""豫斋""愈斋"等，则 22 日或为两人初见，徐思允调京当在此前不久。

② 2011 年 6 月 29 日徐帼英接受笔者采访时述。

③ 中华民国北京政府《政府公报》，1912 年第 195 期。

④ 2011 年 6 月 29 日徐帼英接受笔者采访时述。

徐思允不仅精通中医，还工于弈术，曾与围棋宗师吴清源交手。据许恪儒回忆，徐愈斋先生在东北“和吴清源下过棋，而且是当着溥仪的面”。这次对局发生在1935年，其时吴清源访问长春，曾与木谷实在溥仪“御前”对局。此棋下了三天，结果吴胜12目。结束的当天下午，溥仪又要求吴让五子，与徐思允再下一盘，任务是“吃他的子，越多越好”。结果徐思允死命求活，吴清源“大吃”的任务未能完成。关于这段逸事，吴清源的各种传记均有记述。

1945年苏军进入东北，徐思允随伪满皇后婉容等，流亡至临江县的大栗子沟（今吉林省临江市大栗子街道），旋被苏军俘虏至伯力（今俄罗斯哈巴罗夫斯克）。1949年获释至长春，5月份回到北京。1950年12月13日病逝。

徐思允国学功底亦自不浅，否则溥仪不会让他教授子弟国文。他与陈衍、陈曾寿、郑孝胥、许宝蘅等长期交游，陈曾寿《苍虬阁诗集》即收有与徐的唱和之作。又陈衍《石遗室诗话》卷十载：

> 忆庚戌在都，仁先与茗雪（徐思允）、治芗（傅岳棻）、季湘（许宝蘅）、仪真（杨熊祥）诸君，亦建诗社，各有和昌黎《感春》诗甚佳。函向仁先索其稿，唯寄茗雪《感春》四首，治芗则他作，季湘、仪真则无矣，当更求之。茗雪诗其一云：“出门四顾何所之？不寻同乐寻同悲。人人看春不我顾，还归空斋诵文词。庄生汍冥少庄语，《离骚》反覆如乱丝。二子胸中感百怪，

所以踪迹绝诡奇。忽然扶日脐昆仑，俄见垂翼翔天池。东风卷地野马怒，安得乘此常相追？”其二云：“我悲固无端，我乐亦有涯。斗食佐史免耕劚，得借一室栖全家。官书不多日易了，旧业虽薄还堪加。文章豪横逞意气，草木幽秀舒精华。如今一事不可得，岂免对景空咨嗟？”其三云：“立春二十日，日日寒凛冽。九陌长起尘，众卉焉敢茁。尔来日渐暖，又恐骤发泄。少年狂不止，老病苦疲苶。百鸟已如簧，飞花乱回雪。劝君守迟暮，病发不可绝。”其四云：“一年青春能几多？坐令千古悲蹉跎。夜烧红烛照桃李，日典春衣偿醉歌。百川东流去不返，泪眼长注成脩河。我从崎岖识天意，才见光景旋风波。去年看花载酒处，今年不忍重经过。一人修短尚难料，万物变化将如何？”四诗颇觉有古意无俗艳。

陈衍论诗眼界甚高，对徐思允“有古意无俗艳”的评价可谓不低。徐思允去世后，1952年8月底9月初，许宝蘅曾整理其遗稿，写定《大栗子临江记事》（又作《从亡大栗子记事》）及《茗雪诗》两卷，其后许之日记仍断续地有补写《茗雪诗》的记载，未晓这些诗文稿是否尚存于霄壤之间。

徐思允有三子六女：长女徐仲英，长子徐春羽，次女徐珍英，三女徐淑英，次子徐××，四女徐帼英（属龙），三子徐××，五女徐惠英，六女徐兰英。徐淑英中国大学毕业，1938年到延安参加抗日工作（化名李英），1949年后曾任吉林省妇联副主任、长春市妇联主任，丈夫是东北流亡学生，曾任吉林省监委书记。据许宝蘅所记，徐良辅“原名百龄，其生父名有胜号明甫，系湖北军官，战殁，有叔名有德，安徽休宁人”，许恪儒则径云徐良辅“本姓汪”，可知其并非徐思允亲生，当是徐思允续弦夫人带来的。又徐思允在长春时，常给天津的家人寄钱（每月三百元），一般是汇至山西路修二爷（溥修）处，多由徐帼英去取。①

前引张曾畴《张文襄公辞世日记》，提到徐思允父名徐士安，应该也是张之洞幕府中人。恽毓鼎的日记中，留有“徐士安”之踪影，未知是否即徐思允之父：

> （光绪八年五月）二十四日晴……申刻士安、蕴生招饮天禄富，为予送行。座中方先生、道甫兄弟皆北闱应试者，尽欢而散。今早李方去看轮船，招商局“江表”船于廿七日开，即定于是日起身。
>
> （光绪十二年四月）二十七日……十二点钟抵上海码头，命于升雇船，过拨行李，移泊观音阁。稍憩，往华众会剃头、吃点心……归船，见大哥字，知途遇陆彦俌、徐士安、张楚生，约馀（余）在万华楼茶话，再续他局。

又徐振尧、王树连、张子云《测绘军人与辛亥革命》谈到，1911 年 10 月 11 日辛亥武昌起义，当晚即成立了军政府，下设参谋部、军务部、政务部、外交部，10 月 16 日又增设测量部，主要由湖北陆军测绘学堂学生组成，部长朱次璋，副部长徐士安。此徐士安或即其人。

---

① 2011 年 6 月 29 日徐帼英接受笔者采访时述。

三、关于徐春羽

回过头来我们再讨论关于徐春羽的几个问题。

一是籍贯，应是江苏省武进县（今常州市武进区）。此乃徐帼英接受笔者采访时所述，又徐思允《太极拳术序》末署“乙丑夏日武进徐思允谨序”，亦可佐证无疑。张赣生先生所说北京，或与徐春羽长期在京居住有关；又《许宝蘅日记》附录的《日记中部分人名字号对照表》记徐思允为“湖北人”，或因其曾在楚地工作致误。至于徐春羽生于北京的可能性，现在看来也几乎没有（徐思允调京时徐春羽已出生），更与旗人云云无涉。

二是生年，徐春羽诞于光绪三十一年乙巳十月二十一日（1905 年 11 月 17 日）。据徐帼英述，徐春羽属蛇无疑，据此再前推十二年（1893 年）或后推十二年（1917 年），均与徐春羽去世时“未及六十”不合，与徐家姐妹的年龄差距也对不上茬口。至于具体之出生月日，是因为在 20 世纪 40 年代，每年徐春羽过生日都很热闹，故此徐帼英记忆深刻。张赣生所云徐春羽生年大体不差，但以证据不足存有疑问，故此在“1905 年”之前加了“约”字。至于后来的有些叙述，径书徐春羽生于 1905 年，亦应是源自张说，但不科学地省略了“约”字，因为似无人为此提出确据。

三是卒年，笔者采访所获线索无法得出准确结论。徐传藻说，其大伯徐春羽 1949 年后在北京开诊所，“镇反”时被逮捕入狱，后因病保外就医，然为其续弦吴氏所不容，走投无路之下重回监狱，未久即病死狱中；又说徐春羽住大乘寺 19 号（此与

《许宝蘅日记》所载相吻合），吴氏住武定侯胡同。[①] 徐春羽五妹徐惠英则说，徐春羽解放后被捕，死在北京某模范监狱。[②] 而据《许宝蘅日记》，解放后较长一段时间，许宝蘅与徐春羽交往频繁，许家的人遇有头疼脑热等，多请徐春羽到家诊治。然自 1957 年 8 月 16 日“春羽来为宴儿复诊”之后，许家虽然仍是病人不断，但徐春羽在日记中却突然失踪，因推测其被捕在此后不久。至于徐传藻所云“镇反”恐不确切，很可能是“反右”。徐春羽之病逝，或在 20 世纪 50 年代末期。

四是生平，除本文前引零散资料所述，仍可说是未得其详。略可补充者仍是徐帼英所谈：徐春羽抗战前在天津市教育局工作，其间曾安排三妹淑英在天津的学校教书；徐春羽的住所在今天津市河北区的平安街上，紧邻平安街与进步道交口的王占元旧宅（今已拆除）；徐春羽兴趣广泛，多才多艺，通医术，精书法，会评书，善烹饪，尤其喜欢票戏，常找艺人（包括翁偶虹）到家中交流。[③] 又徐春羽嗜麻雀战，每有报馆催稿，辄嘱牌局暂停，提笔疾书以应，然后又继续打牌。[④]

五是后人，徐春羽有一子二女。长女徐小菊，1949 年随四野南下，现居赣州；次女徐小羽，退休前在北京市海甸小学（原八一小学）教书；一子徐 × ×，已去世。[⑤] 又据《许宝蘅日记》，徐春羽之子女有名小龄、小迪者，徐小龄或即其子，徐小迪或即徐小菊。

---

① 2012 年 1 月 13 日徐传藻接受笔者电话采访时述。

② 2013 年 1 月 13 日徐惠英接受笔者电话采访时述。

③ 2011 年 6 月 29 日徐帼英接受笔者采访时述。

④ 2010 年 9 月 3 日张裕肇接受笔者采访时述。

⑤ 2011 年 6 月 29 日徐帼英接受笔者采访时述。

图书在版编目(CIP)数据

风虎云龙 / 徐春羽著. — 北京 : 中国文史出版社,
2018.6

(民国武侠小说典藏文库 · 徐春羽卷)

ISBN 978 - 7 - 5034 - 9972 - 2

Ⅰ. ①风… Ⅱ. ①徐… Ⅲ. ①侠义小说 - 中国 - 现代
Ⅳ. ①I246.5

中国版本图书馆 CIP 数据核字(2018)第 010063 号

整　　理: 卢　军　卢　斌　金文君
责任编辑: 薛媛媛

出版发行: **中国文史出版社**
社　　址: 北京市西城区太平桥大街 23 号　邮编: 100811
电　　话: 010 - 66173572　66168268　66192736 (发行部)
传　　真: 010 - 66192703
印　　装: 廊坊市海涛印刷有限公司
经　　销: 全国新华书店
开　　本: 720 × 1020　1/16
印　　张: 18.5　　　　字数: 185 千字
版　　次: 2018 年 6 月第 1 版
印　　次: 2018 年 7 月第 1 次印刷
定　　价: 55.00 元